U0615009

# 且行且歌

闫锁田 —— 著

QIEXING
QIEGE

敦煌文艺出版社

图书在版编目（ＣＩＰ）数据

且行且歌 ／ 闫锁田著 . —— 兰州 ：敦煌文艺出版社，2023.11
ISBN 978-7-5468-2455-0

Ⅰ . ①且… Ⅱ . ①闫… Ⅲ . ①散文集－中国－当代②诗集－中国－当代 Ⅳ . ① I217.2

中国国家版本馆 CIP 数据核字（2023）第 216103 号

# 且行且歌

闫锁田　著

责任编辑：郭　玲
封面设计：马吉庆
封面题字：安文丽
封底篆刻：郭忠之

敦煌文艺出版社出版、发行
地址：（730030）兰州市城关区曹家巷 1 号新闻出版大厦
邮箱：dunhuangwenyi1958@126.com
0931-2131397（编辑部）　　　　0931-2131387（发行部）

兰州银声印务有限公司印刷
开本 880 毫米 ×1230 毫米　1/32　印张 12.125　插页 1　字数 260 千
2024 年 4 月第 1 版　　2024 年 4 月第 1 次印刷
印数：1~3 100 册

ISBN 978-7-5468-2455-0
定价：68.00 元

# 一个微笑的悦纳者

雪　潇

结识同乡文友锁田先生已有很多年了。

我们都是秦安县人氏。秦安是历史文化之乡，秦安的地名也多呈"人文"气象，如蔡家店、郭家镇、王家铺、闫家山、王家窑……这样"家文化"的地名常常给人一种人气充裕、"百家争鸣"的感觉。锁田先生的老家就是王窑镇的闫家山村。

大名鼎鼎的大城市张家口不能简称为张口，但是王家窑却简称王窑。只要如王窑高屲村人薛林荣君一样的文化学者层出不穷，只要如王窑珍珠山人李应中君一样的图书馆馆长生生不息，只要如王窑闫家山人闫锁田先生一样的诗文作家接踵而至，王窑就永远是一个人丁旺盛人才辈出的热土好地。

锁田先生当年从天水师范学校毕业后，就在自己家乡王窑乡罐岭中学执鞭从教。

和所有出身农家的年轻学子一样，锁田先生对自己的乡村教师工作十分满意，十分热爱，有一种"神圣的使命感"，"心底默默立志做一位好老师"，希望自己的人生"能在家乡的土地上绽开灿烂的花朵"（《韵味》）。他白天上课教书，晚上在昏黄的煤油灯下读书写作，十年的时光，平淡也充实。这一段宝贵的经历，让他对中国的乡村教育有了切身的体验，也对中国的乡村教师有着深深的理解。而正是这宝贵的体验与深切的理解，让他在后来的教育行政工作中，多了一份沉着，多了一份稳练，让他"下乡"的时候，与人交流亲切温暖而没有隔膜。

由于工作努力，成绩突出，加之文笔清通，他后来被调动到县教育局。从一位普通的乡村教师，奋斗到县上的教育局，又奋斗到市上的教育局，不难想象，这是一条何其艰难的道路！然而这却是锁田先生实实在在的奋斗历程。在这一奋斗历程中决定他成功的因素有许多，其中必然有的一个，就是他多年来"山里老师"的历练。他说做一位山里老师，"需要具备男性的坚强、女性的温柔、孩子的天真和长辈的慈爱。"（《山里的老师》）而锁田先生自己不正是如此吗？他不正是一个坚强却也谦逊、隐忍却也坦率、真诚同时又温和的谦谦君子吗？

在他的奋斗过程中成功的另一个重要因素，就是他对写作始终不渝的热爱。

开始的时候，他的爱好是诗歌写作。虽然时断时续，但是他一直坚持。这真是太不容易了，因为诗歌这一文体看似简短，却是最难坚持，因为冷酷的现实生活一直在压制我们的诗歌热情。锁田先生坦陈："我写现代诗，基本上就是摸着石头过河——尚未破除掉对现代诗的迷思。"（《后记》）他这当然是谦虚之词，但也说出了一个事实：面对现代诗而不得其津渡者，其实比比皆是，甚至面对诗而不明就里者，也是触目皆是，一般人的诗歌写作，其实都是照猫画虎，摸着石头过河。运气好了，摸到块大石头；运气不好，只抓得一把流沙……所以成品率很低。所以锁田先生出这个集子，对自己的诗歌作品，精益求精，挑选再三，收得比较少。我赞同他的选择。这是一种对于诗歌艺术可贵的敬畏。

后来由于工作需要，他转型到了新闻写作。由于他的文化基础扎实，文学修养高，他在新闻写作方面上手快、悟性高，为家乡报道了大量的教育新闻，报道了许多先进人物。从他的部分散文中，就能明显感受到他在新闻报道中树立的鲜活生动的人物形象，收入这个集子的散文《秀在小镇》，简单的一个场景，寥寥的几句对话，就把一个乡村女教师的形象刻画得活灵活现。而新闻通讯，也渐渐成了他日益娴熟的、必须擅长的"工作文体"。读了他的散文《遇见郭俊维》，才知道我土瘦民穷的家乡曾多么幸运地迎来一位"下乡常常一人轻车简从，不打招呼就进学校门，询问教育的事"的好县长。我相信，这位教育县长的事迹，一定是深深地感动了锁田先生，这才让他毅然提笔，书以志之——志之，就是历史化。什么是好新闻？有可能成为史料的新闻，就是好新闻。

教学之余，工作之余，新闻写作之余，他多年来坚持至今、没有放弃的另一爱好，就是散文写作，就是"把一些琐琐碎碎的事情写成零零星星的文章"（《后记》）。

他这样说，当然是一种低调谦逊的表述。他的散文写作其实并不简单。他的散文写作难道不能说明在忙忙碌碌生存拼搏之余，他还在努力寻找着"生活"的感觉？难道不是在种种撕裂和忘我之余，寻找着真实的自我？难道不是在负责任地照顾好妻儿老小兄弟姐妹之余，抽空照顾一下自己疲惫的心灵？难道不是腾出手来，通过散文，抚摸一下自己内心的伤痕？我常常觉得，锁田先生的那些散文，是他生活的锦上之花，更是他心灵的雪中之炭！

作为多年的教育工作者，锁田先生散文的第一题材就是教育题材，他少不了要讲述一些学校的事、学生的事，也少不了要讲述一些自己关于教育的思考以及心得。我特别留意了锁田先生的这一句话："学校是教化乡村文明的摇篮，是乡村的灵魂……一个没有学校的村子就好像人没有精气神一样。"（《田园牧歌，何时是归期》）我在意这句话是因为其描述的简直就是我关于美丽乡村的一个美好想象：每一个村子都有一所学校，都有一面国旗飘扬，都有书声琅琅！我相信，锁田先生，肯定也有着与我同样的想象。

他写得最多的还是自己对农村生活丰富体验的真情描述，是他对故土、对老家亲友人物其性格其遭遇其身世的绘声绘色的描写，如他的《茶摊》《村宴飘香》《远去的老油坊》《老家社火》《令家泉》《我的三部车》等。他的这一部分散文是极具写实性的，也是有史料价值的，比如他的这段叙述，就充盈着那段特殊历史的特殊况味："队长作指示：'各家管好各家的人，宰羊的事情不能给外人说，晚上一顿吃完，特别不能让公社驻队干部知道，如果说漏口，一颗老鼠屎坏了一锅汤，我挨批斗也有你一份。'"（《村宴飘香》）再比如他的《远去的老油坊》，十分细致地描写了当年的那种老式榨油过程，为那个可能已经无以为继的老手艺，树了碑，立了传。

他散文的另一重要的部分，是他多年来旅游的记录。这是他的作品中读起来比较轻松的部分。从他的这些个人游记中，我能感受到锁田先生走出秦安一隅，开阔视野，饱览祖国大好河山的喜悦之情。让我惊讶的是，每到一处，他几乎是必写游记。他"对青山绿水的一种回馈、一份存念"（《后记》），是实实在在的形诸笔墨、有文为证。不像我，对许多美景，仅仅只是"记在了心里"。

读散文，既读的是其内容（说的是什么），也读的是其语言（是怎么说的）。读锁田先生的散文，我首先敬佩他语言的朴实，比如"没有通往县城的路，骑自行车也是少一半路人骑自行车，多一半路'自行车骑人'"（《清淡如水》），其次我欣喜于他语言的生动："虽说每月只有几十元的工资，但还能维持生活的水行磨转。"（《村宴飘香》）以及"年前，听到老家的几个好家子撺掇社火的消息，心里突然泛起一丝激动。"（《老家社火》）"水行磨转"是"正常运行"的具象化表述，也是秦安人民间语言的生动创造；"好家子"之"好"读如"爱好"的好而不是"好坏"的好，"好家子"是秦安话对"爱好者"十分亲切的一种称谓。锁田先生将这样的语言大胆地使用于他的散文，既是对家乡语言的致敬，也让自己的文章生动活泼。

而现在，他要将这些题材广泛、感情真挚、语言朴实而又精挑细选的诗文结集出版了。我非常理解他的这一决定。他所热爱的写作，如影随形地陪伴了自己这么多年，现在应该给它们一个总结、一个名分、一个安排了。夙愿得偿，肯定是锁田先生的一大人生快乐！夙愿必偿，这肯定也是锁田先生的一大人生执念！锁田先生抬举我，让我给这部书写个序，我只能欣然许诺，以为支持。我要是推托再三，就对不起老朋友了。

我一直敬佩锁田先生的淡泊清醒、知书明理、胸怀豁达，所以，在此序的最后，我对广大的读者朋友有一个拜托，拜托大家拿到他的这个集子之后，能够阅读之，最好再能评说之，至于如何评说，我相信，鼓励也好，提醒也好；春雨也好，秋风也好，锁田先生皆能微笑着接受，坦然地悦纳！"年过半百，儿孙绕膝"（《我的三部车》）的锁田先生，在与我几十年的交往中，从来都是一个微笑的悦纳者！

2024 年 3 月 28 日

天水博爱居三步斋

# 目录
## Contents

## 散文部分

### 柳笛短调篇

## 云游四方篇

## 人生况味篇

# 诗歌部分

# 散文部分

*sanwen
bufen*

## 柳笛短调篇

自幼在农村长大的人，都想回到那个纯真无邪的童年，因为那些沾满泥土味的什物器具里，生长着我们浓浓的乡愁，它们像一面光彩照人的镜子，更像红红的一团火，让人又一次穿越到那个时代，享受那一片山丘旷野、细雨阳光、炊烟薄雾，聆听柳笛吹奏的缕缕清音，在茫茫暮色中拥一缕天籁，抑或仰望挂在村头树梢上的一弯明月。

# 大地湾

这是一方神圣而凝重的土地。

立于大地湾遗址前，我周身的血在沸腾，灵魂在震颤，思绪万千。在那个茹毛饮血的蛮荒时代，祖先们刀耕火种，竭尽全力亦牧亦农亦渔亦猎，在古老的生产实践和大自然的恩赐中，用双手创造了中华民族闻名于世的人文景观，这是何等的壮观与辉煌！

大地湾遗址坐落在秦安县五营乡邵店村东侧，清水河南岸的第二、三阶地和缓坡山地上，总面积110万平方米，是一个庞大的原始群落遗址。这一群落遗址的发掘和复原，是大地湾先民于八千多年前已在这里居住的佐证。这里的一什一物都承载着远古时代人类繁衍生息的历史价值，也昭示了中华民族辉煌灿烂文化的内质，先祖们美妙绝伦的伟大构想和无穷智慧结伴而行，的确唱出了一段精彩的生命独白。

F901 大房屋可谓整个遗址的代表作，这种超大房屋在我国绝无仅有。它融建筑、文化教育、科技、农业生产、美学及伦理学于一体，世人将其誉为原始社会的"人民大会堂"。遗址所处的位置日照充足、视野开阔，放眼远眺，清水河谷的一切尽收眼底。可以想见祖先们择地而居已考虑到日照、采光、种植和防水等地理气候因素。大房屋坐北朝南，分主室、东西侧室、后门、门前附属建筑四部分，大厅居中，厅内有一个直径两米的火塘，西北方又露有一坑，估计为长期祭祀宰杀牲品踩踏出来的，并有梁柱洞眼，从断墙残垣的痕迹中可以看出门柱和四角主柱、辅柱疏密有间；门厅对称，主次分明，墙壁内柱与藤条相套，外用泥土裹筑，可以推断先祖们在使用火的同时已具备了消防意识。大厅地面表层平整光洁，且厚度仅几毫米，用铁器叩击发出清脆的声音，其所用材料相当于现代标号较高的水泥，这种地面的用料、施工和强度，堪称现代建筑硬化工艺的鼻祖。考古学家鉴定，大地湾大房屋是原始社会部落联盟从事政治、教育等活动的重要场所。参观这座古屋，不禁让人浮想联翩，更对祖先不畏艰辛，与自然抗争的精神肃然起敬，它不但开创了我国宫殿式建筑的先河，而且成为一座造型丰满、内涵深邃的教育大厦,对我们民族教育的延续、发展乃至日臻完善起到了十分重要的启迪作用。

如果说大地湾遗址是一座艺术殿堂的话，那么每一件文物则是一部内容丰富的教科书。到目前为止，大地湾遗址共出土文物近 1 万件。陶器是出土文物中的佼佼者，其品种繁多，造型奇特，色彩华丽，绘画图案及记事符号形象清晰，凸显了祖先在生存中发现美、创造美、欣赏美的早期历程。遗址发现的碳化作物种子糜子和油菜籽，不但证明了中国是最早的粮食和油料作物的种植地，而且证明了大地湾就是中国旱作农业的发祥地之一。遗址中有一幅地画，用炭黑作颜料，画中男子姿态端正，背阔身高，女子身材修长、细腰、胸部突出，其画线条清晰，特征明显，是我国最早而且保存完整的一幅绘画作品，体现了中华民族的艺术真谛。地窖遗址中大地湾母亲的仿制品尤其引人注目，既反映了母系氏族社会的生产及家庭生活结构，又从母亲的短发、短裤和用兽骨等做成的佩戴品上可以看出自然美与创造美结合的魅力。完全有理由认为这是伏羲"画八卦""造书契"的一部分，与伏羲教化人们"结网罟以教佃渔，养牺牲以庖厨"的记载相吻合。

一方水土养一方人。大地湾深厚的文化沉淀，使这一方神圣土地上的后裔们为之亢奋和自豪。如今的大地湾人勤劳、憨厚、朴实、粗犷，民舍建筑结构日趋细腻，家庭文化氛围益加深沉，简单的原始农业方式早已衍化成农村经济的多元化格局。尤其是大地湾浓郁浑厚的酒文化，以及热情好客的风土人情，足以体现这一方人的脉管中充满着先祖的血统与气质、思想和精神，也同样体现这一方人正在发挥祖先的聪明才智，不懈地创造未来的辉煌。

# 悠悠麦积佛

　　凡游览麦积山的人无不赞叹麦积山佛像的精妙绝伦。这一尊尊延续千秋的智慧化身，栉风沐雨，阅尽人间沧桑；吐云纳翠放射出穿越时空的光芒，倾诉着悲壮慷慨的故事，拍打着历史长河中生命的竹板……

　　麦积山素有"东方雕塑馆"的美誉。一踏上山崖栈道，周身就感受到一种生命的灵动，仿佛畅游在佛的王国中。扶栏而上，石窟、佛龛之上那喜怒哀乐的佛、虔诚慈祥的佛、天真可爱的佛以及怒目圆睁的佛，神态各异，惟妙惟肖。瞻仰佛像，由衷感慨佛是人类智慧的化身，法相庄严肃穆，人创造了佛的形象，将佛具象化。

　　麦积山佛像的千姿百态既彰显了不同时期雕塑的艺术风格，也充满浓厚的生活情趣。后秦的曲眉丰颊、北魏的高鼻宽肩、西魏的清癯秀美、北周的由瘦变丰、隋代的小鼻小嘴、唐代的丰满圆润、宋代的秀丽纤巧、元代的粗犷、明代的细腻、清代的粗陋，观其形，一千多年间中国社会各个时代的历史人文景观便可略见一斑。

古秦州大地是中华民族的发祥地之一。大地湾遗址从仰韶时期就飘散着稻谷的香气和袅袅炊烟，一条原始农业带一直延伸到麦积山，一直延伸到了今天。麦积山为红砂砾岩巨石，形似麦垛，象征了天水这块土地农耕文化酿造的民族之魂。

"先有南山柴，后有麦积崖。砍尽南山柴，修成麦积崖。"在漫长的历史岁月中，麦积大佛的情态仿佛再现一段动人心魄而又让人潸然泪下的故事。一代代樵夫砍来南山之柴，堆积搭建脚手架，那些美术工匠依山取势，凿洞嵌木，成年累月悬在峭壁之上，倾注了对石头执着的爱。他们披星戴月，风餐露宿，先凿成层层相叠、密如蜂房的龛窟，再雕塑成麦积佛。麦积山之佛就这样经年累月地站着，而造佛的工匠却早已消失在历史的长河中。佛的姿态万千，或许是因为工匠们各自都有心中的佛，于是笔法自如，形态各异。工匠们的生命在雕塑流程中只不过转瞬即逝，但他们将生命注入了佛像雕刻中，成为一种永不失色的文化积淀和华彩乐章。

如果说悠悠麦积山是一幅大自然的风景画，那么悠悠麦积佛，则是一种民族精神的凝结，更是一种对人类生命价值的审视和观照。当最后一步跨下栈道时，艺术灵性给人带来的激动久久不能平静，景仰之间心生一片虔诚。

# 村宴飘香

　　童年时代的老家是一幅淡淡的水墨画，自然呈现出西北偏僻农村贫困单薄的主色调，村里生活富裕的家庭没有几户，锅里飘着油花的日子也并不多见，好在邻里之间都能和睦相处，彼此搀扶着走过那段贫困岁月。

　　村宴诞生于那个贫困年代，没有气派的饭桌和丰盛的酒菜，村民也不敢显摆，没有豪吃狂饮的高调张扬，大家只是像藏猫猫一样，家人在僻静处生着火炉烟熏火燎，凑着昏暗的煤油灯喝几碗羊汤。放到现在，那清淡如水的村宴听起来有点可笑，甚至寒酸得说不出口，但在那时，当羊肉香味飘散在村子上空的那一刻，就好比最灿烂的阳光照耀着我们的村子，一股香味带着久旱逢甘霖的爽朗音乐滑入心底，这一顿鲜美的晚餐深深铭刻在我的记忆中。

每年农历七月十二就是我们村宴开办的日子，记得自幼就跟着大人喊"七月十二，羊肉茄儿"的顺口溜，这个顺口溜或许寄托了人们对这个幸福日子的期盼和奢望，后来才知道七月十二宰羊与老家祭祀祈福的习俗有点瓜葛。这一天，老家的民间神会出面组织，请来打羊皮鼓的司仪跳神祭祀祈福，设神坛，立神杆，宰羊祭祀，驱除鬼邪，还要唱皮影戏，祈求神灵保佑来年五谷丰登，一方太平。我们小时候这一民间祭祀活动一度中断，所以生产队就用宰羊默默地延续祭祀祈福的传统。

我们的村子不大也不小，分两个生产队，六十来户人家，四百多口人，平时两个生产队分灶吃饭，各派各的活，各种各的庄稼，只有七月十二这一天，两个生产队的队长冒着可能被批斗的危险同时宰羊，村里的老老少少也就能沾点祈福的光，饱食一顿羊肉。

村宴的前奏就是宰羊，早饭过后，我们一群小伙伴会早早地提上篮子，像鸟一样窜进宰羊的地点静静等待。宰羊的地点就设在队上羊圈的附近，一个队的两圈羊大致有七八十只，队长先带几个懂行的人去圈里挑六只膘肥体壮的大羯羊，这时队长"钦点"的几个宰羊师傅也提着装刀的包兴致勃勃地来到宰羊的地点提前做好准备，他们像晒自己的看家神器一样，哗啦一下一包刀全都倒在地上，大刀小刀，长刀短刀，然后用磨刀石呼哧呼哧地磨好刀，因为在那个年代，这是一份美差，对他们来说一年中并没有多少试手的机会，担当这一重任不仅可以多分一个羊头，还能记 10 分工，谁的手艺干净利落，谁就有机会来年再显身手，也算不辜负队长的殷切期望，所以师傅们也在心里暗暗地较劲。

师傅们开始宰羊的时候，我们就吓跑了，没人敢看，估计时辰差不多了，我们就回到现场，看到羊肉已经按队上的户数平分成几十份，每家无论人多人少都是一份，我们每个人等着队长叫名字取肉。最后还要听队长作指示"各家管好各家的人，宰羊的事情不能给外人说，晚上一顿吃完，特别不能让公社驻队干部知道，如果说漏口，一颗老鼠屎坏了一锅汤，我挨批斗也有你一份"。那时我们特别理解队长的心情，后来对"守口如瓶"这个成语也理解得淋漓尽致。

羊肉一拿回家，老爸就开始生炉子，妈妈烙荞面煎饼，我平时不大干家务活，这一天表现得很积极，主动给爸妈搭手，我们家经常住干部，可能暴露的危险系数很大，所以爸妈显得特别小心，为了缩小膻味的扩散空间，每年我们家的羊肉都不会在厨房里做，而是在主房后面的窑洞里煮着吃。

那时，村里人虽穷但非常大方，东家没荞面就去西家要一碗，张家地里种了芫荽，谁家没了就自个去铲，陈家种的葱多就给邻居家送一些，如果谁家的肉先熟了，我们一起玩耍的孩子总能"近水楼台先得月"，就为了这一顿晚餐，村里人把所有的情分都融了进去。

最馋人的是从生肉下锅到出锅的那一段时间，我起初陪着老爸静静地守在火炉旁，过一阵用竹扇扇一扇火，拨一拨火苗，不时盯着锅内的形势。窑洞里生炉子煮肉有个问题，不透气，柴火的烟散不开，后来熏得受不住了，就跑出来玩，过一阵实在等急了，再回去用筷子扎一扎看肉的生熟，要不就靠在窑门的门框上打打瞌睡消磨一点时间。父亲很在意这顿饭，这是一年之中唯一能解解馋的美食，他端起水烟锅，边抽烟边添柴火，再打一下漂在汤上的泡沫，直到天色暗下来的时候，村宴的序幕才在山坳里徐徐拉开，带着微笑走进村子灯火的深处，点燃着村民的生活激情，陶醉在世外桃源生活般的惬意中，这顿饭足足能在心里香上一年。

我们家的羊肉出锅之后，我已经馋得口水直流，妈妈自然是先给我切一小块尝尝，再把撕过肉的骨头给我啃，以缓解我馋嘴猫的情绪，然后再慢慢地切肉，我当时很不理解妈妈为何把肉切得那么小，几乎是用刀剁成的肉末，长大了才明白，是因为肉少的缘故。为了丰富这顿家宴的内容，爸妈提前做了充分的准备，在二十里以外的集市上用粮食兑换几斤豆腐，做点手擀粉，再泡点晒好的萝卜干，掺进飘着油花的羊汤里，美美地吃上一顿。

我们家有五口人，我是家里的小宝贝，所以妈妈会把第一碗羊汤盛给我，我的碗里只放点豆腐，多放点肉，他们静静地看着我吃，等我吃完了第一碗，妈妈会再盛一碗，然后再把豆腐、手擀粉、萝卜干、土豆片汆进锅里，拨拨炉子里的火，等烧开后，他们几个人才开始吃，其实那时候多半肉已经让我吃了，他们几个人只是借着有膻味的羊汤吃了顿烩菜，我回过头看他们神情的时候，爸妈便满脸露出微笑，连声说："香得很，香得很，吃美了！"

一次村宴的滋味，充满了暖暖的爱、暖暖的童趣和暖暖的惊喜。

后来我上师范学校了，老家也实行了包产到户，七月十二生产队宰羊的好事也自然终结，我一直想着，等我长大工作了，一定要让爸妈和家人扎扎实实地吃一回羊肉，以弥补我过去多吃多占的错误。

时光流逝，师范学校毕业后我荣幸地在家乡当了老师，虽说每月只有几十元的工资，但还能维持生活的水行磨转，可老天没给我一个表达孝心的机会，妈妈因患重病突然离世，这场躲闪不及的痛苦给我幼小脆弱的心灵一次沉重的打击，这个终生遗憾更加剧了我要实现美好愿景的想法。那是深秋时节，落叶遍地，天气已经转冷，有一天，我瞒着父亲用十五块钱买了一只小羊牵回家，准备第二天找人宰了让老爸像模像样地吃上一顿羊肉，没想到回家就让老爸骂了个狗血淋头，骂我是穷人家的孩子耍的是富人家的排场，他坚决不吃，让我把羊退给卖家。那一夜我伤心地哭了，想不通老天为何不给我一个机会。深夜时分，那只小山羊发出的凄冷叫声划过村子上空，像一把利剑刺痛着我的心，我更觉得对不住隔世的妈妈，对不住老爸奔波操劳的一生。第二天，我只能牵着小羊物归原主。

过了一段时间，我坐在炕沿上和老爸一块吃饭，他终于说出了不要那只羊的缘由："狗娃，你也长大懂事了，那只羊我们不能吃，一来是你妈走了没吃上，我吃了对不住你妈；二来我们家手头的钱还不宽裕；再说亲房邻居家都没有宰过羊，我们请谁不请谁？那只小羊不够大家吃一顿，肉没吃好，倒落一股膻气味。"经老爸这么一说，我终于心里亮堂了许多。后来，我隔三岔五去赶集或进城办事，就给老爸买点羊肉，再带点肉汤提回家，那时他吃肉坦然喜悦的表情，让我心里宽慰了许多。

时间已经过去了几十年，羊肉村宴只不过是那个时代那个村子的平民化精神狂欢，是一个很遥远的念想，也是生命激情的一种快乐模式。第二天，吃过村宴的村民便继续下地干活，保持着平日的淡定，淡淡的羊肉香味还留在嘴边，一朵灿烂的笑容开在脸上，而后用老实的脚步度量来年村宴的漫长距离，村子重新回归了平静。

我已在外漂泊多年，虽说现在的城市每天都会生成海量的时尚元素，但我的心仍然悬浮在家乡的上空，根还深深地扎在那片黄土地上，眷恋曾经快乐的童年生活，梦里常常回到那个淳朴宁静的村庄，重温闪耀着人性光辉的童年生活情景。

# 远去的老油坊

不知什么时候，生产队在饲养院的窑洞里开了一个榨油坊，虽说设备有些简陋，一口大锅、一盘石磨、一副木制机架，还有一堆石头和木楔，但就是这孔窑洞作坊里那醉人的香味，点缀了我们童年的生活，在那些被贫困包围的日子里，这孔窑洞里流溢的恩赐滋润着我们，所以至今我都无法舍弃对油坊古朴单纯的情愫。

油坊离我们的心很近，但离我们的口却很远，每年只有那么一个月时间榨油，如同过年放鞭炮一样，所以我们更觉得弥足珍贵。我们管榨油的师傅叫油匠，干油坊的活是上等美差，油匠可以不起早贪黑修水平梯田，可以不开会，可以不送粪，只是专心致志地榨油，但必须有一定技术，也要得到队长的信任。油坊的烟囱到了农历腊月就开始冒烟了，看着油匠们打开油坊门，穿上油得脏兮兮的工作服，我们心里就偷偷地笑，知道幸福的日子即将到来，于是每到星期天，我们一帮小淘气就像一群难缠的鸟落到油坊门前，搅闹得油匠们哭笑不得。

油坊的生意很红火。我们村周边再没有榨油的地方，所以十里八村的乡亲们都来我们村的油坊榨油。油坊做的是独门生意，我们享受的也是特殊待遇，年复一年，油坊有了点名气，榨油的人越来越多，我们光顾的次数也越来越频繁，对油坊的生产程序也越来越熟悉了。油坊榨油先是把油籽放入大铁锅里炒，然后把油籽放到石磨上，拴上牲口拉磨，把油籽磨成油泥，再把油泥放入大锅里踩，油匠踩油是最关键的，油泥中放多少水，踩多长时间，加热到多少度，直接关系到出油率。我们看着油匠洗完脚，然后把那光光的脚丫伸进大铁锅里，就像我们在涝坝里踩泥，可他们的工作没我们的自由，一锅油踩下来，常常是大汗淋漓，紧接着下一个流程是上榨，把踩完后加热的油泥装成包，油泥包上面是一根非常粗的木头，叫油杠，油杠的前段分叉处是放石头的，其实就是使用杠杆原理，通过加减石头调节压力，油泥包受到重压后就渗出油来。当油杠上的石头把油杠垂下的时候，油便会汩汩地从油槽里流出来，这在我们眼里就像是一段神话，也是激动人心的时刻，有这样一罐油，村里人对自家的春节就算有了交代，一年的生活也就滋润起来了。

油坊最吸引我们的是烟囱里冒烟，那是一个很重要的信号，烟囱里冒烟，不是要磨油籽了，就是要装包出油了，这两个环节我们可以蘸点油——来之不易的油，津津有味的油。榨油的油籽一般有三种，胡麻籽、油菜籽和荏子籽，胡麻和荏子的油籽和油泥都直接可以吃，我们在牲口推磨磨油籽的时候，千方百计地跟油匠们套近乎，献殷勤，帮他们干点力所能及的活，就能得到一点施舍，或者趁油匠们踩油或上厕所的空闲偷一把油泥吃，或者是三四个人站在窑门口挡住油匠的视线，然后由一个人去偷，偷来的油泥大家分而食之。再就是要装包的时候，油匠们把油泥打完包，锅底会剩一些踩出来的油，我们早就馋得流口水了，手自然伸进口袋，把苞谷面馍头或酸菜饼掏出来，油匠们看着我们的可怜样，就把苞谷面馍头或酸菜饼放到油锅里一擦，给我们吃，他们当然也会分去一些饼，吃点"回扣"，我们可以长期友好合作。我们最喜欢的油匠是黑脸三爷，虽然他说话高声大嗓，但心地很善良，每次发现我们偷油，就会大喊一声，先把我们吓住，然后在我们屁股或脸上掐一把，以示惩罚，我们象征性地尖叫一声，这时，他悄悄地给我们手心里塞一点东西，骂着让我们跑，我们配合得很默契，马上跑走。如果我们人太多，他便让我们其中一人到家里弄点荞面煎饼，他放到油锅里一炒，然后很平均地分给大家。那一顿饭就是过年的感觉，清纯绵长的油香韵味会让人怀念很长时间。

油坊已停办二十多年了，我重新回到那个小村子，但已无法回到那间油坊。在这个村子里，我的父辈们守望着这片厚重的黄土，唱着古老艰涩的歌谣走过每个春夏秋冬，他们的手上长了坚硬的老茧，却怀着对生活的希望，他们在自己的脚下撒下了无数种子，他们躲在火炉旁边取暖，在坂坡上的田间四季劳碌，这都是为了让孩子过得更好。他们的虔诚如同油坊一样留在我记忆的照片里，永不褪色。

# 老家社火

年前，听到老家的几个好家子撺掇社火的消息，心里突然泛起一丝激动，没想到停歇了多年的社火能重新捡拾起，也捡拾起乡村的文化记忆，呈现乡村的生活情调，不失为一件好事。我立马给领班通过微信发了个红包，以表达在外游子对家乡盛事的一份支持。

耍社火是掂量村子综合实力的一杆秤。小时候，我们那道梁上有十几个村子，但其中能撺掇起社火的没几个，耍社火必须具备天时地利人和的条件，哪个村能撺掇起社火，就说明这个村的生活水平高、能人多、人脉旺、腰杆子直。我的老家是一个几十户人家的小村子，不足四百人，但耍社火是村里的强项，一来是有几个能工巧匠——富宽二叔的木工活、金娃二爷的过人武功、碎定二叔的巧手粘西瓜糊旱船、长义二哥声如洪钟的引狮雄风、喜生大哥的艄公划船、忙生大哥的小曲清唱；二来是村里民风淳朴，亲房邻里感情和睦，靠着几个能工巧匠，其他人做个帮衬，耍社火就不是很费劲的事情了。

做狮子糊旱船是最麻烦的事情，先要采购材料，社火头头安排几个热血小伙到县城去买材料，老家离县城有三十多里路，全是羊肠小道，东西只能用扁担挑，来回得折腾一天。那时候穷，全村人也凑不了多少钱，所以只能节俭办社火，那时所用的材质除了木头，还有竹棍，狮子的头用折弯的竹棍和柳条扎成架子，身套用旧麻袋，毛用一撮一撮的乱麻缝制，最后用红颜料染色，胡须都是用纸条剪的。旱船上的西瓜用白纸一层一层粘，再用一个铁模子打出匀称的西瓜曲线，再用颜料染出五颜六色，最后一层一层剥开，拉出弧线再粘合起来，这些复杂的工艺都要经过这几个手艺人之手，其他人就围在社火摊的火堆旁，煮罐罐茶、抽旱烟、闲聊，我们便跟着大人凑热闹。

正月初四，社火就闪亮登场了，社火队化妆打扮齐备，锣鼓鞭炮齐鸣，全村男女老少列队到庙里请将，请完将，就在打麦场上进行首场表演，首场表演做得非常扎实，要花费一个晚上的时间，长义二哥头扎白毛巾，双手持花灯，一声断喝，雄狮以迅雷不及掩耳之势扑进场来，人随场转，灯随鼓动，狮随灯跑，时而腾空跃起，时而相互嬉戏，雄狮起舞之处铜铃铮铮，扬起一溜尘烟，这样一通舞狮表演结束，长义二哥和舞狮子的愣头少年已是气喘吁吁、大汗淋漓了。

每逢社火出场，附近十里八村的乡亲们总会来观看，看社火其实是比社火，评社火，主要看狮子和旱船的品相、制作工艺，比引狮人的亮嗓武功，比划船艄公的腾挪变化，比船姑娘的秀脚柔步，当然武术表演也是不可或缺的一道视觉大餐，这些绝活才是社火实力的真正比拼。之后的几个晚上，社火按居住区域到各家各户轮流表演，有时候还受邀出村耍社火，联络村与村之间的感情，一直耍到正月十五左右就收官了。

多少年过去了，其实心中的社火一直没间断，我始终对其保持着澄澈如水的情感，社火仿佛是燃烧在老家春节的一炉炭火，也是老家光阴里我童年的一本书，温暖着我的童年，滋润着乡亲们清淡的生活。遥想那一个个耍社火的年节晚上，我们始终跟着缠绕在山腰的那一绺灯火和清脆空灵的锣鼓，社火队员们使出浑身的力气，亮出弥漫着汗腥味的肌肉，后半夜表演结束后，每家要炒上几大碗肉菜，犒劳社火队的成员。由于衣单袖薄，等到丰盛的大会餐开吃时，人们已经冻得瑟瑟发抖，几十个人伴随着铿锵锣鼓的天籁，借着皎洁的月光大快朵颐，尽情分享耍社火的实惠，也感受着岁月静好处大家庭抱团取暖的快乐。

我们举家在外，已经多少年没去老家过年了，似乎与老家没有多少瓜葛了，老家旧宅的大门紧锁，由于十多年不住人，满院荒草萋萋，往日过年的欢乐不再，伤感之情时常萦绕我的心头。

我庆幸老家的社火又迎来一个温情脉脉的华丽转身。这些后生们把歇气了十多年的狮子、旱船以及落满尘埃的锣鼓重拾起来，给老家的民俗文化续上了一炷香火。正月初四一早，老婆和儿子就赶去老家了，晚上儿子发来精彩的小视频，那阵势和排场远远超过以往的社火，敲锣打鼓、舞狮子、跑旱船、耍武术、演小品、说快板，尤其是一曲曲原汁原味的秧歌，配上悦耳动听的音乐，踩着蜡花舞的节奏，秧歌手们用富有诗意的秧歌曲调传唱着时下的和谐幸福生活，也演绎了偏僻村庄的沧桑巨变。

社火终于让我又回到了老家，回到了散发着浓浓年味的乡村生活，把大红灯笼挂在了蛛网尘封的大门口，初五下午，老婆打电话说想在自家老院子里也耍一下社火图个喜庆，我欣然答应，她请来亲房邻居打扫了卫生，生了火炉，还接上了电灯，晚上，社火队的小伙子们铆足劲，在老院子里耍了个热火朝天，老婆兴致一来，也跟着扭起了秧歌，平静了十几年的老院子热闹了一回。

年过了，社火谢幕了，村里的小伙子们也如候鸟般飞走了，但老家社火的铿锵锣鼓还响在心头，那么清脆浑厚，那一对雄狮憨态可掬，浓郁的社火韵味像一坛醇烈的陈年老酒，后劲大得足以让人陶醉很多年。

# 茶摊

那是设在山脚下的一个茶摊。茶摊的位置很特别，四面山上皆是蛛网似的弯弯山道，那时候没有通车，大凡老家人进县城赶集、到粮站领供应粮、去外地或从外地回家都一律步行，一到这里必须喝一壶热茶，歇歇腿脚，然后再上山，茶摊也便成了那个年代家乡父老途经的一个"加水站"。

茶摊不知究竟始于何年，四季不歇，设置并不讲究，只是路边搭了个简易凉棚，尚可遮风挡雨，棚下摆一张长方形油漆旧木桌，几只结满茶垢的青花茶杯翻扣在桌上，四周放上低矮的长条凳，泥制的小火炉上可以同时放几只铁皮茶壶。摊主是一位弯腰驼背、细脚伶仃的老太太，对待来往客人并不十分热情，又不失客套礼仪，来了就招呼客人坐下先点茶，这里的茶按角币论壶，一角钱一壶，两角钱的茶就能让一个壮汉喝得酣畅淋漓。

岁月如梭，心情如水，这茶摊在僻静的山脚下给予人们一种单调而醇厚的爱，仿佛一只偌大的水瓢给养四乡人。茶选好了，老太太就拉动风箱开始煮茶，炉子里便飘散出煤炭燃烧的焦味，茶香和着煤炭的焦味弥漫在茶摊的空间里，这独特风味的茶水吊足了人的胃口，总让人觉得她在茶壶里煮熬清澈灵性的情感，让清淡如水的日子泛起微微波澜，这种根植于穷乡僻壤的乡愁，如同一张永不褪色的老照片挂在我的记忆之中。

茶摊的繁盛一般在下午。进城的、回家的都会在下午折返，如遇夏天，太阳正毒，上山的人大都会赶到茶摊乘乘凉、解解渴、歇歇脚，所以喝茶的人太多便要排队，于是客人先要打个招呼："熬一壶茶。"老太太也总是问一句："你拿茶叶没有？"客人拿茶叶就下客人的茶，没有拿茶，老太太就抓一撮放进茶壶，倒满水放到火炉上煮。客不论远近，茶不分等级，水是井水，茶是青茶，水有水钱，茶有茶价，等茶壶上突突冒出热气的时候，一壶热茶便送到桌上，倒进杯子的釅茶，一股醇香扑面而来，客人大多啃着干馍，一口馍就一口茶。喝茶的时间便是歇乏聊天的时间，大家从四面山头而来，便聊聊天时、议议粮价、拉拉家常、扯扯乡间的奇闻怪事，老太太听着，有时应和两句，有时一言不发。等一壶茶喝完了，客人们长途跋涉的乏气散尽，一壶有形的茶仿佛汇聚成无形的劲气，便挑起百十斤的担子向弯弯山道上爬去，人借茶力，茶助人威，一口气就能爬上山去。世间品茶人诸多，茶道甚深，大凡品茶都要看看色泽，品品味道，然而在这个茶摊上却没有人对老太太的茶叶评头论足，也没多少人坐几个时辰在这里消遣，大家都是来去匆匆，临走时有钱便付给老太太几角，没钱了就下次再给，在客人心里，老太太的温情和宽厚仁慈如茶的韵味绵长而细腻，弥久不散。

起初我不知道老太太的茶摊为何一直这么红火，路边可开茶摊的人家很多为什么没有人抢她的生意，后来终于从老太太的经历中找到了答案。那是新中国成立前一个炎炎烈日的下午，一股国民党残兵从这里逃窜，老太太在他们逼着要茶喝的时候，把仅有的半桶水掀翻在地，她知道这帮人钻进石峡就等于钻进了口袋，再断了水就等于断其咽喉，他们也就死定了，结果正如她所料，那帮人最终被解放军消灭。尽管她的反抗行为遭到了这帮人的残酷迫害，但这一行为在她的生命历程中写下了最生动、最闪亮的一笔。于是我才知道，这小小茶摊有其独特的生命背景、生存状态及其所蕴含的精神光彩，真正感动我的，是老太太血液中流淌的爱国情怀与人生境界。

随着交通状况的改变，茶摊如今已成为遗迹，但每次回家总看到凉棚还在，在那烟熏火燎的痕迹中总会浮现出老太太的形象，她如一把遮挡风雨和烈日的伞永远撑在家乡人的记忆之中。

# 老城墙的断想

谓之老城，自然就有古老的历史，单是那长满荒草和苔藓的老城墙，就有一种发思古之幽情的感觉了！

老城墙是老城的根，深深地扎在黄土深处。老城这棵大树枝繁叶茂，个性如此张扬，就是因为老城墙把阳光、雨露和黄土地的神韵收拢进来，成为城民繁衍生息的温馨港湾。老城墙在过去的年代算是尽力了，它成年累月地站着，站在那轮皎洁的月光下，赏花开花落，看云卷云舒：东城门、南城根、西校场、东关、西关、北关……咀嚼这些古色古香的地名，使那些在古城里已经拂袖而去的先辈和正在挤进古城的后生们，依稀感受着古城浓厚的文化氛围和澄明甜润的生命激情。老城墙的名字流经大地，流经村落，抚摸着百姓手脚和心灵，体验着庄稼的成熟和清香，一代又一代……

老城墙作为古城的构件，是历史铸造于人们心中的一种古老情感。在兵荒马乱的年代里，城墙下一溜芦苇和池水相守的深壕静静守候。虽老虽破，老城墙守住了一座封闭、寂静的古城。在古城的记忆中，城墙是一段历史，是一代又一代人亲手创作的雕塑，让人情有独钟。

曾经，老城墙圈地为城，把鱼鳞般密集的居民院落圈入城中，老城沿街的铺面断瓦残垣，参差不齐，铺面挂上旧门帘，屋内烟熏火燎，那些裹脚的老太太和披着破棉袄、系着草绳的老爷爷蜷缩在热炕之上，年复一年守着祖先留下的这份家业，过着粥稀衣薄的日子。多少年过去了，青石板路仍然是青石板路，破民宅还是破民宅，老城被定格在一张贫穷的白纸上，许多人在清冷的月光下拂袖而去，终生与好日子无缘。

斗转星移，时光轮回，老城墙已完成了它的历史使命，即将退出历史舞台。推倒老城墙的是涌动的商业大潮，如今的老城，商铺漫到了城外，小商铺改成了市场，小巷变成了街道，茅草房变成了楼房，城里的人走出去了，城外的人涌进来了。封闭、守旧的老城开始壮着胆子，张开双臂拥抱城外的世界，满城涌动车水马龙的鲜活故事，街头不断变化的广告、流行色，时尚的少男少女，把飘逸的神韵举过头顶，四方商贾终日穿行于忙碌与播放着流行歌曲的街头，古城已属于所有奔走的人们。温馨的春雨中，古城墙的城郭重新响起打桩的歌谣，谱一段抒情的乐章，让古城墙融入城里人的现代生活。

# 在老山，酌饮一段老去的时光

　　老山是蜗居在秦安县千户镇云雾山下的一个小村庄，身处广袤的黄土高原地带，它只是西北乡村的一个缩影。就在乡村振兴战略的新坐标线上，村里借手艺人之手颇有匠心地建起了一个乡村记忆博物馆，记录往日的风景，展现烟火蓬勃的乡村，重塑美丽乡村的文化肖像，静寂无声的时光物语让血肉丰满的村子存活在下一代人的心中。这种饱含精神"钙"质的展览不仅吸引人们的目光，也是对一个村庄发展轨迹的最好注解。

　　老山村是一个有百十户人家的村庄，整个村子的农户散落在凹字形的山湾里，按居住区域分为上、中、下庄三个部分，乡村记忆博物馆就建在上庄村的巷道里。巷道两侧新建的青瓦白墙上，镶嵌了 70 余件锅碗瓢盆、刀斧锯凿、石磨皮影，曾经引领 20 世纪时代风尚的"三转一响"也被陈列其上。这些耳熟能详的世纪产物，曾活跃于乡村生产生活舞台，穿梭于农家的灶台炕头，承载着很多乡村文化密码，饱含乡村情怀，赓续乡村血脉，如今，被世人重新捡拾起来，做成值得典藏的美好印记，一段贫穷日子所蕴含的乡村生活元素重新被激活，被点亮，真实再现一个村子某个时代的生活节奏，跳动着一段历史的脉搏，并且像一幅鲜活生动的画卷，仿佛伸手就能触摸到淡淡的墨香和难以释怀的乡愁，它们的骨子里渗透着乡村人的精神和灵性，以一种山河壮美的惬意，摇曳着乡村沧桑的梦境。

一个村子的格局彰显一个时代的包容，每一件什物中都饱含了丰富的词汇，汇聚成乡村词典，那些曾经与家人相依为命的器具盛米、盛面、盛浑浊的泉水和窘迫的日子，也盛满了乡村的酸甜苦辣。如今的乡村已经充斥了许多工业元素，农耕时代的东西渐次退出舞台，许多人四海为家，乡村历史文化的碎片也便如流星般滑落尘世，家乡的印象逐渐剥蚀成游走的灵魂，如果不去追寻和保护，往日的乡村影子就会从人们的视线中消失。

在我的记忆中，老山村所迸发的时代气息始终高光频现，我的姑姑和大姐都嫁到这个村，虽相隔不到十里路，但总觉得比我们的村子光鲜时尚。20世纪70年代，姐夫当村支书，家里安装了有线电话和扩音机，门外的大槐树上安着一个大喇叭通知村上的事情。那时村里就有拖拉机、面粉机、榨油机，每逢过年村里就唱几天几夜的大戏，两盏汽灯挂在舞台前亮如白昼，十里八村看戏的人挤爆戏场，每年的元宵节村子里还要放天灯耍社火，我们隔山也能看见老山村放的天灯在夜空中飞翔，煞是神奇，一个小山村所蕴含的魅力光芒四射，令人羡慕不已。

老山村那些熟悉的人和事也自然给我留下了深刻的印象，那一张张饱经沧桑的脸、一双双长满老茧的手，以及飘在风雨中那一抹黝黑的疼痛。观赏眼前这 70 多件什物，仿佛又走回昨日的时光，看到了那些血肉丰满的乡亲和山水相依的风景，思绪游走于那一个个清纯如水的故事之中。

在老山，给我印象最深的有两个人，他们的童年同样紧贴传统的农耕生活，背靠厚重贫瘠的黄土地，传承世代相守的农耕方式，但随着生产、生活方式的改变，他们终于从这个村子里突围，用另一种方式锻造一种新时代的生活，为古老的村庄刷出了一抹亮色。童年的庚英兄很阳光，小时候每次去姐姐家，总会碰到他提着竹筐拾大粪、拔草，那时拾大粪可以交给生产队记工分。正是这种勤快朴实的劳动成就了他的人生，后来他上了卫校，毕业后成了一名医生，再后来做了县人民医院的院长，任职期间他为医院的发展付出了心血和汗水，他始终坚守初心，守护着父老乡亲的健康，赢得了百姓很好的口碑。

进林兄是村里地地道道的农民，但他同时是农耕生活的叛逆者，改革开放后，他放弃祖先们农耕生活的传统方式，毅然出外闯荡，走村串户做过收头发之类的小本生意，再后来参与青藏铁路建设，后半生与铁路建设为伍，带着几百号人，常年扎根在青藏高原，在叮叮当当的冰凉钎锤声中铺轨修路，成为一位当地小有名气的民营企业家。在他的身上，不仅可以追寻现代农民在小康大道上奔跑的足迹，感受到乡村农民的朴实无华和纯真善良，而且还能看到他们接纳工业时代技术革命的海量信息。如果说乡村记忆博物馆所展示的什物是传统农业和现代工业相融合产物的话，进林兄便是游走于传统和创新之间的一匹黑马，从他身上抚摸到村子沧桑岁月的另一个切面，感受一个魅力村庄的憨厚朴实。

自幼在农村长大的人，都想回到那个纯真无邪的童年，因为那些沾满泥土味的什物器具里，生长着我们浓浓的乡愁，它们像一面光彩照人的镜子，更像红红的一团火，让人又一次穿越到那个时代，享受那一片山丘旷野、细雨阳光、炊烟薄雾，聆听柳笛吹奏的缕缕清音，在茫茫暮色中拥一缕天籁，抑或仰望挂在村头树梢上的一弯明月。抚今追昔，坐着新时代列车奔跑的乡村，和城市一样也呈现出绚丽多彩、灯火通明的市井镜像，漫步于宁静清新的阡陌小巷，享受蓝天白云下的一片麦田，美丽乡村处处散发着黄土地的草木之香，漫山遍野写满唯美浪漫的诗章，村子的表情足以让人怦然心动。

斗转星移，岁月不再，和曾经形影不离的器具什物在一种和谐的风景中相遇，共同打坐在阳光惬意的夏天，思绪徜徉于梦境和现实之中，总会遐思万千，假如我能靠着这两面文化墙做个梦，一定会梦见童年时代田间耕地的牛、山头飞动的云彩以及田间劳碌的身影，那遗落于清晨山间小路的马蹄声、夜间泥塘的蛙鸣、秋天的满目金黄以及凛冽肆虐的寒风，这一连串乡村灵动的大自然语言、抑或是村民悲喜交加的表情，这多个维度的风景汇聚成村子睿智的思想，煨烤着村子的温度和情感度。

思绪再一次定格在老山的乡村记忆博物馆，望着展示的这一件件见证幸福生活的唯美什物，我相信随着乡村振兴战略的实施，老山的风景将会更加异彩纷呈，但愿村民在闲适时间，张灯结彩，具酒邀客，把盏品茗，与四方游客垂钓光阴深处渐渐老去的记忆，酌饮一段乡村的美好时光。

# 令家泉

令家泉是老家的一眼泉，一眼并不起眼的泉，但它却是滋养我血肉之躯的生命之水，生生不息地流淌了几十年，成为一脉浓浓的乡愁，一段旷世的缘分。因为这眼泉使我们村子嘎巴作响的骨骼里充满诗意，村子的香火世代延续。

老家闫家山村地处秦安县王窑镇西南角，在本地小有名气的十全山是我们一道梁的地标，山脚下有令坪村，当地人习惯叫令家里，是因为村子里百分之九十的人家都姓令，我们村就在令坪村的下面，因为闫是村里的主姓，所以便叫闫家山，两个村是一个行政村两个自然村，两村人世代友好，亲如一家，不仅因为地域接壤，人情往来频繁，更重要的就是因为共饮一眼泉而水乳交融。

令家泉坐落在我们村的地盘上，虽被抢注了"令"字号的"商标"，但对于两村人吃水并无大碍，在我的生命中，这眼泉就像上苍播撒于田间的金黄谷粒，在清淡如水的岁月中，它紧紧依偎着村子，在晨光和晚霞里，留下了村民被泉水吻过的笑声，也正是因为这眼泉，祖先们才在这里择水而居，刀耕火种，繁衍生息。泉水养育了男人挺直的腰板和野性，也滋润了女人出水芙蓉般的清秀与柔情，这种天籁般的和谐打磨出了村子的荣耀。

在我的童年记忆中，令家泉是一眼神泉，泉水从悬崖之下的红胶泥缝隙中汩汩溢出，周年泉水充盈，水质清澈，泉池不大，上面用树枝搭建成一个马鞍型棚子，一来可防尘土草芥之类落入泉水，二来可防牛羊在泉边饮水，泉侧面稍低处有一个大池子，泉水流满后又流进侧池，可供村民洗脚洗脸，牛羊饮用，外溢之水形成淙淙溪流。

岁月荏苒，泉水默流，阡陌纵横，山色飞渡，沉淀了老家的流年诗韵。令家泉周边水草丰茂，一片鸟语花香，有不可多得的乡村意境，那里的每一个镜像，铭刻着村子的斑驳时光，像一根生命的缆绳系着父老乡亲。小时候跟着哥哥姐姐们上学时，午饭后去学校路过令家泉就洗把脸，有人渴了就直接趴在泉边美美地喝上一通，清冽的泉水好比今天的矿泉水，喝了既不腹胀又不腹泻。到了星期天，我们就会三五结伴地到泉水边玩泥巴，筑水坝，用冰草做成风轮安装在水坝下面，再用冬花叶片做成水槽，放开水坝的水，水流就打着风轮转动起来，这个时候伙伴们会高兴得欢呼雀跃。最好玩的是夏天野莓子熟了，我们会把冬花叶子洗干净就势卷个筒用来盛野莓子，之后分头到布满鲜红野莓子的沟坡上，边吃边摘，像捡一粒一粒发光的珍珠，直到整个沟坡扫荡完毕才肯收兵，那种享受既有大自然赐予的恩惠，又有劳动获得的快乐，远远超过如今品尝时令水果的快意。

北方缺水，令家泉虽没有沧浪之水，但满含山野僻壤的溪流韵味，像一块晶莹剔透的美玉，更像一双炯炯有神的眸子，让村子四季的时光倒影灵光闪烁。一方水土养一方人，令家泉亦是如此，人因泉而生存，泉为村子而生动，它像一位肌体丰满的母亲，用乳汁养育着两个村子的几百号人；它更像一位肩宽背厚的父亲，扛着村子的日子负重前行，成全了一桩又一桩美满的姻缘。

令家泉的水冬暖夏凉，甘甜美味。一条幽静的小路，一眼落满人间沧桑的清泉，守护着烟火蓬勃的村落，闪烁着人间炫目的光彩，为村子刷出一抹亮色。一眼泉的青春发育，一滴水的风花雪月，让村民觉得拥有一份厚实的家业，世世代代用泉水洗衣淘菜做饭煮茶，迎接呱呱坠地的生命，安葬离水远去的亡灵，同时也扶起了我们宽厚的肩膀，孕育了我们的思想和灵魂。每逢家里来了客人煮茶做饭，总会对客人强调用的是"令家泉的水"，让客人从泉水中尽情抚摸我们村子跳动的脉搏。

20世纪八九十年代，由于老家十年九旱，本来脆弱的地下水源渐渐枯竭，周边村庄的山泉几近干涸，尤其到夏收季节，白天村民忙着收麦子，晚上还要漫山遍野排队找水，折腾大半夜勉强接上两桶浑浊的泉水，后来有人在泉周围打水井，还是不够用，再到后来就每家打水窖，蓄存雨水饮用。而我们村子的人吃水不用费劲，迟去早去令家泉的水总是充盈清澈。为了节省时间，堂房五哥最先发明用大油桶焊了一个水箱，大油桶置于架子车上就成了拉水的车，在令家泉边灌满水桶，一人驾车，一人帮着推车，拉到家门口再将水从大水箱里输出来，盛满家里的水缸可以吃上几天，村里人效仿五哥做了很多拉水车，村民成群结队地拉水，甚至邻村乡亲也来令家泉挑水，泉水依旧旺盛，这区区一泉水升起了穷乡僻壤的袅袅炊烟，也养活了一道山梁的父老乡亲。

自从老家通了自来水，就没人饮用令家泉的水了，偶尔有村民去地头打农药才到泉边灌水，从此它像一位孤零零的弃婴深藏于泉沟里，默然流泪，并渐渐淡出了村民的视线，晚辈们的朋友圈里也很少有人提及，一眼泉竟被奔跑的时代甩出了村庄，定格为一段洪荒中的记忆。

但在我的心目中，令家泉永远像一段难以割舍的乡情，似一缕生命源头的活水激情流淌着，不曾黯淡。重阳节回了一趟老家，突然想起令家泉，临走的时候特意带了一个塑料桶，准备提一桶泉水回来做一顿可口的浆水面。然而到了泉边，眼前的景象却出乎我的意料，尽管风物依旧，但泉棚上腐烂的树枝和剥落的树皮悬在空中，棚顶有几缕孤独的苔藓生长在秋色中，池子周边结出碧绿的水垢，溢满的水从泉前面的导流渠里流出，落入下面的沟壑，周边地表多有塌陷，荒草萋萋，并散落着几个拆封的农药塑料袋。我伫立泉边不禁潸然泪下，提水的想法也便戛然而止。思绪沿着波澜起伏的心情重走一回童年，祖辈们不知从这里挑走了多少风雨，多少辛酸，而此刻，我唯一能够捡拾和仰望的是对泉水的深深眷恋，如果不是时光的飞快流逝，令家泉也不会落寞到这般地步。

令家泉仿佛深埋于我心中的一盏灯火，不仅装满我轻狂年少的幻想，在童年的春天里燃烧，更是藏于我生命深处的一抹乡愁，终有一天，故乡会成为寂静的空壳，到那时，令家泉将是恪尽职守的孤独长者，是存留于村子的最后一缕声音，是收拢山头俗世烟火的悲情壮歌，是一段尘世的落寞时光。

# 跳神

秦安老家是个十年九旱的地方。记得小时候春天下不了几场透雨，地里麦子即使在拔节抽穗的时候个头也矮矮的，可怜的玉米和洋芋苗被晒得耷拉着脑袋，贴在地面上，像缺了营养的孩子。稍有不顺，遇上一通冰雹，盼了一年的庄稼就会颗粒无收。暴雨过后，村里的大人们聚在打麦场边看汹涌翻腾的河水，脸上的无奈和无助就像头顶还未散尽的乌云，让天空顿时阴暗下来，满心的希望化为乌有。

记得 20 世纪 80 年代初，一些被禁锢了多年的民间活动又开始活跃，老家庙会除了每年唱一台大戏，还在农历七月十二左右举办一次"跳神"，请来打羊皮鼓的人主持祭祀仪式，从那时起，每年一场的"跳神"活动成了雷打不动的民间盛事。每到跳神大戏启幕，附近十里八村的乡亲们无论远近，都会赶来看看表演。

"跳神"其实就是一场民间祭祀活动，邻近几个村组成一个类似于庙会的社，社里每一个自然村每年轮流坐庄，到时候，社里的每户人家都会捐点香火钱，杀鸡宰羊，用来做祭品。打麦场上设立神坛，旗幡高悬，彩带飘逸，将四方尊神塑像供奉于场上，香火缭绕，煞是热闹。老家人把手持羊皮鼓主持祭祀的师傅称为"司公"。司公头戴花花帽，身穿背心袍，手执羊皮鼓，口诵经文，向四方尊神祷告，祈雨消灾，扶正辟邪，祈求一方风调雨顺，乡民日子丰盈，不求大富大贵，但求平安顺遂，也是一种无奈的精神寄托。小时候老人常说我们小孩想"跟上司工跳天神"，估摸是神化司公的技艺高不可及，或是打跟从高师才能学到绝技的比方，也不排除"癞蛤蟆想吃天鹅肉"的意思，反正那时我们不懂只是一笑而过。我们社里请的司公姚师名叫福生，是村子对面姚家沟的人，姚师是老家小有名气的老艺人，为人和善，言谈举止彬彬有礼，多才多艺，村里唱社戏他既能打鼓鸣锣，又是表演主角的台柱子，村里婚丧嫁娶的事情都由他主持，威望很高。

姚师跳羊皮鼓舞可是家传的手艺，据说民国年间他的祖父就领着十个人在周边巡回表演，在当地已小有名气，后来他的父亲继承此业，扩大到了16人，每年端阳节过后，就背上行头走乡串村地表演。姚师11岁起就随父亲跟班学艺，父亲去世后，由他领衔20人的扇鼓舞队。如今姚师已经仙逝多年，三儿子姚国义又继承了父业，能表演出纪念三皇舞、夹板、扭唱、独舞、双人舞、四人舞、八人舞、总旗舞等几十段舞戏，四代人靠一面羊皮鼓就演绎了一百多年的民间非遗文化，也给偏僻贫困的乡村带来了吉祥和平安。

别看姚师平素笑容满面，待人和蔼可亲，可一旦行头加身，手持羊皮鼓"神"就来了，只见他满脸虔诚，毕恭毕敬，方步蹀移，口中念念有词，随着他的手势起伏，羊皮鼓手柄的铁环旋即抖动，环声唰唰，与鼓声相伴成韵，身旁一字排开的徒弟们敲鼓伴和，鼓声节奏或如雄风席卷山岗，如激流奔腾宣泄，如猛雷轰响天边，或如滴水叮咚，清脆透亮。行云流水般的羊皮鼓舞着实精彩。

跳神的羊皮鼓舞是融文学、武术、戏剧、舞蹈于一体的综合艺术，别的不说，如果没有一副好身体是绝对拿不下来的。老家的跳神活动一般要办上三天三夜，司工从临近中午开始，一直要演到晚上十一点左右才能收场，虽中途可以休息，但表演期间时而腾空跃起，时而两膝跪地，手舞足蹈，击打扇鼓；表演者还要掌握七十二韵腔，并能滔滔不绝地口诵约四万字的唱词，粗犷的歌舞和五花八门的表演套路集于一身。直到司公持利斧秒斩柳枝的绝活没有任何瑕疵，观众心里悬着的石头才会落地，寓意神欢喜了才会风调雨顺，大吉大利。

姚师的羊皮鼓团队因为表演的节目精彩，深得乡民肯定，20世纪80年代就声名大噪，在天水首届民间艺术节暨伏羲祭典活动上表演并录制了纪念"三皇"的《西部旋鼓》，先后在中央电视台《神州风采》《祖国各地》《长城内外》等栏目播放，20世纪90年代，他的羊皮鼓舞再度出彩，在黄河滩参与电影《筏子客》的实景拍摄，在《祭河神》一场戏中扮演角色。

姚师为人谦和厚道，入乡随俗，虽然忙上三天三夜也挣不了几两碎银，但他不为别的，就图个名分和情分。为了照顾到每个村的活动，每年他会根据每个社的固定时间排出一个次序表来，空闲时间练武学艺，养精蓄锐，每年的活动安排得很紧凑，表演也会花样翻新，给观众一个惊喜。

姚师虽然去世多年，但我感觉他灿烂的笑容还在眼前，清脆浑厚的鼓声犹在耳边回响，或许他在天堂还在为乡亲们的好日子祈祷奔波。

# 冬天里的一幅画

在一个大雪飘飞的日子，遇到了冬天里的一幅画。这幅画和谐的色调、厚重的质感和独特的创意把我带入了家乡的情境。这幅画出自一位小姑娘之手，画面上纷纷扬扬的大雪覆盖了周围的大山，覆盖了整个村子。麦场上的大碾盘落满纯净的雪，附近几家院落的大槐树上悬挂着金黄的玉米串，屋顶上覆盖着厚厚一层雪，村子的巷道被大雪封得严严实实，只有一条黑色的小狗从巷中溜出，身后的雪地上留下了一行深深的足印。这场景酷似我生命中那个魂牵梦萦的山村。

这是一幅乡村雪景的写实画，展示着一个令人憧憬的冬天，一场雪是一次深情的孕育。秋天的果实刚刚悬上头顶，瑞雪已早早催发丰年的气息。在这个飘雪的日子，劳碌了一年的人们也该歇口气了，团在热炕头上，男人熬上罐罐茶，女人们做做针线活，欣赏着电视节目，小伙子们尽情地聊天玩牌，以各自的休闲方式打发日子，这时候，他们可以什么都不想，什么都不做，心中只留一片蓝天，乡村的时光被满满的温馨拥抱着。

我非常感谢这一场雪，它将一个冬天完全铺开，农人用长满老茧的双手梳理丰盛且饱满的日子，沿着季节的边缘清点一年汗水换来的果实，舒展着内心的微笑，冬天深处欲望已不再剧增，劳动的臂膀呵护农民富庶的生活。

在这个雪天欣赏这幅画，便开始进一步领悟到乡村的意义。推开城市的窗户，乡村的阳光依然明媚。我确实很佩服小姑娘的构思，因为她成长的年代和这个场景的时代有一定距离，但她把山村的清静和殷实有机结合起来，把山村的过去和现在巧妙地融合在一幅画中，大碾盘如牛车在弯弯山道上盘行，几代人守护着这个僻静的乡村。告别了故乡的贫穷，串串玉米绽放出农人灿烂的笑容。从画面上，我已看到了春天的影子，听到了种子发芽的声音，由此可以看到小姑娘构思的功底，据小姑娘说这幅画她整整做了二十天，我更觉得这幅画弥足珍贵。

# 乡里人城里人

阳光雨露给乡里人和城里人一样的清新和激动，没有偏袒的惬意使乡里人的禾苗茁壮生长，使城里人的轮廓更加明净。

乡里人自在，上地前无须化妆打扮，一身简装，两腿泥巴，扛一把锄头或一袋种子也不讲究姿势的优美，碰见熟人拉话抽烟串门子便是没有韵律的信天游，广袤的土地允许大家无拘无束。绿树环绕、屋舍俨然、空气清新，悠然惬意的宽房大院中，现代化的家什器物应有尽有，想干风风火火地干，想睡便呼呼大睡，想吃就随随便便地吃，兴致一来，古杯陈酒旧调子，酣畅淋漓地灌上一气，白发须黑的老者不禁感慨万分：吃有吃的，看有看的，用有用的，愁啥？

城里人有水、有车、有楼、有时髦衣服时髦话，但天空太小，大街上车流人流潮起潮落，若遇十字路口的红灯亮起，就要规规矩矩地就地待命。每个人常伴三件爱物：钟表、雨伞、自行车。走路常是快节奏。城里人吃饭要钱，走路要钱，穿衣要钱，住房要钱，无论干啥都少不了钱这个宠物，于是，工资不能按时领上人们就喘着粗气，或进银行或求助朋友，所以城里人购物也从不割舍一分钱的优惠，有时也埋怨电表水表的恪尽职守。街上的流行色使看了眼热却力不从心的女士们喟然长叹，若再听一曲"再也不能这样活，再也不能那样过"的曲子，就惆怅得不知所措。城里人各自为政，邻居往往脸孔陌生，甚至老死不相往来，搬走的和新来的一样淡漠。条件的便利倒滋养了城里人的惰性，就连油盐酱醋、垃圾路灯的生活小节也让小夫妻或邻居们横眉冷对。城里人囿于市侩的世俗眼光，就得瞻前顾后地走路，娇声嫩气地说话，八面玲珑地办事，积年累月，城里人具有了猎鹰的敏锐，蚯蚓的勤劳，猕猴的圆滑和浮萍的轻飘，使本来标致的身段渐现弓形，酷似乡里人劳作负重驼了的背。

乡里好还是城里好？

# 乡村的视角

故乡好像一只河里游动的船，我始终在岸边，以爱慕的眼神关注着她的行程。

孩提时代，用懵懂的眼光看朴素的村庄被风摇动着。柳笛吹动三月的阳光和水。那只船上，我们沐浴在母亲的襁褓中，看父辈们的粗茧老手成天穿梭于贫穷的日子。但我们涉世未深，竟看不懂婚姻的故事，为何用定亲的钱物去丈量通向婚姻殿堂之路的长度，故乡的爱情为何总是充满悲剧的情调，钱财的利刃把两只相爱的鸳鸯割得流血，两个情人在无力的抗争中忍着伤痛逃跑，美好而痛苦的恋情不知将抵达哪一处驿站，就连维纳斯女神也在默默流泪。也许是父辈们面朝黄土背朝天的虔诚姿势感动了苍天，田间地头他们没有舞蹈，也没有泪水，只会用粗犷的山歌祈祷风调雨顺，娶妻生子，成家立业，以硬朗的身子骨撑起了一个家庭低处的光阴，婚姻在贫瘠的土壤中平静地生长，终于让一个村庄的香火延续下来。

斗转星移，时过境迁，时代的脚步唤醒乡村的灵动，乡村的婚姻也终于迎来阳光明媚的春天，茁壮如初的生命在暖风中昂首阔步，盛满甜蜜的爱情一同绽放于桃花盛开的季节。被柳笛、春风吹送到春天土地的榆钱开始长出一片新绿。带着泥土芬芳的一缕暖风，伴着一对对牵手的恋人，悠闲地行走于田间巷陌，浪漫的爱情顿时馨香四溢，围着意中人弥久不散，如同色彩缤纷的风筝在蔚蓝天空中自由飞翔。田间翻滚的麦浪足以养活一对对恩爱夫妻。老油坊、羊圈、山泉和沾满泥土的犁铧为乡村续写丘比特的故事，屋檐下小燕子呢喃筑巢，蜂蝶花间飞舞嬉戏，小羊羔草坡上吃奶觅草，爱情的根从此深深地扎在生命沃土上，乡村的风景构成一幅幅恬静的油画，爱情年轮最完美的部分，是泼洒于春天漫山遍野的这一片浪漫。

故乡的容貌渐渐俊俏起来，菜园篱笆下结出的石榴、地埂边枣树上鲜亮的红枣，还有漫山遍野的红高粱，院子里悬挂的玉米棒，装扮出一个丰盈多姿的村庄，美满的婚姻在秋天分娩、生长、成熟、吟唱，流淌的秋色构筑起乡村的诗和远方，勾勒出灵性活现的乡村图景，年迈的父母站在打麦场上看活蹦乱跳的孩童，当年的小马驹驮起一片天空在谷子地行走，去追赶粮丰果茂、人丁兴旺的好年景，父辈们脸上的表情如鲜花一夜盛开，时间和爱情对话的声音成为母亲河的一条支流，一同流向现代文明的大海里。

任美满的婚姻在青山绿水之间潜滋暗长，携一缕乡音，取一滴山泉水，酿成玫瑰酒，摆上一桌丰盛的酒席，乡亲们打开天真烂漫的话题，品一段舒畅幸福的心情。美丽的乡村呈现楼群林立、绿意葱茏的新样态，日子蒸蒸日上，任凭你走入哪道风景，都会被激情带到高处，让心灵体会一个时代的杰作，幸福的音乐为乡村的腾飞锦上添花。

# 村庄的挽歌

　　我想着，寒冷的冬天走了，雪走了，刀子般的风走了，叽叽喳喳的麻雀走了，枯瘦的柳枝走了，尘封的往事走了，贫穷的日子走了，春天的村庄就会花枝招展、春光烂漫。我真傻，没承想清明时节的蒙蒙细雨也能浇灭与这片黄土日夜相守的两支蜡烛，村庄仅剩的几根肋条又被岁月抽走一根又一根，一种无可奈何的暗色调让我魂牵梦萦的村庄响起挽歌。

　　这一场生死离别，足以骤然复活小村庄经年枯瘦的记忆。记忆中的一场大雪如期而至，挂在屋瓦上的冰柱、被雪覆盖的大碾盘、玉米秸秆捂着的马铃薯、装满水的木桶、巷道雪地上几个沾满粪便的牛蹄印，还有我们手脚上生长的不安分的冻疮，统统长成冬天的模样，让村庄寒冷的夜晚在大柳树枝头打战，只有我们睡在妈妈的怀抱里才能体验村庄深处的温暖。次日，村庄的灵感被早起的麻雀唤醒，只用草绳系着破棉袄的父辈们出门，对一场雪进行熟练地删减，他们把多余的部分用扫帚扫去，把一部分铲在院子的桃树下，然后用最洁白的那一片堆成雪人，留给我朗诵《济南的冬天》。

童年的冬天就是一张死亡的网，树枝死了，野草死了，冰凉的石头死了，终生忙碌且老病缠身的几位父辈没能扛过这段冰天雪地的时光，在月明星稀的夜晚被这张网无情地收走。生活就是一本戏，看似寡淡无味的情节，其中却饱含酸甜苦辣、喜怒哀乐的人间况味。

父辈们是村庄的脊梁，他们是原生态乐手，晨食甘露夜饮月光，用勤劳、善良、汗水、虔诚和原创节奏，弹拨着春华秋实、风雨雷电、田畴沃野、日出日落，也弹拨着岁月的酸甜苦辣和一个村子的繁衍生息，他们各自以不同的高度支撑着村庄，唤醒村庄的灵魂。

坐在冬天的炉火旁打开村庄的记忆，父辈们黝黑的脸上写满善良和慈祥，梦里总会与他们在打麦场相见，梦醒后怀疑他们还活在光阴深处，活在灿烂盛开的微笑里，活在闪耀金黄的麦粒中间，活在挥洒汗水的精神中，他们一生为了子孙后代，奔跑在那段艰辛的日子，奔跑在那条陡峭的山道，巨人般的身影成为山梁之上的雕塑，他们经年累月的汗水滋养了生死交替的村庄。春节之后，他们会在村头目送后生们去城市采摘盛开的玫瑰，然后默默陪伴满脸皱纹的岁月。隔着时空，紧紧握住父辈们的手，一段爱恨在指间缓缓流动。

端详渐渐老去的村庄，我们内心充满歉疚。在时间的键盘之上，突然觉得村庄正在下沉，无私、奉献、孝道的字体在后生们的身上渐渐走形，父辈们风烛残年的空间被挤得鲜血淋漓，曾经丰满的村庄几近空壳。捧读村庄，我依然敬畏田间汗流浃背的父亲，灶台前辛苦忙碌的母亲，他们心怀苦涩在沧桑岁月中守护村庄的寂寞，为子孙后代的幸福默默铺垫。铅华洗净，但我们无法用自己冰凉的双手拔掉铭刻在父母心中的痛苦，一行泪就变成了苍天声讨自己带血的文字，仰望父母，我们必须静下心来，找回迷失的路。叩问父母：我们的一行泪水能否洗刷心灵年复一年的过错？

春天刚刚打头，一挽凄凉的悲歌就从天而降，低回婉转的唢呐、禅声萦绕的木鱼、刚刚吐绿的野草、鹅黄染枝的山柳，还有带着沙哑声的铜锣在寂静村庄里倾诉凄凉忧伤，且渐行渐远，新坟头火光中燃烧着纸马、童佣和冥币，最后以一串磕在地面的响头作结，为逝者做一场体体面面的葬礼。

拂去少年轻狂，蓦然回首已年过半百，为长满乡愁的村庄逝去的父辈们写一段苍白的悼词。老榆树清风里送上大把的榆钱，让所有的祈祷变成晶莹的烛光，照亮父辈们通往天堂的路。

# 到乡下过年

　　我已经是一只断了线的风筝，总是在年关的上空飘摇，因为精神的牵挂早已远去，只有父母用终生血汗经营的那方宅院还在坚持驻守，但与过年的主题关联不大。我真正意义上的村民资格还保持着旺盛的光芒。我想，谁也阐释不清过年的真正含义，但常年住在城里的人开着加足了油的车，一个劲地往乡下跑，像一片飘零的树叶过年的时候总会落到家乡的屋檐下，在烧热的土炕上依偎在父母身边才能寻找到那种过年的感觉。快到年关的时候，好像满城的人都是乡下人，大家都是在祖先们的身后衍生和延续，从原始的状态出发，完成了一段远渡的历程，有共同的追寻和归宿。可能他们都已厌恶城市那种枯燥呆板的生活，想去体验自己曾经熟悉的童年的生活，回归心灵的梦。乡下很好，很幼稚但很真诚，很贫穷但很温暖，很简单但很朴实，很僻静但很动人，每一个从乡村原始状态走出来的人都会十分珍惜乡下的一草一木，可能是生命的牵动，可能是情感的波动。那些饱经沧桑标志乡村年轮的面孔的表情，足以使人潸然泪下，瞬间就会让我们找到自己生命的出处和回家过年的一百个理由。

乡下过年很热闹，绝非单纯的吃喝玩乐，乡亲们以一种很虔诚的心态走进被爆竹和欢乐心情烘托的氛围，家里的儿孙年初都像出海捕鱼的船，大年三十满载而归停靠在温馨的港湾。乡下是一个岛屿，乡下是一棵盘根错节的树，多少只春天试羽的鸟又飞回来在春节的屋檐下栖息。我很庆幸自己是农家子弟，很庆幸自己能以一个村民的身份回到自己的家乡。

其实，过年就是每个人对自己一段生活的总结，给自己和所有关心自己的人一个慎重的交代。大年三十，忙碌了一年的村子也开始活跃起来，女人们忙忙碌碌地张罗过年的饭菜，男人们负责打扫门里门外的卫生，把故去老人的遗像或灵牌从柜子里拿出来，小心翼翼地擦去相片上的尘土，然后再慎重地摆上堂屋的供桌，这是每家都有的规矩，这种怀旧和思念之情随着人们生活水平的提高显得越来越重要，甚至那些老人在世的时候因为生活琐事常犯口角的后人们也要举行隆重的祭奠仪式。除夕夜，村子里鞭炮一个劲地响，辞旧迎新的气氛一下子就达到沸点，各家的灯刷地亮起来了，孩子们争先恐后地燃放焰火。接逝去祖先的灵魂和后人们一起团圆，这种仪式尽管是一种虚无缥缈的精神寄托，但也包含着中华民族的传统美德，就是对于那些生前不孝敬父母的人也是一种精神上的弥补和追悔，让自己的儿女们对长辈怀有尊敬和孝道。

老家的山顶有一座庙宇，每逢过年，山上就显得十分热闹。村里的年轻人大年三十彻夜不眠，快到半夜的时候，他们就会成群结队地涌到山上的庙宇里抢着烧头香，据说是烧了头香就能祈福，神会保佑在新的一年里有好运降临。尤其是大年初一的早晨，大人带上小孩前拥后挤，把个小小的庙院挤得水泄不通，见了面的人都会互相祝贺新年，特别是上了年纪的人还要询问在外打工、上班和上学的孩子回来了没有。这种亲热和问候的确和平素的打招呼有很大的不同。实际上，忙碌了一年的人们也是借过年的气氛和城里人一样消遣几天，锻炼一下筋骨，联络一下感情，释放积攒了一年的快乐。和城里人比，山村人的消费的确低些，可他们的心情并不比城里人差，因为他们每个人都有自己的快乐，都有自己的生活情趣，也用自己生活的尺子丈量家里的日子，他们的精神就靠自己的肩膀和双手支撑。他们与土地打交道的过程更是如此地直接与爽快，没有任何圈圈套套，不掺杂一点恭维与应付，所以他们过年就应该轻轻松松，这是苍天赐予他们的快活和自由。过年，他们的一切将在酒杯里和睡意中度过，此起彼伏的鞭炮竟丝毫不影响他们的睡眠和饮酒，因为儿女们为他们购置的白酒足以让他们醉上满满一年，他们喜欢过年的理由都写在脸上。

# 故乡，停靠在冬天的站台上

等来了冬天的第一场雪，但对于山旮旯里的故乡来说，一场雪就意味降下一层疼痛，愁人的冬天仿佛老天开往高原缺氧地带的列车，身体单薄的老人如一株耗尽气力的蒿草，每一个寒风刺骨的站点就是难过的一道坎，扛不住寒冷侵袭的老人只好在这个季节提前下车。冰雪像一把冷酷的刀子，把欢乐和悲伤、爱与恨、生与死分割成阴阳两半。

一场雪后，村上又走了一位老人。说实话，每逢听到村里老人去世的消息，心中不免要打寒噤，始料未及的噩耗会勾起内心对童年故乡冬季的悲悯。老家是秦安县城西面的一个不起眼的小村庄，童年的村子装满贫穷，在我们这一代，虽说杂粮饭食能填饱肚子，但每到冬天就是一片荒凉的景象，冰天雪地把村庄围得严严实实，夹在老槐树杈上的鹊巢装满残雪，落日的余晖与袅袅炊烟缠绕在安静的山头土堡上，打麦场上稀稀拉拉的麦草垛招来成群结队叽叽喳喳的麻雀，村头老宅子斑驳的土墙根下那一群戴着旧毡帽的花白胡子，用草绳扎紧破棉袄，长满粗茧的老手缩进单薄的袖口。一把水烟锅便是男人们奢侈的消费品，大叔抽完转给二爷，二爷又转给大哥，谁也不嫌弃谁的口水。勤快的男人捻着麻线，拉着家常晒太阳，喜欢串门的女人们挤在哪一家的炕头上，赶做全家人来年的土布鞋，或给褴褛的粗布衣打上补丁。冬眠季节慢生活的镜像里，父辈们硬是靠刚健的身体和强大的气场点燃了山村的人间烟火，尽管日子过得紧巴巴，但倔强的骨头里依然生长出暖心的阳光。

如今我年已半百，村上的老人已走了几十位，但他们始终像我心灵天空中的点点星星。弹指几十年，许多过往的事情承载着满满乡愁，惬意的童年奔跑在村庄的一湾阳光里。春天，听虫鸣鸟叫，看云卷云舒，闻满村槐香，赏盛开的油菜花，在漫山遍野的紫苜蓿里掏野鸡蛋，再拧一支柳笛吹奏一曲空灵的山歌，和着山涧的清溪拨动忘情的流年琴韵。燥热的夏夜，我们在皎洁的月光里玩捉迷藏、老鹰捉小鸡的游戏，大人们刚刚码起的小麦垛被我们掀翻。丰盈的秋天，我们又三五成群去野外用柴火烧烤玉米棒、土豆和黄豆，那舌尖上的美味，足以香上半年时光。村子四季的光阴如同淡淡的水墨画，弥漫着清纯的韵味，无论贫穷与富有，我们始终生活在快乐之中。岁月渐老，正是父辈们挺直腰杆，用肩膀和灵魂守护着安静的村庄，也正是由于他们周身飘散的麦子气味，点亮了我们稚嫩的灵魂，也让这片土地不断延续生命的故事。

故乡仿佛在时光中奔跑的列车，几代人同乘这趟列车在这里繁衍生息，不仅是世俗的缘分，也是生命流程中灵魂的遇见。亲情血缘加深了人对故乡的牵挂，于是亲房邻里才有了情感的温度，村庄才有了生命的体征，村庄的内核才迸发巨大的向心力。心静之时，突然觉得父辈们就是住在村庄里的智者，我们是他们形影不离的尾巴，他们从我们牙牙学语就牵着我们的小手向太阳升起的方向挪步，他们身着汗渍描出美丽弧线的粗布短袖，四季奔跑在光阴深处，那草木茂盛的坂坡、那土坯垒砌的房子、那麦浪起伏的田畴、那缠在树干上金黄的玉米棒、那挂在屋檐下蜡黄的猪肉干和鲜红的辣椒串，这些充满生命温度的故事宛如一部博大精深的书，让我们崇拜得五体投地，他们终生在这方舞台上演跌宕起伏的剧情，酿造了村庄的幸福和爱情，滋养了羊群和土地。

几十年在外，我已成为栖息在城市屋檐下的一只候鸟，但灵魂的根子仍扎在故乡的黄土之上，怀旧的心态令往昔故乡的物象逐渐长成记忆的伤疤。每次回老家，走进满目苍凉的老院子，目睹风蚀雨淋的旧房子、生锈的门锁、覆盖苔藓的瓦楞、落满尘土的祖宗牌位，以及裸露于屋檐下的石台阶，家园苍老容颜的一个个切面，恍若父母临终前定格的表情，甚至隐隐听到父母对我因没守住家业的埋怨和哀叹，心中顿时五味杂陈，心生无法言语的凄凉，成为刻骨铭心的疼。

村里老人的谢幕，无论远近，也不分亲疏，都如同伤感的刀子剥开我内心的痛苦。如若有空，总会前去吊唁，携一份虔诚送他们最后一程，用往日生活过的画面丈量挂在墙头经幡的长度，听阴阳先生在寒冷的夜晚摇动冰冷的铜铃，抚慰孝子们跪在供桌前凄凉的哭声，用一个还算体面的道场安慰逝者的灵魂。但无论什么样的挽歌，也永远装不下父母独守空巢的日子和难以割舍的亲情。人去房空，几近空壳的村庄留出更多的空白，树林、麦田和那些黝黑的脸庞已无法回到原点，他们一走，还有谁去关心节气的变换，谁再牵挂这片肋骨裸露的黄土地和粮食，谁再吆喝沟坡上觅草的羊群，谁还去啜饮沟涧里的那一瓢清冽泉水？

漂泊在外，与故乡久违了，但依然惦念故乡的发展变化。如今村子的日子滋润了很多，新修的水泥路通到村头巷陌，新安装的太阳能路灯、街头巷尾停放的小汽车，鳞次栉比的红砖瓦房刷出一道亮色，正在追赶和城市落下的一段距离。即使逝去的父辈们也能在四月阳光中欣赏烂漫的桃花，享受儿孙祭祀的荣光，并用温润如玉的关爱呵护在挂满露珠的小路上奔跑的光脚丫孩童。

春寒淡去，鹅黄染枝，故乡的春天已经绰约前行，祈愿山坳里的那一片灼灼桃花，开出故乡新年的好运。

# 剜苜蓿

从小在乡村长大，大半生与土地相依为命，所以童年的许多过往总是铭刻在心，且定格为清晰亲切的故乡记忆印象。

剜苜蓿便是最美好的童年印象之一。

我在一个缺衣少食的贫困年代度过童年。苜蓿地好比农家人的天然无公害菜场，也更是我们小伙伴周日结伴狂欢的大玩场。那时候的苜蓿地由生产队经管，大都分布在沟壑陡坡地带，这类地比较偏僻，凹凸不平不好耕种，种庄稼收成太低，于是就种了苜蓿，生产队做喂养牲口的草料，同时也能防止水土流失。

二月二龙抬头，惊蛰春雷响，气温回暖，乡村春天的大幕一拉开，不安分的苜蓿便登场首秀。一场春雨过后，就会借着煦暖的阳光揉揉惺忪的眼睛，偷偷地从干枯的草丛里探出头来，那情景既像呱呱坠地的小生命，又像几枚闪闪发光的小星星，嫩嫩的、胖胖的、柔柔的、亮亮的，绿里透白，白中透红，休眠了一冬的黄土地泛起一层淡淡的绿，刷出一抹养眼的亮色，鲜嫩的苜蓿芽集冬天的营养于一身，在春天尽情释放，白白胖胖的讨人喜欢，生动活泼的让人惊喜。

五里一个地方，十里一个乡俗。在老家一带，关于剜苜蓿的乡间表述却不尽一致，有叫"掐苜蓿"的，也有叫"挑苜蓿"的。这个过程是用菜刀铲断苜蓿后从土里刨出来，所以觉得老家人"剜苜蓿"的表述既形象又亲切。

剜苜蓿每年大致要持续近一个月的时间，所以那个时候不分上庄下庄，男女老少，三五成群，哪里有苜蓿就去哪里剜，生产队是不管的。每逢星期天，我们便呼朋引伴或提着篮子或端上脸盆也去赶场，菜刀大多是铁匠二爷用钢筋打制的，提前要在磨刀石上磨锋利，每个人要带上两三把刀，使用起来安全方便。剜苜蓿可是个细活，不仅要眼疾手快，更要有智慧和耐心，苜蓿与生俱来向阳而生的性格，向阳的土埂下、坂坡上的苜蓿发芽快，靠近溪流畔的苜蓿长得胖、有精神。到了地头，一屁股坐下，然后进行地毯式的搜寻，右手的小菜刀盯准苜蓿芽斜插下去，左手将铲断的苜蓿芽随即收于掌心，攒够一把再丢进篮子，等身子前后左右的苜蓿都没了，就屁股往前挪，千万不能心猿意马提着篮子到处窜，更不能几个人一起凑热闹，因为一块地方的苜蓿有限，你一刀我一刀几下子就风卷残云了。

遇上风和日丽的日子，山坳里的苜蓿地里就会更加热闹，剜苜蓿的人就像啃草的羊群洒满整个山坡，而最认真的当属年纪大的老太太，她们索性带上中午的干粮不回家，等晚上回去的时候会剜上满满一篮子，我们看着很羡慕。头茬苜蓿的味道是最鲜的，如果能下一场雨，苜蓿芽就会有新一波生长，叶片开始舒展，芽条挺直腰杆往上飚，像身材姣好的模特，天生丽质。等再隔上一周去剜，就得直接用手掐了，这时候苜蓿草腥味浓，吃的人就渐渐少了。所以剜的苜蓿是最招人喜欢的，村里人争先恐后，阳坡上的剜了就去阴坡上剜，沟底的长高了就去半山上剜，直到苜蓿满地泛绿生产队就封了苜蓿地，标志着剜苜蓿的事儿就此告一段落。

剜苜蓿也是村里孩子们童年春天的游戏。那时候，几乎每个孩子都剜苜蓿，且自幼明白剜苜蓿是自食其力的劳动，至于剜多剜少都会有成就感，更重要的是没有围墙的山坡使心中荡漾起散养的快乐。我们小孩子剜苜蓿的耐力较差，坚持不了多长时间就开始在草地上追赶羊群、摔跤、打滚，甚至跑到沟里玩水、摘榆钱、拧柳笛，有时玩过火了伙伴间还会发生口角，甚至动手动脚，但一阵风雨过后又烟消云散重新和好。岁月如梭，几十年一晃而过，但每每忆及童年剜苜蓿的那些美好时光碎片，会让人产生感动的泪花，还为拥有土生土长的乡村故事感到欣慰。

剜苜蓿的过程固然艰辛，但打菜刀的游戏会吊起毛孩子的胃口，游戏规则是每人拿出一把苜蓿，把每个人的菜刀插在一个划定的圈子里，然后再在离圈子几步的地方画一条线，每个人按照猜拳的输赢确定的顺序进行比赛，参赛者必须站在划定的线上，拿菜刀打圈子里插着的菜刀，能打倒几把菜刀就赢几把苜蓿，遇上运气不佳轮到自己时苜蓿菜已被别人赢完了，白白捐出一把苜蓿，大半天的工夫就算白费了。我们在阳坡地上玩到夕阳落山，就唱着《打靶归来》回家了，大有凯旋的气势。苜蓿少了回去不好给妈妈交代，就只能撒谎了，但妈妈常睁一只眼闭一只眼，就此作罢。

苜蓿里装满浓浓的生活韵味。如果说剜苜蓿是童年心仪的活动的话，那么吃苜蓿就足以称得上老家人享受春天舌尖上的美味了，更是很实惠的生活补给。那个年代村里人的日子都过得紧紧巴巴，过了年家里的口粮就不多了，由于缺口粮，国家每年春季都会发放供应粮，有少数人家还要筹借，勉强熬到收了夏粮才可以接续。就在这个节骨眼上，苜蓿菜大可独当一面，做浆水，煮着吃，炒着吃，调凉菜，做菜饼，还可以用土豆、玉米面和苜蓿做焌馍当主食吃，有的孩子上学就带上焌馍顶替一顿午餐，填饱了肚皮不说，还改善了生活质量。那时，村里的民风淳朴，街坊邻居谁家有苜蓿菜都会相互赠送，今天你送我一把，明天我送你一盘，生产队干活谁要是带了苜蓿菜，大家就会在地头分而食之，释放出大家庭的丝丝暖意。等我长大了才明白，那时候生产队的女人们在干活间歇，乐此不疲地抢着剜苜蓿就是为了添补口粮，养家糊口。

世间万物并无贵贱之分。斗转星移，如今生活富裕了，苜蓿菜被包装为山野菜，不仅成为菜市场的抢手货，而且登上酒店大雅之堂，成为宾客尝鲜的佳肴美味。我在吃苜蓿菜的瞬间，涌起一种来自田间地头的乡村情怀，正是这种大自然赐予的绿色食品像母亲的乳汁养活过人、感动过人，也喂养着一个村庄的血脉和生命；如今它又以充满生命色彩的光鲜点缀着现代人的多彩生活，我应该躬身施礼，去感激苜蓿对人世间生命的哺育之情。

# 乡村素描

雨水节气前后下场透雨，就可以把足够的雨水存下来，为榆树发芽、桃花杏花以及油菜花的绽放准备洗刷嫁妆，清明时节下场雨更好，可以用湿润的眼泪告慰天堂的父辈，当年也求个好收成。

老家地处西北干旱地带，雨水自然是稀缺之物，是否下雨的确要看老天爷的眼色。雨水因山而生，因山而长。村子的春天没有风筝，只有忙碌的村民是岁月里穿梭的鹰，他们从口袋里抽出一缕风，染绿一片地，染黄河边柳，也把面朝黄土背朝天的宿命染得五彩缤纷，让风雨中的生活幸福得像一江春水。

今年的雨水节气那天无雨，这一天正是干燥的忌日，情人节的余香也还没有飘散，单位就开始上班了。雨水还没有打照面，时令就这么悄无声息地往前走了一段路，我们在这个需要湿润的时令节点，好像一个游牧民族部落，手捧一束阳光，祈祷心灵也能下一场雨，也希望村子拥有一个温馨清纯的春天，让天空多一点生命的色彩。

乡村的童年是一匹兴高采烈的马，也是一只纸糊的风筝。我们曾经都是镶嵌在父母眼中的星星，平淡的生活却拥有激情和精神。那一方孤独的山水、灿烂的阳光、新鲜的空气供我们消费，甚至还可以在绿色荡漾的地毯般的田野上打滚撒野，那种自在的环境孕育我们的成长。

时间的推进并不能抹掉珍贵的记忆，好在还有人依然耐心守护这一方山水，用虔诚的手指弹奏了尘世的袅袅梵音，香火延续。冬去春来，可以去田间地头抚摸每一把泥土，从粮食中汲取黄土地的血液和营养，闲暇之余听一曲原汁原味的柳笛，内心平静得没有一丝风。

父辈有乡村最宽厚的肩膀，他们一生无私地付出胜却人间无数修行，还有那一群心灵清澈见底的女人，甘愿与命运掰手腕，不遗余力地在黄土地上劳作，黄昏凑着散落的灯光缝补，脚踩着冬天的冰凉，双手弹拨出优美的音乐吟唱贫困的生活，为这个村庄香火的延续全身心地付出，把所有美好沉淀下来，成为滋养村庄的灵魂，点亮了村子的路。

如今的乡村褪去了苍老的容颜，变得花枝招展，但岁月匆匆，村里童年的伙伴大多已老去，牙齿大多退役，稀疏的白发被风吹起，额头上几乎同时有了皱纹，只是见面亲切依旧，话题立马会拉到童年，彼此重叙纯洁无瑕的亲情和友情，一字一句充满土味的方言里充满倔强与乖巧。那些被废弃的铁砧、石磨，曾经的草垛、窑洞和茅草房，以及笨重的水桶中荡漾的月光；曾经在细软的黄土地上摔跤，任黄土地的沧桑和矜持溅落于心底；曾经共存的这一片黄土地，衍化出黄土地的故事传奇，人生恬淡无奇。一份包含着风雅情愫被煦暖的山风吹开的微笑，顿时会复活儿时幸福的村落回忆。如今，儿时的伙伴都各奔东西，头上都戴着事业和生活的花环，虽已无法回到无忧无虑的童年时光，但无论生活是坎坷多舛还是顺风顺水，都成为眷恋故乡美好和丑陋、爱和恨、冷与暖的一把钥匙。

离开故乡几十年，恍若流星的往事碎片和沉淀在内心深处的虔诚也正处在历史时空与地域一个新的交汇点上，但我还是希望在最精美的画面中愉悦地浅吟低唱，放纵一番远离喧嚣的缱绻心情，重新走进生命的豁达与悠闲，闭上眼睛想象有从枝头飞落的鸟、散落一地的榆钱、屋檐下筑巢的燕子、油菜花中飞舞的蝴蝶，以及在紫花苜蓿地头呼朋引伴的锦鸡，搅动我们山旮旯里的春天。这荡气回肠的故乡像一部永不落幕的电影中跌宕起伏的剧情，让人潸然泪下。

# 散文部分

sanwen
bufen

## 云游四方篇

沧桑永靖养育黄河涛声，千顷良田滋润两岸生灵。散开胸襟，与千古黄河相拥。沧浪之水凝结成大自然的千古温柔，每一朵浪花都融为黄河的亲生骨肉，倔强性格中充盈黄河的血脉。倾听幽幽峡谷惊涛拍岸，遥看洪流飞挂天际奔泻而下，朵朵水花仿佛彪悍的西北汉子伸展筋骨，河水拨动时光的琴弦，任移动的诗歌激活黄土地的梦。

# 乌镇的三种情境

去杭州之前，儿子让我有时间一定要去乌镇看看。

一到乌镇，江南的温柔秀美就扑面而来，缘水而行的惬意和北国山峁沟壑的枯燥无意识地打了个照面，真如《乌镇东西》中所说，此乌镇非彼乌镇，此东西非彼东西。这就是乌镇，一个曾经在电视散文里欣赏过的江南水乡，一段延续几千年的历史变成原汁原味的真实，让人一饱眼福。

乌镇帮我们找回了一段后人们不熟悉的历史。检票口似乎成了两个时代的闸门，一进景区，"小桥、流水、人家"的幽远意境，立刻阻隔开世俗的繁华与喧嚣。缘水而立的白墙、黛瓦，雕梁、画栋，老街、古宅，无不映衬着历史的沧桑，让人感到遥远的乌镇不是镇，而是一个源远流长的文明符号，一处能让你走进历史时空中那些如星光般灿烂的时光文化遗迹。到乌镇适逢国庆长假，雕窗青瓦的老屋，枕河而居，花格窗棂外都插着鲜艳的国旗。幸福的场景抚摸着百年文化历史的脉搏；并不平整的石板小路，窄长的青石板铺成的小巷，在两边古建筑的掩映中一直向深处延伸。尤其是轻轻滑行于如翠缎般柔软而又缥缈的烟波上的乌篷船，更加吸引游人的眼球，这里的人们一代传一代就漂在这条河上摇着时光，摇着家庭，摇着希望，摇着所有游客的梦，把乌镇的历史摇成柔美的故事，把乌镇的名字摇成了世界的宝贵遗产。乌镇表面的人声鼎沸却深深造就了其骨子里的柔韧与恬静。淳厚的水乡古韵，已深深地留在我永远的记忆之中，我突然想，这本灵秀清幽、意境深远的书，需要多少年才能读懂？

　　乌镇是被现代旅游激活的文化符号。随我游乌镇的朋友感慨，身居老城绍兴二十年，竟不知有如此秀美的乌镇。古朴的乌镇承载的是先民们的智慧与伟大。到此一游的客人，都会在心中寄存如乌镇般的那片宁静与致远。看茅盾故居就是用心拜读乌镇文化的一段精彩。据说乌镇自宋至清出了161名举人，其中进士64人；后来茅盾留下了"林家铺子"，更留下了1000多万字的不朽篇章，这让乌镇散发出世代书香的静雅之气。石板铺就的街道如同一个个抒情的音乐符号，感觉踩上去它立马就会发声，几百年来它们就如此平静地驻守在这阡陌深巷之中，每一块石头就是一本大书、一段音乐、一段先民们用足迹写就的沧桑阅历和人生故事。它们告诉游人，乌镇是真实的、鲜活的、厚重的，也是经得起推敲的，你完全可以和它的历史文化进行零距离的交谈。乌镇文化十分丰富，三白酒作坊的老板用一个小小的木勺不断地打出一勺勺酒，送给游客品尝，走进汇源当铺可一览过去典当业的日常操作，试一试蓝印花布的旗袍，看一看画坊里画工的精心泼墨，逛一逛石拱桥、染坊，赏一赏木雕、古玩、丝绸、布鞋，这些文化符号的具象都是那么新鲜和令人寻味。

乌镇养育了江南水乡的平民化性格。返回的时候我们搭乘了乌篷船，摇船的是一位身穿粗布衣、头戴斗篷、脚穿布鞋的中年妇女，我开玩笑说："您当游客我来摇船。"她笑着说："你没驾照不行，不安全。"交谈中了解到她常年载着游客穿梭于这条河上，收入很好，说话的时候她的神色显得很幸福，也很能让人体会江南水乡女人的性格。有人说，乌镇的民居造就了乌镇人的性格，此话不假，看沿街民居，大都是楼下店堂楼上住房的格局，并没有居高临下的气势，宽敞的大厅里除了文化的亲和力，还有一种节奏并不快的韵律回旋，曲尺柜台是居民营生的地方。街头店铺的商贩显得悠闲自得，没有那种繁华景点叫卖的嘈杂，没有商贩拉客的死缠硬磨，完全是古朴民风的淳厚，恍惚之间仿佛让人穿越了时空。巷岸边绿树新柳绵绵的柔情，透露出婉约、灵秀之美。中午，我们在一个临河的小餐馆就餐，隔河饭馆的廊檐下，两个年轻人一靠着廊柱就进入了甜美的梦乡，我想他们如果是北方人的话，这一刻，他们不仅在感受着江南水乡——乌镇的静谧，而且真正圆了一回走进乌镇的梦。走在乌镇，一步一景，一物一画，这一幅幅小康生活的画卷淋漓地展示了古镇的深度。

古老的乌镇，年轻的乌镇，厚重的乌镇，其平和婉约的性格里，既蕴含着勤快和智慧，也是对江南水乡历史、文化和民俗风情的最好注脚。

# 错过婺源的油菜花季

　　清明刚过,我来到被誉为中国最美乡村的婺源。只因晚到一步,漫山遍野的油菜花已经唱罢落幕,时间的剪刀把最精彩的画面剪去了一大块,可惜梦中的那幅江南乡村美景与我擦肩而过。

　　前一天晚上下了小雨,清晨的婺源空气清新如洗,已经结荚的油菜恬静地站在路旁,浑身飘散着淡淡余香。一路欢笑来到江岭,这个藏在深山茂林的村名充满诗情画意。踏着脚下芬芳的泥土,闻着淡淡的花香,心情突然变得纯净起来,远望满坡层层叠叠的条形梯田,酷似我们大西北屋顶的青瓦错落有致,上山的公路犹如一条玉带镶嵌在山间,山下的三四个小村子粉墙黛瓦、飞檐翘角,静静地蹲在山旮旯里,炊烟从村子里徐徐升起,舒展着原汁原味的乡村生活本相,像一位悠然自得的老者吸着一锅老旱烟,守护着乡村的流年岁月,让人恍如置身世外桃源,一洗心尘。

　　江岭虽不是婺源景色最盛之地，但可以说是婺源的大家闺秀，浑身流露着乡村的端庄与矜持。这里比起喧嚣的城市，胜似立于云端的天堂流淌着人间烟火。沿着坂坡田间的石板路拾级而上，踩着江岭人祖祖辈辈经年累月打磨的脚印，贴着这片土地的肚皮，仿佛还能隐约听到先辈们肩扛背驮气喘吁吁的声音，犹如一袭春风、一缕轻烟和一坡金黄的油菜花箫笛般的韵律，幽深而又清纯。清明节刚过，山坡坟头上还残留着祭奠燃烧纸钱的痕迹，那腾起的火焰染红了祖先们的脸，他们安静地停靠在那面向阳山坡，看春去秋来、花开花落，倾听子孙们用浓重的方言演绎江岭的传说。

　　油菜原本只是一种经济作物，在西北老家并不稀罕，但就是缺少那种诗情画意。婺源在钢筋与水泥挤得城里人神经咯咯作响的时代，把油菜花、徽派建筑、驿马古道、小桥流水人家以及江南美女的元素糅在了一起，以最富于激情的生态旅游方式拥抱着乡村朴素的季节，使这片圆润灵性的水土有了炙热的温度和神奇的色彩，善良的庄稼流淌着徽派祖先的血液和智慧，生活的兴奋已高过了头顶，阳光灿烂的日子打开了历史的尘封记忆，这种守护与叛逆以最具人情的方式延续着婺源老祖宗的习俗和风尚。

　　虽然错过了花季，但没有错过缘分。刚刚谢幕的油菜花依然美丽而迷人，牵手婺源的民俗风情在青山秀水中迈着轻盈的脚步，我们把许多精彩和激动拍成了照片。四月的婺源仿佛一位怀有身孕的少妇，刚刚脱去了华丽的婚纱，立马换上了一身青绿色的秀装，扭动苗巧的细腰，在温暖的阳光下迈着婀娜多姿的脚步，向初夏的门槛走去,脸上露出甜甜的笑。我们仿佛走进了幽深的时间隧道,走进了陶渊明笔下的世外桃源。

婺源的水养人。一路缘水而行,修竹茂林,山清水秀,饱含江南水乡的神韵,水温润、纯净、天然,这里一泓清溪,那边一条沟渠,一转身又是一片池塘,又一畦碧绿的茶园相伴,让满眼风景既像一个温顺乖巧的孩子,又像婺源女子戴在脖子上的一条金色项链,发出耀眼的光泽。沿途河水两岸参差清晰的倒影,斑斓色彩光鲜动人,还未谢尽的油菜花留给人一个丰富想象的空间,心会自然而然地融入湖光山色之中,这天、这地、这山、这林、这空气都好像是用柔柔的水洗出来的。

婺源的民居更具古朴典雅的性格。李坑村沿河而居,枕河而眠,婉约中透着一股空灵,行走在大街小巷,两旁商铺林立,古巷飞檐翘角,粉墙青瓦,阡陌交错,曲折幽静,马头墙错落有致,仿佛一幅幅色彩淡雅朴素、笔触细腻的油画镶嵌于青山绿水中间,点缀于修竹茂林之中,流淌着小桥流水人家的诗情画意。假如细雨落在青瓦之上,檐下滴水之音清脆起伏,雨巷之中撑伞的帅男靓女结伴而出,颇能把古代的古朴典雅和现代的时尚个性演绎得淋漓尽致。李坑人十分淡定,他们把生活的每一个细节安排得妥妥帖帖,用舒缓的情调弹奏着古老乡村的慢生活,让我们在历史的下游看到了祖先们生活的另一张脸。

婺源的取名也别有情趣。在古汉语中,"婺"为古星名,即"女宿"星,意为"美貌",是旧时对妇女的颂词,婺源古属安徽,乡村民居保留着徽派的风格，"婺"字拆开来就是一个左手持矛、右手著文的女人，预示着婺源的女人能文能武，上得厅堂，下得厨房。婺源的女人美丽而清纯，表现出外柔内刚的性格。在李坑村的溪水之上，看到一位女子撑的竹排上坐着一位着花色秀裙的女子，身材窈窕，脚下摆着一把遮阳伞，左手持一把纸扇，右手拿着手机自拍，竹排徐徐飘逸，当我按下快门的一刹那，江南秀色的氤氲意境就定格在那个阳光明媚的下午。在返回的路上，仍有捡拾不尽的惊喜，路边到处是黄白色的小花，绿色荡漾的畦形茶园勾画出山的轮廓，从车窗一闪而过，女人们悠闲自得地采茶，她们用尖尖的十指掐出的幸福日子，让小小的婺源挺直了腰板。

在离开婺源的路上，我心中在默默念叨着，婺源，下次我们会握手于金黄的油菜花季。

# 门源花海

还没去西宁的时候，就想着要去门源看油菜花。

前一天晚上刚到西宁吃饭，老同学金荣就筹划第二天去门源的行程。我的学生建军和媳妇云云说他们俩在西宁做烤饼生意已经十八个年头，但从没有时间游过周边的景点，门源对于他们来说和我一样陌生，所以一定要陪我去，也正好消遣散心，于是提前把送烤饼的活托付给一个老乡打理。

之前在网上浏览过门源油菜花的有关介绍。门源回族自治县距西宁150千米，北靠祁连山脉，南抵达坂山，给连片大规模种植油菜创造了得天独厚的条件，在此打造北方小油菜生产基地也便顺理成章。没想到这名不见经传的油菜花把门源"秀"出了名堂，也打造成了西北高原地带生态旅游的一张名片，油菜花的田园风光让这个流金溢银的高原盆地着实火了一把。

第二天起了个大早，从西宁出发驾车直奔门源而去。

天气很好，碧空万里，一路或绕水低行，或盘山而上，沿途浅滩草场牛羊成群，牧民身着民族服饰，这些具有高原民族风情和地域特色的生态文化，延续着这片土地哺育万物生灵的人间烟火，身为长期蜗居黄土高原的游客，兴致立马被别样风情撞出火花。

从西宁到门源要经过达坂山隧道，海拔 3900 多米，达坂山像一道门，过了这道门就能看见那个原了，过了隧道，门源油菜花的美丽画卷就徐徐展开。登上栈道观景台远远望去，整个门源就是一幅挂着的四维立体画，油菜花铺满一道川，被一层薄薄的雾笼着，中间是一片由黑色石头组成的群山，石山顶上是皑皑白雪，最上面便是蓝天白云，白黄黑蓝构成的美丽山川画卷，真是大自然的杰作，也少不了人工的雕饰，叹为观止。

说起看油菜花也是巧合。油菜花似乎和"源"很有缘分，江西婺源和青海门源虽天各一方，但不同的土壤、不同的气候、不同的方言以及不同的季节都滋养着油菜花，婺源油菜花的丰满温润，门源油菜花的苗条冷峻，婺源的隽秀和门源的矜持都在季节的键盘上弹出了悦耳的音符。和婺源相比，门源的油菜花虽然来得晚了一些，但依然开得热烈、壮观、富有激情。婺源的油菜花可以用漫山遍野来形容，金黄的油菜花铺满山头，与溪流、绿树和徽派风格的民居构成的中国最美乡村，好像一幅构图精美的画，而门源山顶终年积雪不化，山为石头山，川谷盛开的油菜花酷似一名在寒风中亭亭玉立的仙女，假若油菜花海是一个硕大如镜的海面，石山、雪峰、蓝天白云倒映在花海之上，堪称大自然浓墨重彩的美景长卷。婺源的油菜花在青山绿水、青瓦白墙的背景陪衬中愈加晶莹剔透，而门源的油菜花却充满地域的倔强性格，油菜花和石头、油菜花和雪峰、油菜花和蓝天白云、石头和雪峰，这些群像在相互对峙中的依赖，叛逆中的陪伴，爱恨交加中弦歌不断，诠释了门源花海的双面性格。

在门源花海中信步，我脑子里斗胆想出这样一个门源油菜花海诞生的美丽神话故事。在远古时代，江西婺源油菜花盛开，一位修禅的老者静坐于油菜花田边，闭目养神，倾听蜂蝶争蕊，凉风拂木，淡淡的花香扑鼻而来，寺庙钟声梵音袅袅，忽然一股风旋来，老者和油菜花田随风腾云驾雾，待他醒过神来，已落座在陕西汉中平原，于是老者摘一把油菜花瓣随手抛起，汉中大平原随即盛开一片金黄的油菜花，小住几天后，老者又背着油菜花继续徒步西行，经过数月来到青海门源，适逢东西流向的大通河冲积出一道平川，于是他再把花瓣洒向青石嘴，满川的石头上同样呈现一片花海，这位老者从此盘坐于祁连山头，看花开花落，云卷云舒，于是后来就有了油菜花错季盛开的人间美景。

门源的油菜花主要集中在青石嘴镇，去的当日正是花盛期，油菜花开在冷峭之中，有着极强的生命力，那荡漾在川谷地带的满眼金黄，在初秋的冷意中传达着春天的声音，蓝天、雪山、帐篷、河水、泥土和油菜花，手挽着手在这冰冷中啜饮着高原的晨露，滋养着这里的百姓，让人感叹大自然的神来之笔。

　　我们一到油菜花田边，就争先恐后地拍照，怕油菜花被踩踏，有人专门在路边看守，所以我们只能在地边上拍，游人要钻进油菜花中间去拍就是收费项目，蓝天白云下，花海伊人处，很多美女还是经不住诱惑掏了腰包，在金海银浪中使出看家本事，摆拍着愉悦的心情。云云不会摆拍，她就那样简单地先一个人拍一张，再和儿子拍一张，最后来一张全家福，拍照的姿势就像她简单纯朴的活法，但在拍照的时候，建军两口子眼睛还是有点湿润，慨叹十八个年头的忙忙碌碌，把自己关在烤饼店的笼子里有点与世隔绝，在贴着田园风光行走的片刻，好像有一只手牵出了他们曾经美好的童年记忆。

　　就在我们拍照的时候，有一对青年正在油菜花地拍婚纱照，女子身着一袭白纱裙，男子手捧一把油菜花款款走进花海深处，相拥而立，摄影师按下快门，然后男子手托女子的裙摆缓缓前行，在摄影师的指挥下缓缓放开裙摆，裙摆随风飘逸，此刻仿佛看到中国现实版的蒙娜丽莎。我更相信那个背负油菜花西行的花神曾到门源，他不仅把幸福的种子撒向大地，而且把一缕阳光、一幅画以及一份份火热的爱情都赐予了门源。

　　门源的油菜花开在冷峭之中，吸引着八方游客，花海之深，望不到边，看不到底，清风袭来，花香弥漫，清凉怡人，神韵飞扬。鲜黄的油菜花、红白相间的民房、绿色荡漾的青稞三种色调构成了花海风景轮廓线，斜看似海，横看成带，油菜花充满激情竞相开放，置身花海之中，沐浴金黄荡漾的风情，顿生浪漫，彻悟大自然胸怀的宽广和包容。

中午在门源县城吃饭，县城附近的花海已经退潮，显得有点冷清，好像金石镇的花海退潮后把县城留在了沙滩上似的。我们在满街的清真餐馆中选了一家，吃饭的时候，我看到朋友小明在朋友圈里发了一组门源油菜花的图片，我有点兴奋，立马打电话问，他说坐高铁去张掖时路过门源顺便拍了几张，我们虽然在门源擦肩而过，但都与油菜花结缘，做了一次赏心悦目的花海分享，也算是同路一游了。

返回时经过达坂山隧道，一个老乡的媳妇就在这里的收费站工作，她穿着工作服，带我们去她的职工宿舍小憩。据她介绍，隧道的过往车辆大部分是来看油菜花的，到了冬季这条道路基本就没多少车辆了。这里气温很低，夏天晚上要用电褥子，到了秋季就开始锅炉供暖。终年的高海拔作业，使她娇嫩的脸上透出淡淡的黝黑。她每天重复着昨天的故事，每天在那扇窗口盛开着一朵微笑，我突然觉得，这小媳妇就是那朵盛开在达坂山的油菜花，美丽得让人仰慕、敬佩。

你若去门源，一定会看到开在达坂山收费站的那朵微笑，那就是门源的油菜花了。

# 在呼伦贝尔和成吉思汗打了个照面

一阵风把一粒种子撒在了这片湿润的山坡，从此就有了呼伦贝尔草原；一个人，用弓箭和钢刀把仇恨和积怨深深埋进了这片土地，从此这片草原就平静下来，这个人就是成吉思汗。

呼伦贝尔是草原历史的后院，成吉思汗最初从这里出发率领铁骑横扫亚欧大陆，并用战争诠释了蒙古人为什么能在这里生存，为什么有草原文明，为什么能够打到那么远，为什么能够存续下来的所有理由。

呼伦贝尔大草原，这片天神造就的一方人间天堂，美得令人眩晕。

呼伦贝尔大草原的面积相当于山东和江西两省的面积之和。偌大的草原人烟稀少，有时车子跑上几分钟也见不到一个人，黑色的柏油路两旁是绿茵茵的草场，牛羊群在丰美的草场啃食，如小孩一样闲散。我们在牛羊眼里，也许是一只只杂色的羊或一匹匹马。一片片无边的草甸盛开着遍地的黄花，远处此起彼伏的小山丘划出一条条弯曲的弧线，这种天人合一的草原风光，总是那样令人深情向往。也许，成吉思汗的连年征战打破了这里的平静。现在原生态的草场长出了和谐生命的颜色，天然而又纯净，如果眼前的景色重新让成吉思汗掌管，他的思维也会跳出战争的桎梏，用歌声和牛奶去抚慰每一个鲜活的生命，守望这一方幸福和希望。在一个牧场我们骑了一次马，主人家有 60 多匹马，2000 多只羊，据主人介绍明年这个数字就可以翻一番。

呼伦贝尔草原有母性的美，它哺育着成群的牛羊，喂养着一代又一代的游牧民族，更深层次地滋润着草原民族的文化，它温柔、静默、柔韧的性格和博大胸怀包容了草原所有幸福和痛苦。一个金戈铁马的时代早已经在我们脚下画上了句号，而今，呼伦贝尔草原已经成为民族的、世界的、人类的共同家园。

踏上草场湿地，优美的风景仿佛是生命的激情，是可以尽情抚摸的幸福，是悠扬的马头琴音唤起草原人对未来生活的憧憬和向往。闭上眼睛去畅想八百年前某一个故事的节点，尽管无法穿越去抚摸任何一把钢刀或弓箭，也无法聆听震耳欲聋的马蹄声和冰冷的钢刀撞击声，但能感受到大草原歌声具有极强的穿透力和强大的气场，粗犷、高远、悠扬、雄厚，此刻你一定会倾心于草原的魅力，会冲动，会想起剽悍的成吉思汗。

双脚踏上辽阔的草原，也许一个人只是历史长河的一粒细沙，只是历史的聆听者和传话人，只能为自己的后代们建立和加固清晰的历史记忆。

提起成吉思汗，呼伦贝尔草原就充满古战场的颜色，一段血腥冰冷的音乐立马在心中响起。

在呼伦贝尔草原的旅程中，我们一上车就看《成吉思汗》的电视连续剧，正好看到告别海拉尔的时候全剧完美结局，置身于这个情境，我们穿越历史和成吉思汗打了一个照面，这一个照面穿过了八百年时间。

原始的战争就是盾牌和长矛、仇恨和恩怨、鲁莽和智慧的整合，就像山坡上滚下来的石头，砸碎了一个个荒蛮部落的立国之梦。成吉思汗不是想要战争，而是前世今生与战争有缘，迫不得已地去面对战争，征战一辈子，痛苦一辈子，忙碌一辈子，他凭一腔热血、一股勇气、一杆长矛在部落中间、在战争的夹缝中疯狂地奔跑、筹划、搏杀，弓箭和马刀成为他生命的基本装备，凭超群的智慧立于呼伦贝尔大草原。他也是一个痛苦而又雄心勃勃的诗人，在敌人的围攻与残杀中孑然而立，呼伦贝尔草原的传说和壮丽诗篇皆源于他的灵感。

从呼伦贝尔大草原回来已有些时日了，但梦还萦回在呼伦贝尔草原，一首悠远绵长的草原之歌还留在记忆中。成吉思汗是这首歌的魂，久唱不衰。

# 刘家峡水库（四章）

## 之一：高峡出平湖

源自雪域高原的水珠集结成河，幽幽峡谷，一帘水幕，拉开千古黄河的壮丽风景线。

半个世纪前，一批踩着岁月脚印的汉子，风餐露宿，栉风沐雨，炸山取道，把巨石举过头顶，在黄河故道筑石造坝，刘家峡水库横空出世，让世界刮目相看。

高峡出平湖，一颗高原明珠从此镶嵌在大西北的群山一隅，雪域高原的圣洁雪水从此居于永靖，接纳春天的花朵，接纳夏天的蝉鸣，接纳秋天的吟唱，接纳冬天的刺骨寒风，四季乐章从此养育黄土高原的粮食和村庄，滋养西部大地的鲜活生命。

伫立大坝之巅，一道铜墙铁壁横亘于两座大山之中，滔滔黄河之水由此骤然停步，构成深邃峡谷的山水奇观，移步坝顶，极目四望，永靖盛景尽收眼底。用心抚摸中华民族的历史杰作，携一缕阳光点亮黄河母亲的阑珊灯火，把黄河前世今生的故事铺开，踮起脚尖，仰望古人乘坐羊皮筏子自西而来，踩着黄河的涛声，点燃历史长河烽火台的狼烟，他们的智慧惊起西部天空的群鸟，也沉淀为黄土高原的悲欢离合、酸甜苦辣，润泽万千沟壑的生灵。

抚今追昔，滔滔黄河历尽沧桑，千回百转，形成饱经风霜的风景，一路放歌，像一位满身汗渍的汉子，一位饱经风霜裸露肌体的父亲，通体写满真实和粗犷，在漫长的岁月中挥动鞭子，抽打沙漠和羊群，抽打狂风暴雨，竭尽全力繁衍生命。河边的茅草房倒映在水面上，挂在草叶尖的一粒水珠源自昨夜的滋润。一条河饱含茶马古道诸多惊心动魄的战事，演绎洪荒无数生与死的轮回。黄河母亲用原生态的歌喉吟唱夕阳、残风、瘦马、黄河、黄土、黄风，周身流淌的香甜乳汁滋养了苍生，徜徉于时光的圣洁与虔诚让生灵感动得热泪盈眶，也足以拨动芸芸众生的心跳。

水库是大地的血液，两岸生灵缘水而居，枕河而眠。黄河沿岸子孙倾心于大自然的馈赠与富有，模拟大自然四季翱翔的状态，把智慧的火种播撒于黄土地的山水村落。点缀在河滩的牦牛常年啜饮黄河的苦难和快乐，啜饮黄河的亢奋和低迷，啜饮两岸的灿烂阳光，成为历史长河中跃动的生命之躯，散发生命的韵味。

### 之二：观开闸泄洪

一场暴雨浇凉秋色，刘家峡水库水涨。

大坝开闸泄洪，瞬间泄洪道水流涌动，势如神兽出笼，若虎啸山鸣，似万马奔腾，黄色水柱直冲云天，擎天而立，犹如炼钢炉钢花飞溅，之后又悬空落下，顺排洪道铺成一条金黄色的锦缎。下行约一公里处，依山势形成飞瀑，黄色锦缎被无形之手撕个粉碎，顿时咆哮如雷震撼峡谷，河道烟霭飞腾，浊浪滔天，巨响如重锤击石，水波荡漾，大地飞白，浪花宣泄被圈养的愤怒。一路携手相融亲如手足的水珠，一出闸门竟反目成仇互相撕咬，手执利刃削砍两岸壁立的山岩，举回天之力染黄时空。欢悦于峡谷的壮丽乐章点燃永靖的秋天。

一曲壮歌叩问苍天。往日多雨之秋，黄河之水泛滥成灾，良田被淹，生灵涂炭，灾难从天而降，两岸民众饱受水灾之苦，贫瘠的岁月刻满伤痕。

刘家峡水库落成，便埋葬了苦难。黄河的迅猛被人类的巨臂拦腰截断，收于掌中，清澈水面映照蔚蓝天空，水天一色，河岸沿途植被葳蕤，百鸟鸣啭，四季绝美烟雨调出人间和谐之色，雪域圣洁雪水泽被后世，神韵跃动，万象更新。

沧桑永靖养育黄河涛声，千顷良田滋润两岸生灵。敞开胸襟，与千古黄河相拥。沧浪之水凝结成大自然的千古温柔，每一朵浪花都融为黄河的亲生骨肉，倔强性格中充盈黄河的血脉。倾听幽幽峡谷惊涛拍岸，遥看洪流飞挂天际奔泻而下，朵朵水花仿佛彪悍的西北汉子伸展筋骨，河水拨动时光的琴弦，任移动的诗歌激活黄土地的梦。

闸门关闭，水流戛然而止，一片秋叶落于水库平静的水面，蔚蓝的天空被关闭，黄河的粗犷被关闭，我的耳朵被关闭，永靖的音乐被关闭，喧闹的河谷归于清静，一只鹰从头顶盘旋，沿水库坝下峡谷疾飞而去，追寻那朵激情高涨的浪花，追寻充满黄河血性的传奇故事。

鹰，是黄河滋养的生灵，用虔诚与豪迈守护着母亲河，唤醒沉睡的灵魂。

### 之三：去炳灵寺

从刘家峡水库溯流而上，去炳灵寺。

天晴日丽，乘一艘快艇，裹着沙粒的风吹皱一段快乐的时光，水波涌动，快艇被屡屡颠起，然后仿佛落在坚硬的岩石之上，恍若一路磕着长头的信徒，随水浪的节奏追赶摇曳的梦，马达轰鸣，艇体利刃般切开水面，一层阳光被推走，又一层阳光覆盖过来。抚摸浩渺烟波，心中装满阳光，眼里收尽风景，浪漫的想法飘逸于陡峭的悬崖绝壁与开阔的川地新绿之间，风光旖旎，苍山如画，移步易景，凉风袭来，恍若与诗仙李白同船共赏西部风光，赴一场飞瀑流云般的诗歌盛宴。索性伸手捧起一丝清澈温润的水，思绪细腻如云，心境朗如天空，心底照进黄河古道的一片阳光。

山谷清幽，石林丛生，大自然神斧挥动，于黄土高原砍出一道峡谷，嵌入蓝天白云。遥想那些古代造佛像之人，饮黄河之水在悬崖绝壁上开凿石窟，塑造炳灵寺的血肉之躯，一团信仰之火点亮黄河古道，人间光芒四射，弥勒佛祖的智慧之手弹拨蓝天、白云、碧水、青山，弹拨血气轩昂的黄河水，曲调悠扬，黄河由此多了那份风雅情愫。

到炳灵寺，跪拜于佛祖脚下，仰望弥勒佛嘴角挂着的一丝微笑，那般安详、慈悲，那笑容清纯得如蔚蓝深邃的天空，浑厚得似黄河的滚滚涛声。瞩目祖先奔跑生命中飞起的一道道彩虹，看黄河大鲤鱼从时光的峡谷中游过来，看流动的人群、变换的四季和行走的历史，看一缕阳光，听一段旋律，弹唱一首歌，黄土高原的面貌竟被雕琢得如此血肉丰满。

离开炳灵寺，寺庙、山峦像一串古老的文字雕刻在脑中。一串洁净的脚印洒落空灵峡谷，任思绪穿越黄土山峦的头颅，和岸边那些风骨刚劲的石头一起吟诵黄河水的微微波澜，顿觉心旷神怡。在梦境与现实之中，人生只是行色匆匆的过客，或是河道的一粒尘沙。一路打马踏歌，美景无数，看千亩玉米地，看万朵白云，看千万只奔跑的羊，看夜幕下闪烁光芒的酒杯，这些物象都是后世来者以快乐的方式接纳佛祖的智慧，用穿越自己身体的一条河洗濯内心的柔软和孤独，仰望多少个生死轮回，才能托起一个袅袅炊烟的梦？

此刻，我愿化作弥勒佛祖脚下的一粒种子，在黄河水的滋养下生根发芽，为人间添上一抹新绿。

# 普者黑赏荷

去普者黑之前，除了听说那里拍摄过《爸爸去哪儿》之外，对当地的旅游景点脑子里是一片空白。据说八月初那里正值荷花盛开的旺季，天气也不算太热，于是一家人就开启了一段说走就走的旅行。

普者黑是云南丘北县的一个村子，从昆明到普者黑大概需要乘坐一个多小时的高铁。到了景区，沿途两旁布满鳞次栉比的民居，宽阔的湖面上全是盛开的荷花，这一幅令人惊艳的田园牧歌画卷，不仅养眼，而且使平日紧绷的心情忽然放松。晚上找到湖边的"禾沐小筑"客栈，就凭这个充满田园生活情调的名字我们决定在这里住宿。老板是个湖北小伙，不仅热情好客，还是个游遍全国各地的"地理通"，刚一见面，他就用很溜的一段导游词就把普者黑夸得天花乱坠，我们很庆幸不仅选了一个地理位置绝佳的客栈，还遇到了一位性情相投的店主。客栈出门往西就是情人桥，过了情人桥，是一大片金黄的稻田，再往西便是青龙山码头，早上爬青龙山看日出也挺方便。初来乍到，通过和老板短暂的交流就颇觉已收获一半旅游的快乐。

普者黑湖属高原淡水湖，也叫灯笼湖，"普者黑"是彝语音译，意为"盛满鱼虾的水塘"，当地人又称它为"珍珠湖"。普者黑的旅游旺季是夏天，大多来普者黑的游客是奔着赏荷而来。赏荷对于我们北方人来说是一种奢望，在本地的公园偶尔看到半塘荷花，也会心生几分激动，但到了普者黑，便可以毫不吝惜地打开视野，尽情地观赏这湖岸线长达20公里、2万亩水域近300个品种的荷花。当时正值花季，游人如织，普者黑如藏在大山深处的一颗闪亮珍珠，竞相盛开的荷花仿佛盏盏明灯点亮了普者黑人的日子。

次日一大早，我们租了一辆马车，直奔天鹅湖。从客栈到天鹅湖不到5公里的路程，一路有咯哒咯哒的马蹄声相伴，靠在发出吱吱扭扭声的马车座椅上，丝丝凉风扑面而来，沿途青山绿水的纤纤细手弹拨出生活的慢节奏，愉悦的心情在文字之外敲打自在的休闲时光，恍若又回到童年怡然自得的时代。

在天鹅湖景区，才会近距离感受万亩荷花产生的视觉张力，宽阔的湖面，荷花茎高齐人，叶子如伞，韵彩各异，万荷竞放，一朵朵或洁白如玉，或粉红耀眼，或淡黄似金，韵比翩然欲飞的天鹅，形若凌波拂袖的仙女，洒脱而不失儒雅，端庄却不显妖艳。清风徐来，丛丛花柱摇曳于清波之上，幽幽花香飘逸于湖水两岸。

小船穿梭于荷花之间，立于船头的船夫一点手中竹篙，湖水便荡漾起层层波纹，湖里天鹅等鸟群或掠水低飞，或落于湖边分享游人投喂的美食，这种人与自然的和谐，点染出浓浓的水乡神韵。相拥这方灵山秀水，尽情享受大自然的灵动之气，可抵得上半世的幽幽尘梦。

在普者黑坐船别有一番情趣，坐拥湖心随性游弋，尽览湖光水色的秀美。我们在蒲草塘码头乘船前往青龙山，在一个多小时的行程中，漂在清澈湖水中的柳叶小船，像一把把剪刀，穿梭于荷花丛中，往来于青山脚下，湖面时而开阔，天高水远；时而两山对峙，湖面狭窄弯曲，如入绝境，不料船头轻轻一转，眼前顿时豁然开朗，如同仙女甩动袅袅飘逸的裙带，蓝天白云和两岸青山倒映湖中，天水相连，浑然一体，船工师傅用娴熟的技艺在明净的湖面上剪出不同的山水倒影和多彩的画面。小船无论顺流而下或逆流而上，大凡要坐船的人，乘船前在码头必须穿上雨衣，喜欢玩的还要提前备好水枪、水瓢、水盆等"武器"，精心筹划将要面对的一场"水仗"，不喜欢玩的提前就在船头插上免战旗，但即使你已告知对方免战，仍会有好斗的"勇士"在你毫无防备的情况下发动攻击，一盆盆凉水从头顶倾泻而下，不穿雨衣绝对会被浇成"落汤鸡"。湖光山色绵延十几里，乘船赏荷，纵情山水，与暗香浮动的荷花和洁白的云朵一起慢慢地融入湖边村落的闲适况味。

俗话说，山得水而活，水因山而媚，普者黑的景色虽然比不上苍山洱海的磅礴大气，但其小家碧玉的气质也同样楚楚动人。在普者黑，总会找到景与心的契合点，清晨一缕阳光，暮时一抹晚霞，处处弥漫着古朴神韵的小桥、流水、人家，山水相伴已经是一种和谐，而铺天盖地的荷花点缀的诗意流淌的时光，更增添了人间天堂的别样情趣，绽放出惬意率真的天性。如今，普者黑旅游火爆，游客慕名而来，村里的饭店和客栈火到爆棚，大多是农家乐的形式，外地人打理的居多，本地的居民把自家的宅院和店铺租给了外地人，自己又在本地打工干活，额外挣得一笔不菲的收入。

每逢夜幕降临，普者黑便亮起来了，一驾驾马车把游完景点的客人送到村里，沿街的小饭店和摊点便热闹起来，随意找把椅子坐下，沏一杯清茶，或来几瓶啤酒，叫几个菜。菜品以地方小吃为主，鱼虾自然会有，但最有意思的菜品当属荷花类，厨师会把荷花、荷叶、莲子、莲藕烹调出花样繁多的美食，口味独特，还有"看似如荷，实则无荷"的创意令人拍案叫绝。据说当地最有名的是荷花宴，可惜来去匆匆，未能品尝荷花在舌尖上绽放的美味。

在普者黑赏荷花，吃荷花，拍荷花，玩得十分尽兴。夜半暑热退去，遐思万千，起身隔楼赏景，荷在月下眠，蛙于水中鸣，待兴致散尽枕湖而眠，异乡出游，儿女陪伴、骨肉相依，于恬静感动之中收获属于自己内心的踏实和满足，乐享人生的一脉浓香。

离开普者黑旅游时日已久，一转眼冬天已过，春天跌落的一枚种子也已发芽，又勾起我对普者黑之行的美好回忆，于是码起一段充盈自己生命温度和色彩的文字，致那幅由青山、湖泊、稻田和荷花泼墨的田园生态画。闲来无事，用一杯清茶打发闲暇，细细咀嚼人间况味，感慨良多，人与荷花虽属不同物类，荷花根植于泥土，许身于池塘，与时光结伴，好在今年谢了，次年再开，年年岁岁馨香悦人，弦歌不断，着实沉淀出了极佳的口碑和文人墨客吟唱的品位；而人一生即使有诸多光环和尊贵的地位，但几十年光景却如白驹过隙，走完这程，便芳华逝去，再无来路，为人处事须胸含几分善良和宽容，需在争与让、得与舍、富贵与平淡之间寻得一方清静，松开抓着功利的那双手，修炼荷花出淤泥而不染的高尚品质，好好珍惜生命中的每一次遇见。

# 九寨沟看水

大凡游九寨沟的人都是怀着对九寨沟水的仰慕之情来的，能目睹这奇异俊秀的自然景观，的确是与九寨沟的水有着不解的缘分。九寨沟的水蕴含的奇、秀、静、烈之神韵，如同一部深奥的文化宝典，着实让人陶醉其中。

九寨沟的水奇。整个景区内沟壑纵横，重峦叠嶂，鬼斧神工，哗哗之水奔流倾泻，出于沟而看不到水的源头，五十多公里的泉水线上，分布着114个海子，17道瀑布，5个滩流，47眼泉水，这些水之景观是用水串起来的，它们集水形、水色、水姿、水声、水神于一体，搜尽天下水景之美态，宛如圣地仙境，人间瑶池。或平静如镜，或飞溅如玉，或倾泻如布，时而暴吼如雷，时而婉转含蓄，有藏有露，有急有缓，与原生态的音乐合拍。有时瀑布如挂在悬崖的一绺绺白绢，有时如在悬崖上飞溅的珍珠，洁白无瑕，仿佛粒粒珍珠从天而降。人一进九寨沟，就会丢掉所有的烦恼和旅途的疲劳，忘情山水，心旷神怡，缘水而行，俯仰之间，行进之中，观赏之余，满眼无不是水，有崖便成瀑，有池也成海，水中有山，山中有石，石上有树，树上有绿，人在水中游，水在树间流，树在水中长，花树开在水中央，水或喷泻于头顶，或缠绕于脚下，或飘散于手掌之上。山、水、湖、溪、河、滩连缀一体，水中的虬枝盘根，仿佛一盆盆景。高原芦苇、箭竹、松树、红桦，层次分明，高低错落的群瀑高唱低吟，飞动与静谧结合，刚烈与温柔相济，美不胜收，这一切如同一个美丽动人的故事，情节环环紧扣，好像大自然撰写的一部壮丽史诗，记录着地壳的沧桑变迁和生命的进化历程，让人无不感叹九寨沟水的神奇，真是"奇"乐无穷。

九寨沟的水清。说其清，真可谓清澈见底。水至清则无鱼，但在九寨沟却截然不同。人站在栈道之上，水中游鱼游泳嬉戏，鳞片清晰可见，水中之石和藻草也历历可数。山之倒影千颜万色，多姿多彩，大大小小的海子碧蓝澄澈。水中倒映着红叶、绿叶、雪峰、蓝天，一步一色，变幻无穷，即使再深的海子中的倒影也清晰无比。近观九寨沟的水可以观其色，领其神，会其意，清澈透亮，凡来九寨沟旅游的人都不免感叹九寨沟水的清纯，特别是我们生活在大西北缺水的地方，一看到这透亮如镜的水的确惊羡和爱不释手。

九寨沟的水秀。说其秀，用钟灵毓秀来描绘那是远远不够的，水是九寨沟的精灵，可以说无水不成景，无水不成趣，丫字形的三条主沟处处有水，逢沟有海，遇海有色，色泽斑斓，婀娜多姿。这些海子是用水串起来的绿白相间的翡翠，镶嵌在九寨沟中，深不见底的海子和游人惊讶好奇的目光以及直插云霄的雪峰相映成趣。九寨沟的水、石、树、人构成了美丽和谐的意境，水是主旋律，主色调，如若没有青山绿树的映衬，水就会显得单调枯燥，无以成景，水因为有人才倍显珍贵，人因为有水才激情飞扬。更引人注目的是九寨沟风景的天然纯净，使游人为之感动，沿途各个景点竟干净得没有丝毫污染，大自然的神来之笔和人为的全力保护让这一风景呈现出旺盛的生命力，并显示出九寨沟风光的独特。

九寨沟的水烈。说其烈，九寨沟的水尽管清纯但能醉人，每一位游人第一眼看见九寨沟水的时候首先就会产生一丝蒙眬的醉意，无不心潮澎湃，为之惊叹，游客虔诚和热切的目光投向水，投向了这道风景，融入了这片意境，就好像一杯浓烈的青稞酒灌进肚中，激情一下被调动起来。假如九寨沟风景真是一瓶酒的话，它肯定是国酒，已不知醉倒了多少不同国度和不同肤色的人，而且还将醉倒多少还未品尝过这瓶酒的人。正是由于这种"酒"的浓烈，才使这段沉寂了上千年的风景顿时兴奋起来，并不断达到高潮。如今，九寨沟的旅游着实火起来了，这里每天有几万人观光旅游，沟内沟外的酒店鳞次栉比，旅游产品琳琅满目，都在围绕九寨沟的水做文章，引得游人慷慨解囊，浓郁的民族风情深深打动着游人。在快要离开九寨沟的时候，每一位游人仍游兴未尽，争相拍照留影，赞不绝口，把留恋的目光深深地扎进了九寨沟的水域，留作永久的记忆。

九寨沟这部书着实耐读，而读这部书的人各有各的理解，也各有各的境界。

# 成都的出租车

　　成都是一座十分令人向往的城市，也是一座去了就不想走的城市。在火车停靠终点站前近半个小时的晃悠中，就已感受到这天府之国地盘的辽阔，想必在这座拥有 1000 万人口的大都市行走并不轻松。一下火车，看到穿梭如流的出租车就更确信出行绝不是轻而易举的事情，果然，我们用在家乡挡车的方式自信地不停招手，那些司机却旁若无人似的踩一脚油门扬长而去，后来经打听才知道要到车站的广场去排队等候，那里专门有人指挥上车，于是我们很顺利地坐上了出租车到达酒店。

　　在成都不是有了钱就有出租车坐，而是有了空载的出租车你才有机会消费。站在路边看来往行驶的全是出租车，但开到你的眼前里面却有人，有时足足等上半个小时，也未必能打上出租车，这对于一个想出行或要办急事的人来说是何等的艰辛。在你焦急等待的过程中，有许多电动车或"黑车"的司机会主动和你搭讪，先给你灌输一通打车的艰难，进行洗脑教育，然后对你的焦急表示同情，从心理上催促你，之后让你对坐"黑车"赶时间感兴趣，于是你就会不自觉地和人家谈价，进而被那些"黑车"司机的温柔一刀"砍出血"来，因为黑车的要价要比出租车的价格高出几倍，但出于被逼无奈，只好做出如此选择。

是这座城市造就了这座城市人的性格。一位司机告诉我们为什么打不上车，是因为成都的外来人口太多，地方太大，坐上出租车的客人不能马上到达目的地，没坐上车的人干着急，出行给这个城市增加了越来越大的运输压力。真是如此，成都的"的哥"车开得很猛，在马路上挡车，你就必须具备很大的勇气，当司机一个急刹车停在马路中间的行车道上时，你应以最快的速度跑过去打开车门上车，并且在司机启动车的过程中关闭车门，上了车，司机扭动着方向盘在拥挤的车流缝隙中穿梭，客人在车子里摇来晃去，仿佛是在体验赛车的惊险，真让人有点心惊肉跳。特别是"的哥"都是清一色的四川方言，你如果不熟悉四川方言，就无法和他交流，只能从他点头或摇头、眼神、手势等肢体语言中才可以搜集你所需要的信息。

# 青城山的负重者

　　青城山是成都的一个大景点，这里秀美的自然风景和人文景观会告诉游人这座山的存在，更会增添成都的文化底蕴。可惜由于汶川大地震使青城山的部分景观遭到破坏，所以只是徒步沿着上山的台阶浏览了一些风景，也不失有幸来此一游。

　　青城山的台阶很陡，体力较弱的人爬到半山绝对会气喘吁吁，汗流浃背。当我们爬到半山腰的时候，碰见了一位背东西的老乡，他背上的东西是几个装着日用百货的箱子，很明显是为山上的小卖部送货的，那一捆东西足有一百来斤，他拄着一个"T"字形的拐棍，裤管挽得很高，弓着腰，艰难地向上爬行，汗珠不停地掉在台阶上。他就在游人爬得气喘吁吁的台阶上一步一个脚印地前行。如果是曾经有过劳动经历的人，绝对会知道他身体所承受的磨难。我俯下身子给他拍了一张照片，他在擦汗的瞬间向我举了一下拐棍，我顿时觉得浑身一热，便把一瓶矿泉水给他，他喘着粗气，嘴唇颤动着报之一笑，我完全理解他此刻的心情，也为他如此坚韧的毅力所感动，因为我的父亲虽然没有从事这个行当的活计，但一生同样在高强度的劳动中坚强地拼搏，用身体的痛苦支撑着一个家庭，养育了我们，所以定格的一张生命快照成为我们后来人生道路的力量源泉，永不褪色。

在半山腰的路上，遇到了两个抬滑竿的师傅抬着一位美女，两个人很瘦小，但很精神，和美女有说有笑，气氛十分和谐，他们说为这位美女服务是缘分，美女坐他们的滑竿等于照顾了他们两家人的生活，美女说他俩很辛苦，滑竿师傅风趣地说如果不辛苦就会内心痛苦。路旁有游客要自告奋勇地抬一下滑竿，滑竿师傅说游客没驾照不能驾驶，美女被逗笑了，执意下了轿付了钱，两位师傅乐呵呵地下山了。

因地震，青城山的许多建筑遭到损毁，正在维修，因只有山道，没有车道，所以大量的建筑材料都要靠原始的运输方式运上山。我们在沿途看到了一队队运送砖瓦和水泥的骡子，那情景一看就足以让人潸然泪下，一头骡子背上不是两袋水泥就是两背篓砖头，路上是尺余深的红粘泥，一抬蹄子其他的蹄子就深深地陷进泥坑，骡子当下就是要栽倒的样子，这时候牵骡子的人使劲地呼喊，骡子拼命地挣扎，蹄子一个一个地从泥沼中艰难地拔出来的。这一刻，让人体会到骡子在坎坷驮路上的拼搏，寻找到生存的真正意义所在。据赶骡子的人说，他们每天要从山下往山上运几十趟，这些牲口很苦，说着他用手抚了抚骡子的脖颈，我相信他手上所包含的感情只有他和那头骡子才能心领神会。

其实，人的一生和骡马一样，总是在不停地驮运，驮着家庭、事业、儿女以及房子艰难地朝前走，等到儿女成家立业的时候早已经大汗淋漓，该退休了。

# 峨眉山之行

到峨眉山旅游的人大抵有金顶拜佛、景区逗猴和购物三种愿望。大约一个多小时的颠簸就到了峨眉山停车场，下车后觉得有点凉。导游在车上已经给大家讲解了一些逗猴的常识，介绍了峨眉山猴群的类型及性格特点，并叮嘱大家一定注意安全，之后大家都怀着好奇的心情向金顶进发。由于上山时间较早，一路无猴，但在沿途看到一些小摊贩向游人推荐旅游产品。我是第一次坐缆车，心里有点紧张，缆车很大，一辆缆车可载一百人，人在空中飘，云在脚下流，宛若仙境，真有点惊险神奇。到了金顶，看到四面佛的雕塑，不禁使人顿生虔诚，尽管是在海拔三千多米的峰巅，但大佛的庄严法相仍清晰可见。这里的佛事活动很盛，大抵都是求一生平安。

　　下山的路上，看到猴子了，几只胖胖的老猴和小猴子守候在路旁，等待着游客的恩赐，正像导游说的一样，峨眉山的猴子在游客的关照下，身体营养严重过剩，也出现了高血压、高血脂、高血糖的状况，独立寻找食物的生存能力明显下降。导游还给我们讲了一个关于猴子的故事，一位游客在给猴子拍照时闪光灯刺了猴子的眼，相机被猴子抢去，然后挂在树上，等过了几天后，猴子带着相机跑到农民家里换玉米棒吃。同行的客人把糖果、食品和矿泉水丢给猴子，一个猴子立即拿起一包花生拆了起来，就在它即将吃到花生的时候，一只肥胖的老猴虎视眈眈地向它走过来，吓得那只猴子撂下了花生袋子，花生撒了一地，那只老猴子毫无顾忌地剥食花生，独自享用着同伴收到的东西，那只失掉食物的猴子只能"望果兴叹"。还有一只小猴子得到了一瓶矿泉水，坐在石头上抱住矿泉水，熟练地寻找到打开的点，用牙齿咬破塑料瓶，悠闲地享用，好在那只老猴并未看到它的水，它算是幸运地在平静中喝完了一瓶水。随着游客的增多，这几只猴子都得到了食物，不管是早餐还是午餐，总之它们都解决了温饱问题，或许它们水饱饭足之后就不再和游客逗乐，回洞中去睡觉了。

　　峨眉山购物是在你的不经意之中发生的。所购的东西主要是茶叶和中药材，大多数导游都是推销员，他们很客气，茶园就恰到好处地设在你想喝茶的地方，这些导游会把你很客气地请到"他们家"，给你沏茶，问你泡什么茶，倒上药酒，给你发烟，主人会很热情地和你套近乎，说茶酒是免费的，你随便喝，品茶的过程也便是卖茶的过程，慢慢地你就会被主人的热情感动，然后就会动了买的念头，和人家谈价，临走的时候大家都会多多少少买点送给朋友的礼物，也算到峨眉山游了一趟了。峨眉山有许多购物的"托"，在下山的路上他们会和你主动搭话，他们往往会看着你手中拿的东西寻找话题，一步一个脚印、由浅入深地和你套近乎，当你觉得对方很热情、很善良的时候，对方就会向你建议买点中药材，说你其他旅游产品可以不买，但峨眉山的中药材必须买一点，这才是特产，效果很好，他们平时有点小病就用中药材治疗，既保健又实用。但你要会跟那些摊主探底价，各类药材的价位应该是多少，你就朝这个方向砍价，卖家会一直说药效好，但岂不知你在温柔的圈套中被"托"放了一次血，等走到山下时，你才发现你所买的东西在山下都很便宜。游览结束的时候往往会长一些见识。

# 走近都江堰

因为有了李冰才有了都江堰，因为有了都江堰才让人记住李冰。

都江堰与李冰父子手牵着手从两千多年前走来，它集聚了中华民族的智慧。借山造势，巧妙地利用地形与水的走向，李冰大笔一挥，画出了鱼嘴、分沙堰、宝瓶口三幅画，把岷江分成了内江和外江。岷江水很纯，清澈如镜，洁白如玉，李冰父子把水当作川西人的生命之源，适度开发利用，靠自己的智慧做水的文章，这一篇文章是两千多年前的杰作，而这旷世一笔只有在都江堰才有生命的韵味，因为李冰父子这一笔养育了川西平原的子孙后代，养育了川西平原的茫茫绿野，守护着成都市的平安，为这里创造了富庶的生存环境，所以才让全世界的人赞不绝口。

两千多年后，一次大地震让人记住了都江堰。"5·12"地震的那一刻，我的同事刚刚走到都江堰市，他亲身经历了那场灾难，剧烈的摇晃差点把他们的车掀翻，突如其来的地震让同行的人一时脑子一片空白，与亲人远隔千里而生死未卜，手机一时成了哑巴，心急如焚，惶恐如惊弓之鸟，这段人生的经历将永远铭刻于心。

站在都江堰的鱼嘴，看到一座小山，小山的背后就是映秀镇，相隔只有十八里。都江堰人经历了一次生与死的磨难，都江堰同样经受着大自然的严峻考验。过了索桥，想去二王庙拜谒李冰父子，但由于地震受损严重正在修复。据二王庙下面一个摆摊的摊主回忆，那一刻地动山摇，响声如雷，烟尘四起，人站着就天旋地转……

但都江堰终于挺住了，仿佛李冰父子和曾经为都江堰建设立下汗马功劳的壮士们此刻就站在鱼嘴开闸放水，分沙引流，和都江堰人共同战胜了这场大自然带来的灾难，它依然保持着原有的建筑结构，让人对李冰父子更加肃然起敬。震后的日子，李冰父子建造的都江堰还是都江堰，但今天的都江堰市已经不是昨天的都江堰市了。透过车窗，看到市郊宽阔的平地上建起的新农村，鳞次栉比的楼房，幽静雅致的别墅，碧水荡漾的池塘，掩映在苍翠的绿色之中，构成了秀丽和谐的景观。大震之后这片土地之所以崛起，之所以变化这么大，是因为这部巨著是党和政府写的，充分显示了国家战胜自然灾害的能力；当地人生产生活的全面恢复，也同样集聚了全国父老乡亲的爱心和智慧，让世界又一次把敬佩的目光投向都江堰，投向了中国。

李冰父子至今仍驻守在都江堰，他们的大智慧，他们的巧夺天工，以及超前的人与自然和谐共生的理念永远成为成都的名片，定格在这片深情的土地上，让世界瞩目。

# 绍兴看景

古城绍兴是一座色香味俱全的城市，更是一座感情深沉的城市。选择秋游绍兴，是因为这里有一坛老酒、一块臭豆腐和一本鲁迅的书。

据说，绍兴老酒的故事源于鉴湖旁一位贫穷善良的农民，一个叫鉴九的人酿制起初叫"老九"的酒，其用料是糯米和鉴湖水。又因"九"和"酒"是同音，所以人们索性叫成了"老酒"。

绍兴臭豆腐也源于一个民间传说。清朝时有位太守招聘绍兴师爷，考场桌上摆满了酒菜，有鱼、有肉、有山珍海味，还在显眼的地方摆放着一盘臭豆腐。应考的人们不一会儿就把鱼、肉等好菜全吃光了，但没人吃臭豆腐，所以一个人都没录取。臭豆腐是绍兴的特产，地道的绍兴人在鱼、肉吃腻后，总要夹几筷子臭豆腐调调口味。

绍兴古迹甚多。有会稽山大禹陵、越王台、兰亭、沈园、秋瑾捐躯的轩亭口……但只去了会稽山、鲁迅故里，也是大多数游客的绍兴必去之处。

鲁迅和绍兴是密不可分的。说起绍兴，就会自然想到鲁迅；谈到鲁迅，自然就会联想到绍兴。绍兴深厚的文化积淀养育了鲁迅，绍兴又因鲁迅而声名远扬，其历史文化品位日渐提升。

下午三点多，我们到了鲁迅故居街口，墙面正中央的上方绘有一幅鲁迅头像，书写着"鲁迅故居"四个黑漆大字。墙边长条石铺就的路面上安放着几尊栩栩如生、或坐或站、反映着当时的市井生活的人物铜像，有戴着毡帽的，有没有戴帽子拖着根长辫的，他们或对坐闲聊，或把胳膊抱在胸前站在不远处观望。游客一走到这儿便恍惚来到了一座清末民初的水乡小镇上了。

绍兴把鲁迅故居当作历史的荣耀而不作为旅游景点，一天要接待上万人但不卖门票，领一张参观券就可以有秩序地进去参观。

鲁迅故居马路斜对面，过小河石桥即鲁迅《从百草园到三味书屋》中著名的"三味书屋"。鲁迅塾师寿镜吾老秀才让学生行"天地君亲师"之礼的梅花鹿画像的左边座位，即鲁迅先生当年的座位。由于不能入内，我们只能在门口浏览，看不清鲁迅先生有次迟到被训斥后为警醒自己在课桌上刻的"早"字。但鲁迅先生描写的教学场景如在眼前。

出"三味书屋"，走过戴着阿Q式乌毡帽的船工摇着乌篷船揽客的小河，不远就是鲁迅的故居"百草园"。碧绿的菜畦、高大的皂荚树、紫红的桑椹依旧诉说着百草园的风雨沧桑，鲁迅三兄弟童年的乐土如今仍回放着迷人的故事，再现那个时代原汁原味的风貌！

邂逅绍兴，必然是穿越千年与历史的一次亲密接触。出鲁迅故居，直奔"咸亨酒店"而去。咸亨酒店生意很火，吃饭的客人络绎不绝，甚至连门外街边的饭桌都坐满了人，或许大多数游客都是从孔乙己的课文里走出来，在一个特别的场景中亲身体验一段刻骨铭心的历史。我和妻子要了一盘茴香豆、一盘臭豆腐，妻子只是尽情地吃，而我在用心寻找孔乙己穿着长衫且站着喝酒的柜台，在脑子里演绎孔乙己故事的每一个细节，不禁打了个冷战，口中嚼茴香豆的这一刻似乎就是孔乙己在给我教"茴"字的四种写法，说是将来做账要用。我知道，我坐的位置是一段历史坐过的位置，在这里，我恍若看到长衫和短衫的分明界限，听到生锈了的铜钱叮当作响。

我想，在这座古镇上，鲁迅笔下的闰土拣香炉、祥林嫂捐门槛、华老栓买人血馒头、阿Q画圆圈，这一个个鲜活的人物形象，一幅幅生动的场景，一定是古镇历史流血的伤口。作为游客，我们在这里已看不到历史的真实场景，此咸亨酒店或许非彼咸亨酒店，此刻消费并非过去买卖，但咸亨酒店是孔乙己悲惨命运的见证，却也是孔乙己悲惨命运的最大获益者，我想咸亨酒店把绍兴的历史沉淀在游客的每一碗酒中。

之后又去了兰亭。兰亭的碑文和曲水流觞，满载一杯诗歌的清韵，呈现了王羲之挥毫泼墨的潇洒。虽是走马观花，但进了兰亭，立刻被书法的功夫折服，兰亭是一张洁白的宣纸，是王右军狼毫挥洒、宣纸泼墨，写出一篇《兰亭序》。《兰亭序》的问世才使这座山有了灵气，让绍兴有了底蕴，让绍兴文化有了历史的厚度和气质。在兰亭公园的每一个角落，仿佛都能闻到几千年的墨香扑鼻而来，那一刻你会马上意识到自己穿越的不是北方和南国的距离，而是一次和水乡绍兴的热情拥抱。会稽山文化的韧性滋养了这一方宝地。

我们在柯桥住了七天。先到杭州再到柯桥，到了柯桥才到绍兴。兄弟跟舞在柯桥创业已有十几年，多次邀请我们去那里看看，我们很想去，但一直未能如愿，这次出游算是柯桥圆梦之行。柯桥隶属于绍兴，有"国际纺织之都"的美誉，作为我国纺织工业发祥地之一，它凭借纺织、印染等产业集群的优势已发展成为浙江省经济最为发达的地区之一，并拥有亚洲最大的纺织品集散中心——中国轻纺城。据兄弟说每天到柯桥采购的中外客商有 1 万多人，而常驻当地的则有 3000 人左右。到了柯桥，你就会觉得布匹比路长。兄弟两口子在一个纺织集团从事经营管理。到了他们的厂区，布匹堆成山，清一色的白，都是周边的织布厂送过来的，布匹在他们厂经过染色、印花、压整后再发出去，除了供应国内市场外，还出口十几个国家，他们一个厂一年的税收就抵得上我们北方一个小县一年的财政收入。在厂区见到了许多我们老家的打工者，都是跟舞介绍过去的，他们的收入很好。还有秦安老家一批经营布匹生意的客户常驻柯桥，将这里的布匹发到甘肃市场。
不到柯桥轻纺城，你就不知道自己穿着太简单，那无边无际、琳琅满目的花色布匹着实让人大开眼界，绍兴的布匹为绍兴的历史锦上添花。

# 乐在室韦

室韦是呼伦贝尔草原和额尔古纳河的一张名片，在这里可以体验两个民族、两个国度、两种历史演变的不同，这个俄罗斯民族乡所包含的神奇魅力会给每一位游客留下一段美好的回忆。

据导游莹莹介绍，室韦镇地处额尔古纳市西北部，距离额尔古纳市 160 千米，南部与恩和乡接壤，西部与俄罗斯隔河相望，东部与北部与莫尔道嘎镇相邻。别看它只是一个普通的小镇，但历史悠久，据说隋唐时期为蒙兀室韦地，1920 年设置室韦县，后来几经迁移，1980 年重建室韦乡，后又改设镇。1989 年 4 月国务院批准室韦公路口岸为国家一类口岸，同年已通关过货。

室韦是一个依额尔古纳河而建的小镇，干净整洁的街道上，都是全新的木格楞房，是原汁原味的俄罗斯建筑风格，街道上有很多高鼻子、蓝眼睛、黑头发的华俄后裔。一进镇子，呼伦贝尔草原的风光一下子就消失殆尽，庄严国界所蕴藏的神秘色彩吸引着人的眼球。一条河分开两个国家，河对岸就是俄罗斯的奥洛奇村，两岸相隔只有一千米。正是因为长期的亲密接触，两个国度的人就把爱情的种子撒在了界河两岸，从此演绎了室韦混血后裔的别样风情。如今，镇子上的人仍与对岸俄罗斯奥洛奇村的村民保持亲缘关系，常来常往，或许，每一个家庭都有中俄两国人民交往的故事。

我们从渡口乘游船逆流而上，船在河上行驶，可以清晰地看到奥洛奇村，那里的住宅和其他基础设施建设明显不如室韦镇，心中不禁为室韦镇的村民能有现在的幸福生活而感到高兴。船行到友谊桥下就掉头了，虽然只是短短几千米的路程，但那种穿越国界的水上体验让我们倍觉新奇，感觉脚下的河水、两岸的土地都浸透着国家、民族、地域的发展历史。回来看见对岸河边有几个俄罗斯人在悠闲地垂钓，草地上冒起一缕白烟，可能是在烤鱼，我拿起照相机留下了他们悠闲自得的瞬间。

娟子妹是我们的团长，她出外的经验相当丰富，每到一个地方之前，她把大家的食宿都已经安排得停停当当。傍晚，我们在一个农家小院用餐，男主人叫尤利，他的外祖母是俄罗斯族，女主人叫于芳，老家是河南，院子里既有接待餐厅，又有两层的木格楞小楼，是家庭旅馆，木格楞房的周围摆放着盆花，花开得正艳，尤利邀我们上楼看看，里面收拾得十分干净，什物摆放得特别齐整，一看就能猜出主人是个管家的好手。

餐厅光线很好，院里种了小白菜、黄瓜等蔬菜。尤利两口子给我们准备了丰盛的晚餐。一只烤全羊摆在桌子上，脖颈上还系了一条红布，浑身金黄鲜亮，满屋飘香。桌上的饭菜是半俄式半中式：苏巴汤、土豆焖肉饼、桦子鱼。热情的主人，丰盛的晚餐，我们真的被感动，这段最美好的时光走得好快啊，也许很难有机会再次来拜访这个小镇。

尤利说，他们这个镇子上的主要产业是旅游业，有些年轻人也外出打工，他每年在家只能住上四个月，其间每天接待好几拨团队，十月份旅游旺季结束了，这里整个就封山了，大多数人到内地去度假过冬，第二年解冻后再回来。他们的这种生活犹如大雁的迁徙，很有规律。

晚上，月亮高高悬挂在蓝蓝的天空，我们在尤利家的院子里举行了一场篝火晚会。尤利把劈好的松木柴堆在院子中央，然后浇上汽油，点燃，干柴火立即发出毕毕剥剥的声音，火焰升起来了，镇上的一位老教师拉着手风琴，一位蒙古族小伙唱歌，还有镇子上的女士伴舞，气氛立刻就热闹起来，大家围着篝火，拉起手边跳边唱。这种近乎原生态的晚会也吸引了居民来观赏，能歌善舞的游客和居民们融为一体，玩得真开心，这个时候大家都忘记了自己的民族、地域，丢掉了所有的烦恼，尽情地狂欢，尤其是一位云南的朋友，在蒙古族草原音乐的节奏下展示着云南边陲的舞姿，使这两个没有多大联系的音乐舞蹈艺术在这个瞬间达到了近乎完美的结合。娟子妹很有激情，她特别喜欢草原歌曲，在篝火旁，她声情并茂，拉手围圈起舞，陶醉般地走向呼伦贝尔大草原。在柴火燃尽最后一束火焰的时候，我们在《莫斯科郊外的晚上》悠扬的旋律中结束了狂欢……

晚上，走在小镇的街道上，凉风习习，霓虹灯闪烁，依然显得很热闹，纪念品商店、列巴屋、歌厅、烤羊肉摊都还在经营，摊主们也很热情，和我们主动打招呼。尽管游客的到来他们已经习以为常，但我们追梦式的游览至少能给小镇平添一份小小的欢快。枕着流动的河水，枕着小镇的宁静，枕着异国他乡的情调，在舒适的木格楞房里进入了甜蜜的梦乡。

# 冷峻唐古拉山

　　游西藏的三大活动是游山、玩水、看寺庙。翻越唐古拉山是我们去西藏的必经之路，怀着敬畏的心情一脚踏进了唐古拉山的门槛，挑战生命的极限。

　　唐古拉山，藏语意为"高原上的山"，是藏族人民心目中最圣洁的神山。这是一座蒙着神秘面纱的山峰，这是一个让人想挑战自己高度的山峰。

　　夜深了，窗外一片漆黑，此刻，公路上的汽车仿佛和火车结伴而行，它们是在唐古拉山孤行的一对亲生兄弟，发出点点荧光前后呼应，人世间的大恩大爱就是用这种最简单、最直接的方式表达和陈述。气短、头痛、烦躁，大家都或多或少地有高原反应，与车外的荒凉、单调、枯燥、冷峻的高原相映成趣。已经熟睡的小鸟和牦牛在梦中咀嚼着火车的嘶鸣。

牦牛是唐古拉山生命的抗争者，它们在空气稀薄的环境中，经年累月守护着草甸和河流，风餐露宿，繁衍生息，啃着青草，饮着雪水，并在河水中端详着自己慢慢苍老的面容，最后安详地离高原而去，永远留在唐古拉山的记忆中。

然而，高原最强大剽悍的还不是牦牛，而是那些身着藏袍、手执牛鞭、满脸写着自信的牧民。他们的足迹不知在这片地上踩了多少个来回，圆月被他们像踢足球一样一脚踢起，有时挂在天上，有时跌进山窝，只要他们手中的牛鞭一甩，山头就裂出几道口子，白云从这里飘出飘进，火车从这里来来往往，一嗓子藏歌就会让雪山感动得流下眼泪。坚韧与阳刚打造的一段粗犷刚劲的生命音乐，如同让人亲身体验牧民在风雨中长大的滋味。

去过呼伦贝尔草原，草原绿草茵茵的生命鲜活和高原荒凉枯燥的冷峻性格有着迥然不同的生命内质，这更加凸显了西藏的大美精神，雪峰、湖水、白云、天空、石头、羊群、牦牛进入了你的眼眸，都成为你打开雪域高原直白通透语言的钥匙。

第二天早上起床后，突然有谁喊了一声"藏羚羊、藏羚羊"，大家纷纷向窗口望去，藏羚羊三五成群，远远地站在草地上，那憨态可掬的身体轮廓令车上的乘客激动万分。相对牦牛来说，藏羚羊显得过于单薄和孱弱，但它们是青藏高原的宝贝，如今人类给予的生活空间已足够让它们平静幸福地生存下去。

唐古拉山是山中的神仙，他像一位饱经风霜的老人，长着一副冷峻凝重的面孔，守护着淡黄色的草坡、深黑色的土地、静静的小河、湿湿的草地、白雪皑皑的远山、荒原草坡上点缀的房子，春夏秋冬四季的颜色里写满原汁原味的千年沧桑。唐古拉山用大自然的智慧哺育着在每一个瞬间亮出本真的颜色的生命，同时它也以生命的每一项指标考量匆匆过客的虔诚和毅力。

在唐古拉山沿途的旅程中，每一个摄影爱好者都悉心用镜头拍摄每一个神奇的瞬间，记载着自己行走的足迹，用美丽的景致做着表白："唐古拉山，我来了！"

# 神奇布达拉宫

布达拉宫是西藏的象征，是世界上海拔最高的宫殿，雄伟庄严。传说公元 7 世纪，当时吐蕃王松赞干布为迎娶唐朝的文成公主，特别在红山之上修建了王宫，其主楼有十三层，自山脚向上，直至山顶。整体建筑主要由东部的白宫、中部的红宫及西部白色的僧房组成。这座古建筑群，其建筑文化博大精深，是藏族人民的智慧结晶，是世界的奇迹。

我们到布达拉宫广场的时候，阳光从布达拉宫顶上洒了下来，有点刺眼，照在身上暖暖的，仿佛神灵赐予的恩惠。正面仰视布达拉宫，宫宇叠砌、迂回曲折、山宫融合，直插云霄，仿佛伸手就可摘到天上的星星，这不仅是拉萨的高度，也是西藏的高度。同行的女士们已经不起藏族服装的诱惑，着装拍照。无论你选择哪个方向，布达拉宫永远是照片的背景。在从广场通往宫殿入口的路边，有一群磕长头的虔诚信教者，让我真正理解了五体投地和顶礼膜拜的含义。还有很多藏族人手持五颜六色的转经筒，祈祷幸福吉祥的生活，他们的祈祷永远萦绕在转经筒的馨风细雨之中。

在导游的带领下，我们拾级而上，欣赏着布达拉宫的壁画、佛塔、圣像和馆藏珍奇瑰宝，听导游讲藏传佛教故事，瞻仰一尊尊高大的佛像。细细端详佛像宽大圆润的手掌，指间流露着海纳百川的胸襟和容忍万事的博大情怀，与世俗的炎凉和浮躁形成强烈的反差。我不由斟酌"广结善缘"的含义，人生在世，和善为首，与人为善，有善才有缘，有缘才有情，有缘才有福，人的一生还是在追求一种和善至上的精神目标，不要折腾，自己不要折腾自己，也不要折腾别人，更没有必要把权和钱攥在手心折腾得大汗淋漓。藏族同胞或许在佛教圣地中悟出了很多道理，他们过着天气暖和了挖虫草、放牧，天气冷了围着火炉喝酒唱歌娱乐的生活。沿途看到藏族农户的楼顶或墙头上都插着国旗，用特有的方式表达着藏族同胞对党、对祖国怀有的深厚感情。

# 灵秀南伊沟

　　在西藏，当地人把林芝称为"八一镇"，据说是因为先有镇而后有城，镇子上曾驻扎过解放军，所以叫"八一镇"。

　　如果说林芝是西藏的小江南，那么南伊沟就是小江南的经典之作。南伊沟是原始森林景区，位于林芝市米林县南部的南伊乡境内，沟内动植物资源十分丰富，生态保护完好，气候湿润。景在沟中，沟在景里，南伊沟除了方便游客游览的栈道以及通往这里的公路之外，基本上保持了原始形态，所以被誉为"地球上最高的绿色秘境"。

　　给我们讲解的导游姑娘叫卓嘎，她的父亲是藏族，母亲是珞巴族，她是西藏旅游职业技术学院大三的学生，在这里实习。她讲解得很有激情，引人入胜，妙语连珠。

　　南伊沟内居住着我国人口最少的民族——珞巴族，全国只有

3000 人左右，珞巴族是只有语言没有文字的民族，在 1985 年以前还生活在森林之中，过着结绳记事、刀耕火种的生活。后来，党和政府为他们修了房子，经多次动员，群众才逐渐搬迁到了南伊沟内居住，过上了现代人的生活。卓嘎一气呵成的讲解，让我们对珞巴族鲜为人知的民俗习惯有了全面的了解。

环保车靠在琼林村路边，这里每家都有一个小院，门口挂的牛头象征主人在村落里的地位，小院子里是用木头和竹子搭成的藏式小楼，楼顶上安放着卫星电视天线。走进一家院落，女主人在门口张罗着生意，主建筑是二层楼，一楼好像是客厅，二楼是卧室，展示的是以前珞巴族人的打猎生活，还有原始的石制器皿，墙上挂满了野生动物的皮毛和珞巴族盛装，设的神坛表示主人信奉原始宗教。这些装饰和打扮倒映着珞巴族古朴的传统民族特色影像。

在南伊河两岸的原始森林之中，印象最深的是悬挂在树枝上随风飘逸的松萝。据说松萝是最好的环境检测器，空气中有一点点污染就不能存活，所以有松萝的地方，标志着这里有极好的生态环境。

为保护生态环境，森林里禁止环保车进入，我们只好沿着木栈道步行进去游览。沿着木栈道，漫步在遮天蔽日的松林中，空气中透着沁人心脾的青草味和丝丝的松香味，这一刻，感觉大自然是那样的恬静，树林中回响着小鸟婉转的啼鸣声，在这个天然的大氧吧里，人类和鸟类们共同分享着大自然的恩赐，演绎着生命代谢的乐章。

# 神秘大峡谷

　　雅鲁藏布江像一条银色的巨龙不断奔腾延伸，进入大峡谷后，它又变成一头疯狂咆哮的雄狮，用利爪把山头撕裂出一道深深的沟壑。从南迦巴瓦峰观景台往下看，眼前有一个马蹄形拐弯，峡谷的水流湍急，最窄处仅几十米。

　　车终于到了观赏南迦巴瓦峰的观景点了，观景点的南方是南迦巴瓦峰，南迦巴瓦峰是大峡谷的顶级巨作，在藏语中意为"直刺天空的长矛"，其海拔7782米，高度排在世界最高峰的第15位，其巨大的三角形峰体终年积雪，云雾缭绕。它像一位娇贵含羞的女子，和雅鲁藏布江的凶猛形成了强烈的反差。

　　远远望去，南迦巴瓦峰完全笼罩在那无边无际的云雾中，如害羞的少女遮着一层神秘的面纱。据导游说，南迦巴瓦峰终年在云雾中深居不出，一年只有30天左右的时间才会露脸，所以前世有缘的游客才能看到它的真实面孔。我们觉得无缘，打算前往大渡卡村去看看。没想到在返回观景台的那一阵，有人突然喊南迦巴瓦峰要出来了，大家的激情一下子被调动起来。转身朝山的方向看去，真的奇观要出现了。到了观景台，大家立马准备好相机，有的人已经提前做好了拍照的姿势，等待着奇迹的出现。那朵白云飘得很慢，让人分不清是云在飘还是山在走，南迦巴瓦峰像一个端庄女子，迈着婀娜多姿的脚步翩翩舞动，此刻，它并不是一座山，而是一个故事里最动人的细节，是一个景点最具神秘色彩的看点。在大家热情的召唤中它终于露出了白净的脸庞，好像朝我们微笑。这成为我们西藏之旅的点睛之作，看了南迦巴瓦峰真是不虚此行。看了它便没有终生遗憾。

当我们离开的时候，它又钻进云彩隐身而去。

# 大寨 —— 一段震撼人心的抒情乐章

一条清河水，一座虎头山。

大寨不大，只是沧桑风雨洗濯过的山西昔阳的一个普通小村庄，贫瘠的山岔沟里生长出一条新中国农业的思路。当人们回顾这个曾经如雷贯耳的名字时，才发现世界的视线也曾停泊在这个精神的港湾，波浪般的音乐响彻在没有红地毯的土地上。

一

一段坎坷经历，一面鲜艳红旗。

清一色的铁匠在太行山下出名，他们自力更生地用铁锤打造出了新中国的第一个农业标本。

大寨是苦难中成长的孩子。老愚公把太行山的石块堆到了七沟八梁一面坡上，虎头山比任何一座山都重，压得大寨人直不起腰来。日本侵略者的铁骑曾把这片土地踩得满目疮痍，遍体鳞伤，战争的创伤和连年的饥荒，恶劣的环境和多重的磨难，日伪的凶残与富人的贪婪，噩梦般缠绕在村头那棵老柳树上，悲怆的故事里承载着坎坷的苦难岁月……

新中国成立的礼炮唤醒了大寨人沉睡的灵魂。大寨点燃了新中国农业文明的第一团篝火。由此，这个时代的符号成为中国农业阔步前进的标志之一。

读懂大寨，就等于读懂了新中国的农业。

头裹白毛巾、身穿粗布衣、脚蹬粗布鞋的陈永贵走出家门，坐在老柳树前和伙计们创作大寨崛起的剧本，用一锅旱烟和一瓶烧酒点燃大伙的热情，近乎幻想般的灵感，他们要让自己编导的节目搬上舞台后一鸣惊人。

狼窝掌沟地形险恶、杂草丛生、野狼乱窜、洪灾不断，倔强的大寨人和狼窝掌较真，81 个庄稼人长满老茧的双手拿着原始工具，铁锤碰着铁钎、箩筐挑着月亮在狼窝掌弹奏着冰冷的音乐，冬日里雪花翩翩飞舞，一群人在洁白的雪地上吟诵出千古绝唱，那段故事走进了人类历史的童话。

赤手奋力战洪灾，搬山填沟造平原，一片黑黝黝平展展的梯田爬上铁人们的皱纹，每一顶草帽下憨厚朴实、汗流满面的笑脸终于绽放在打谷场上，享受收获的幸福时刻。来自大地的慷慨馈赠创造了传奇。这出戏唱红了晋中大地，唱出了山西，唱到了北京，震撼了世界。

1964 年 2 月，一位伟人在中南海沉思：陈永贵这愣头青雄心勃勃，不仅不要国家救济款、不要国家救济粮、不要国家救济物资，而且统购不少、口粮不少、分配不少，解决全国六亿人的吃饭问题是不是也可以走走这条路。于是发出"农业学大寨"的号召，农业学大寨运动的浪潮漫卷全国。由此，汗水和种子一同在土地里发芽。"自力更生、艰苦奋斗"八个字像村头的古槐，盘根错节的根里布满精神的光芒，那面红旗在秋意盎然的十月，在炊烟袅袅的村庄里，在挂着玉米棒子的大树上，在阳光灿烂的掌声里熠熠发光。

在朴素的窑洞前，历史的车轮已驶过半个多世纪，大寨人谱写出乐章的序曲，那是七沟八梁一面坡的梯田，百鸟啼鸣的翠山绿树，群山环抱的层层楼舍、学校、街道和那些青色的窑洞住宅。新村、房舍、田园依然井然，传统纯朴的民俗风情和现代文明交融相汇，延续着历史的深刻记忆。

沿着历史的高速公路急速前行，后来者用一种淡定的表情直接拥抱大寨的现代文明，无法感受大寨在那个激情岁月额头渗出的汗滴的温度。但大寨精神在整个中国农村舞台所释放的价值能量一定能暖热他们的心。

## 二

一段抒情乐章，一片迷人风景。

虎头山，饱览大寨全景的绝好视角。

虎头山本来名不见经传，因为多位名人与其深厚的感情而闻名天下。

周恩来三次登上虎头山，指示大寨人在粮食丰收的基础上还要多种树，从根本上改变生态环境。

金秋时节，虎头山满目苍松翠柏，秋风徐来，红叶如云，亭台池榭藏于林间，苍翠静穆和清灵之气扑面而来，大自然的神韵守护着先辈的灵魂，仿佛置身于八仙醉卧的蓬莱仙境。

团结沟渡槽的清流倒映出"水利是农业的命脉"的伟人箴言，滋养着虎头山周围层层梯田和漫山遍野的林木，也酿制了大寨人的幸福生活。

## 三

一股改革潮，一次转型发展，大寨又一次历史性地华丽转身。

一股清新的风吹过虎头山，改革开放中传统与创新的猛烈碰撞刮响了阵阵松涛，推开了大寨窑洞的窗户，唤醒了大寨人。

改革开放的浪潮撞击大寨人的心灵。大寨人在历史的进程中，也同样经历着痛苦、欢乐、无奈和大起大落，诉说着许多鲜为人知的故事，经受着创新的考验，浴火重生，从传统向创新突围。从集体经济逐步向市场经济转型，他们的战场由脚下的土地转向了山外更为广阔的市场。

郭凤莲伫立潮头，划动着大寨中的船桨。

二十多年的艰苦转型，旅游开发、工业制造、煤炭发运销售、房地产开发、新农业科技开发、养殖业、加工业等产业撑起了大寨人的脊梁，村民们安居乐业，丰衣足食，分享着改革开放带来的实惠。"先进基层党组织""精神文明村""新农村建设先进村""中国十大名村"的光环被举过头顶，这个承载着诸多符号意义的小村庄，再次在全世界的镜头前秀出了个性。

## 四

一位地道的晋中农民，一种土生土长的铁人精神。

陈永贵，大寨人心中永不褪色的精神雕塑。

他安详地坐在虎头山静观村子的变化，欣赏着他们当年创作的作品，倾听和守望，倾听那来自脚下的潮音，守望生命中那片最爱的净土。

半山腰大寨展览馆门前矗立着他的雕像。背后是通往他墓地的层层台阶，那是沧桑岁月刻在他额头的皱纹，狼窝掌的层层梯田和他的皱纹疏密相间，相映成趣，他出生于这片土地，又落叶归根回到了这片土地。

迎客柳下，古窑洞前，老劳模宋立英脸上盛开着大寨的幸福微笑，她年事已高，但仍站在村头，用地道的晋中方言解读着陈永贵，回忆曾经并肩战斗的岁月，传颂着铁人精神，当年的铁姑娘依然身体硬朗，82岁的生命年轮刻满幸福、淳朴、善良和热情，她把大寨精神牢牢握在手中。

陈永贵的故居窑洞里，挂满了美好的回忆，陈永贵站在风中，白毛巾下露出的那张脸笑容依旧，微笑里充满自信，保持着艰苦朴素的本色，他书写出一位农民不平凡的人生篇章，我真想伸出手去抚摸他激情岁月的温度。

# 壶东壶西看瀑布

先后两次看过黄河壶口瀑布，第一次是 2005 年站在陕西宜川西边，第二次是 2012 年 10 月站在山西吉县东边，七年之间，壶东壶西，春去秋来，河落河涨。在秦晋大地感受壶口瀑布的磅礴气势，倾听壶口瀑布的雄浑交响乐，不失为一段刻骨铭心的体验。

黄河壶口瀑布举世闻名，人站在地上往下看，一路狂傲不羁的黄河，就在一瞬间突然像一匹发疯的野马，前蹄腾空而起，风驰电掣般一头扎进河床中间的"十里龙槽"，掀起一股风，激起一层雾，似水底生烟，空气中弥漫着清凉的水雾，将阳光折射成多道彩虹，蔚为壮观，激流发出的巨大声响与风、雨、雾、彩虹构成的交响乐，彰显了母亲河"风在吼，马在叫，黄河在咆哮"的亘古绝唱。从壶东的龙槽底部向上观，只觉得波涛汹涌的黄河从天而降，直奔人的头顶而来，那音浪震耳欲聋，巨大的水雾凉飕飕，不由得让人心里直打寒战。

茶是中国文化的象征。壶口瀑布形如茶壶，黄河之水就是壶里浓香淡雅形神兼备的茶，观其形，悟其神，让人从心底佩服黄河母亲的雕琢神功，她用独特的富有激情的创意，打磨岩石的岁月流程，把秦晋大地的幸福与向往、痛苦与纠结、繁衍与生息放进这把巨壶，泡出了中华民族历史文明的深厚韵味和成色，滋养着民族的灵感，也激扬着许多名人志士的民族气概。诗人光未然、音乐家冼星海谱写的《黄河大合唱》的千古绝唱，柯受良成功飞越壶口的精彩瞬间，都把壶口瀑布的文化氛围推向一个又一个兴奋点，这种巨大的生命张力让世人激情亢奋。

壶口在历史长河中也承载了很多文化符号。在古代它是横亘于山西和陕西两省之间的一道天堑，惊涛骇浪般的河水不仅拉开了两岸人民的距离，也使得经商、通婚遥不可及。据说以前两岸人大多选择在冬天办婚事，因为黄河封冻后两岸人可以直接从冰面穿过，山西陕西两省接新娘往来黄河上都是骑毛驴，驴看见冰会受到惊吓，于是把新娘的盖头盖到驴头上，几分钟就可以过河，所以在山西流传着的"十大怪"中，"新娘的头巾驴头上盖"列于其中。

到壶口两岸观景处，那些头裹白毛巾、身穿羊皮褂、腰系红腰带、一手牵毛驴、一手握着旱烟枪的老汉和以前并没有什么两样，从他们沧桑的脸上可以隐约找到黄河古老文化的历史痕迹，看到客人来了，他们会热情地迎上来，用原汁原味的陕北腔打招呼，邀你拍照留念，只要交上两元钱，骑驴也行，不骑也罢，拍多少张都不限。他们经年累月守在河边，听潮、观瀑、接待游人，见证着黄河的潮起潮落，感受着四季的变换轮回，也分享着壶口景点给人类创造的幸福与快乐，尽管他们是原生态瀑布的人为点缀，但似乎缺了他们这壶口瀑布就大大逊色了。

第二次在山西吉县观瀑的那晚，宿于黄河壶口瀑布宾馆，躺在母亲河的怀抱里，在涛声中入梦，周围的一切只留下天籁的惬意，只剩下黄河与我。夜里，我梦中唱起阿宝那首让离乡游子落泪如雨的歌《老爸老妈》，清晰地再现了黄河边送行的场景，头扎白毛巾、身穿羊皮袄、系着红腰带的儿子为了生活要离开家，在黄河边分别时，年迈的父母眼角默默含着泪花不说话，颤抖的手摸着儿子的头，当儿子在视线中消失的一刹那，父母放声大哭，那哭声就是纯正的山西民歌，与奔腾咆哮的黄河默然相应。

# 一段云水谣土楼的家园记忆

去云水谣那天，老天赏我们一个笑脸，蓝天白云，绿水青山，纤尘不染，我和客家人的美丽家园热情拥抱。

云水谣，是一个飘逸在云与水之间的传说，云水谣原来叫长教，已有近千年的居住历史，在那个兵荒马乱的年代，为躲避战乱，客家人的祖先举家南迁，择此繁衍生息，守住了这块风水宝地。2005 年在这里拍摄了电影《云水谣》，"云水谣"也便成了这个小镇的代称一下火了起来。

云水谣天生丽质，自然俊秀。整个村子四面环山傍水，洗尽铅华，有着童话般的鲜活与生动，红土夯起来的土楼或圆或方，或高或低，错落有致，具有土生土长的丰满，舒展着美丽田园的悠闲心情，更拥抱着沧桑岁月的厚重矜持，这种穿越历史时空的幽静古朴，如一幅浓淡相宜的水墨画，流露出闽西山区的家园表情。

土楼是云水谣的灵魂。据说这个村有四十多座土楼，在历史的时空里，土楼好像是在一方青山秀水之间盘腿参禅的老者，陪伴着沧桑岁月，虽然斗转星移，许多记忆已经被岁月的脚步覆盖，但其筋骨依旧那么强健。至今还有一部分人不愿搬出土楼，因为他们留恋先辈们烟熏火燎、和睦相处、原汁原味的生活情趣，珍惜那一段历久弥新的感情默契，守护大家族的精神家园。

沿云水谣栈道顺水而下，更觉得土楼是客家祖先唯一留给后人的一段时光影子，祖先们的身影已经远去，但那鲜活的日子还站在原地向游人打招呼。和贵楼的高，怀远楼的圆，都以自己别具一格的造型彰显着南靖土楼的个性，也凝聚了设计建造者的智慧。假若把土楼放在西北黄土高原，充其量也只是一段荒凉沧桑的历史记忆，但在云水谣，四周莽莽秀山、眼前潺潺溪流、脚下幽幽古道，土楼依山而生，傍水而长，焕发出宜山宜水、宜内宜外、宜子宜孙的富庶生活韵味。

土楼是云水谣环境宜居的佐证，土楼斑驳的墙体上流露出客家人传统生活节拍的道道痕迹。脸贴着斑驳的土墙，仿佛可以听到云水谣心脏跳动的声音。走进土楼，一股扑鼻的香味扑面而来，抚摸冰冷光滑的石器，观赏清澈见底的水井，扶着烟熏火燎成深色的楼梯而上，用心追寻客家人遥远的身影，让人感到一把土就是一个故事，一扇窗就是一个客家人柔软的表情。

一栋楼不是一家人的，而是一个家族的共同财产。一个偌大的家族居住在这样一个空间里，每天重复着和谐、惬意、安定的生活节奏,演绎着土楼人的家族故事。在这样一个旅游便捷的年代,云水谣土楼的景致如此成熟和丰满,留给人足够大的想象空间。

云水谣的石头与土楼形影相伴,如同这里曾经孕育的爱情故事,不离不弃相互照应,没有土楼,石头就会黯然失色,缺了石头,土楼就没有大家闺秀的气质。沿鹅卵石铺成的云水谣栈道前行,脚下小小的卵石非常丰满,每一颗卵石被人们用脚打磨得细腻圆润。色彩斑斓的鹅卵石光亮如玉,连着桥,隔着水,缠着树,围着楼,一直延伸进四通八达的小巷,土与鹅卵石元素的深度融合,构成了整个云水谣景致的天然和谐之美。导游说这石头路都是古时按照卦位、风水朝向以及土楼的总体布局等精心设计铺设的,承载着古村人的悲欢离合,是云水谣先人的杰作。据说以前生活在这里的简氏族人参加科举考试,都要从这条古栈道走到北京赶考。我们于是用心踩着栈道的每一颗卵石,神秘幽静之感油然而生,如同踩在了土楼文化的音符上,弹奏出悦耳的民族音乐。

沿河而下,与云水谣的时光并肩而行,河水轻轻拍打着我的心扉。大水车是后来在云水谣拍摄电影时建造的,但在大榕树、溪水、栈道、土楼旁,一点也不突兀,颇有古色古香之气,成为镇子的标志性建筑。长教溪绕古村潺潺流过,空明澄澈,像一曲古老的乡谣,绵长细腻的旋律滋润着村子的慢生活。这古栈道、大榕树、长教溪以及横卧溪间的水步石都成了历史文化链条上的音乐元素,演奏着古村的交响乐,飘散着这个村落社会关于家族、村落、文化的自然韵味,点燃了游人的灵感。

其实，云水谣有青山、秀水、土楼就足够神奇了，但假若没有榕树群，游人就不会知晓云水谣的前生来世。水、楼、树荫护着古村，滋养着村民的幸福。如果说山是云水谣的命脉、水是源头、土楼是骨骼的话，那么榕树就是云水谣的根。盘根错节的古榕树群如古村的家谱，讲述着一个家族的由来和繁衍生息的历史。云水谣有13棵大榕树，或漂于水上，或悬在吊脚楼角，每一棵榕树好比一位力士伸展着腿脚，秀起丰满肌肉，焕发出绿色鲜活的生命。据说榕树原来在云水谣被视为神树，旧时树下还设有祭坛，古村人逢年过节祭拜榕树以祈求幸福。难怪游人争先恐后地往榕树干周围悬挂彩带，可能也想沾沾古村神树的福气。溪边两棵树龄最长的榕树被称为夫妻树，树枝伸展相接，如恩爱夫妻牵手面水而立，树下河边摆着藤椅茶几，游人品茶、乘凉、拍照，在短暂的停留中和古村人共同打发休闲时光，分享惬意。

中午，导游小刘邀我们到她家里做客，点了几个闽西特色小菜，小刘一进门就下厨帮忙，菜很丰盛，主人很好客，我们一起品茶聊天，说话间得知她们家之前住在土楼，近几年旅游、茶园收入好，新盖了四层小楼搬了出来，日子一天比一天滋润。小楼砖木结构，一楼饭厅，二、三楼是宾馆，四楼自家住，装修得很时尚，房间宽敞，带卫生间，装有空调，床上的被褥干干净净，旺季常有游客在这小住几天，品味田园生活，着实是一种超值的享受。

离开云水谣时有点不舍，回望一眼这个沉浸在幸福中的古村，一段家园的表情、记忆清晰地烙在我的心底。

# 秋雨游西湖

两次游西湖，第二次是在雨中游。下了车，路边的小贩就提高嗓门推销各式各样的伞。好在身上带伞就不必破费了，打着雨伞几步上了船。

在码头上船，我坐到了船头，方便观景拍照，随着游船的启动，附近的湖面便似琴弦被拨动一般，船舷拍打着水面向湖心驶去。淅淅沥沥的雨扑面而来，好像是恰如其分的应景之作，也或许是上天的安排，让我的这次西湖之旅在雨中赏景，来一场人与自然的奇妙沟通，那一刻，我的心中竟泛起了微微的惊喜。凭倚舷窗放眼四周，山峦烟雾缥缈，远处的保俶塔在雨雾间若隐若现，往日晴空朗照的墨绿峰峦好比害羞的少女披上了朦胧的烟纱，给美丽西湖平添了几分神秘的色彩。西湖的雨不紧不慢，好像迈着婀娜多姿的舞步，在微风的吹拂下凉爽地贴到人脸上，轻轻地落到雨衣上，柔柔地敲打在水面上。清澈湖面上泛起的涟漪犹如盛开的莲花，散发出浓郁的桂花馨香，气韵撩人心怀，堤边垂柳随风飘动，挥洒周身的雨水，释放出洗尽铅华的惬意。船至湖心，雾在湖面上一帘一帘地游走，展示着如丝如缕的柔情，忽然一对燕子箭一般地掠过湖面而后去追别的游船，好像匆忙地收获春季播撒的呢喃，让人仿佛置身于绝妙的山水画里，飘然若仙之感油然而生。

记得第一次游西湖也是在秋季，那天阳光明媚，游人如织，热闹非凡，四面景色尽收眼底，看到了一个色香味俱全的西湖，聆听了千年古城的历史传说。但这次截然不同，一切皆在雨中，水天一色的西湖美景被藏在雾里，所以只能坐在游船上心里塑造一个西湖秋景的全景，想象灵隐寺木鱼声声中的古刹禅意。

下了游船，去游"三潭印月"，雨还在下，雾缠绕在茂密的树枝顶上，小岛上的亭阁楼台和婉转幽静的甬道都在阴雨蒙蒙中增加了几分神秘感。想喝杯茶，但茶摊上的游人稀稀拉拉的，大抵在这个时候坐着品茶也品不出多少闲情雅致，只好作罢。据说月圆之夜在三潭印月赏月是最令人心旷神怡的，那时湖面上一定是漂满了数不清的月亮，皎洁的月光在涟漪中荡漾。只可惜雨中的三潭印月也冷清了许多，清雅的景致淡去了晴日的风韵。

从北岸下船，在"白堤"散步畅游，雅兴突然又被激活。凉风仿佛也跟着我上了堤，雨较前稍大了些，但雾渐渐退散，视野变得开阔起来。用心去感受这一方山水的灵性，石拱桥横亘于水云之间，把人、湖、船、山连成了一个整体，堤岸边垂柳妩媚动人，枝头晶莹的雨珠落到地面的水上，有大珠小珠落玉盘的感觉，花草树木也摆动着纤细的小手向游人致意，此刻的西湖就像梦中的美人，楚楚动人。

雨中游西湖，别样风景让人沉醉，淅淅沥沥的雨、朦朦胧胧的山、缠缠绵绵的雾，雾中的雨和雨里的雾黏在一起，好像老天一手拉着云，一手拽着雾，人在雨中游，雾在岸边飘，雨和湖、湖和人、人和柳、天和地构成了浑然天成的西湖景观。

漫步苏堤，呼吸着湿润且有些发甜的空气，连五脏六腑也有舒适通透的感觉。雨簌簌而下，但堤上依然游人如织，一把把撑开的雨伞在堤上飘着，像朵朵五颜六色的蘑菇，和低吟浅唱的荷田共同撑起了一抹温馨的诗情画意，传递着千年西湖的脉脉情愫。踏雨而行，思如泉涌，细细品味苏堤的一段旧时光，仿佛走进了一幕白蛇娘子和许仙雨中游西湖的千古爱情佳剧。心想，西湖的雨是伞的情人，它竟然会把一段美好的时光安排在苏堤的故事里，伞又是西湖的信物，把很多眼前的人和古老的事联系起来，凡尘世间许多有情之人在西湖以伞传情、以伞相许、以伞而喜结良缘，也是雨从中牵线搭桥结下的善果。

雨中的西湖和西湖的雨，如一幅具有独特艺术魅力的山水画呈现给游人。

# 夜宿关山草原

当我们的车子驶进绿色地毯铺就的关山时，我的黄土高原地貌的思维马上就被改写，周身的血液如脱缰的马儿在这草原上尽情奔跑，飞溅出绿色的神韵，关山就这么神奇，关山就这么稳健而实在，关山就这么充满激情和亢奋，蒙古包彩旗招展，很有特色，我们决定晚上就在关山草原的蒙古包住下，感受一次大西北深处草原风光的神奇魅力。

我们是在夜幕降临的时候进入草原的。夏天的夜晚，太阳已经落山，一抹耀眼的晚霞紧贴着草原山头的"发际线"，映照着山顶葱茏的树木，马和羊群便是这一片草原的精灵，不仅点缀着草原画面的色彩，并赋予草原真正的生命意义。丰美的水草自然也养育了马和羊群，养育了一方人，人与自然的和谐相处，让这片鲜为人知的黄土地焕发出迷人的光彩。

我们到蒙古包办好入住手续后，便去餐厅吃晚饭，同伴们路上就商量好要品尝一下烤全羊，酒店的小伙计挺麻利，用麻秆点燃了一炉炭火就开始烤，我们围在烤炉边和小伙计边聊天边欣赏烤制的过程，小伙计说木炭是青冈木烧制的，烤制的羊肉脆嫩可口，颜色清亮无灰尘，且没有异味。两个多小时后，羊肉的香味已飘散开来，大家已馋得流口水。看小伙计娴熟自如地操作以及脸上流露出的那份淡定，真羡慕他常年在这个天然氧吧的幸福生活。

当我们品尝到第一口烤羊肉时，立即感受到草原上生命的清纯与厚道，一时热血沸腾，大家高举酒杯，一口肉再一口酒，站着喝酒，站着猜拳行令、唱歌跳舞，激情如一首原生态的绝唱，划拳的声音已从草原深处弥漫开来，旅途的劳顿渐渐消退，大家平日工作忙压力大，从来都没有如此放松，此刻，每个人都是用心和草原对话，用情和草原交流，任激情向着草原的夜色深处走去，这个夜晚，草原歌曲的悠扬歌声陪我们度过一个美好的夜晚，每一个细节都浸满酒的神韵，歌是这么粗犷豪放，酒是这样醇香浓郁，人是如此憨厚淳朴，这一夜，我们内心的所有都交给了这片草原，蒙古包像一朵盛开在草原深处的莲花，不仅接纳了我们的亢奋，也沉淀了我们和草原的情感故事。

草原的深厚真让我们的语言感到力不从心，如诗如画的自然风景弥漫在我们的心头，一次短暂的草原之旅，把久居城市的聒噪洗了个一干二净，放飞了自我，狂欢之后，躺在蒙古包的地铺上，亲身体验蒙古族的生活，独特的民族风情让我们为之着迷。

在这里我们也真实地看到了一种民族文化与原生态自然景色的完美结合。

过了一阵，一场清凉的雨落在草原上，雨滴敲打着蒙古包，我们很幸运迎来关山初夏的一场雨，躺在蒙古包中就好像睡在绿色的地毯上，躺在无边的清凉里，敞开心扉去享受关山的别样生动。

清晨，鹰的第一声歌唱把我们从梦乡叫醒，一位牧场的姑娘邀我们去骑马，但时间已经来不及了。带着遗憾，我们告别草原转去另一个地方，开启新的旅程。

# 李子园看油菜花

听说秦州区李子园是因为先听说那里闪闪发光的金矿，再后来是因为有了孝顺懂事的女婿，他的老家就在李子园，所以对李子园产生了友好之情。女婿下河抓鱼、上山摘菜、小巷捉迷藏的童年大戏都安排在这个地方，幸福的韵味始终萦绕在他的脑海之中。尽管他已离开老家有二十年，尽管家乡的那片黄土并不耐看，但至今诸如下河抓鱼的玩法他仍稔熟在手，对这片土地的眷恋之情仍深深地铭刻在心中。

李子园不大，两面山中间刷出一道小川，山不高，是秦岭的余脉，山头四季郁郁葱葱的青松翠柏提起了李子园的精神；川不大，但天生平畴沃野的丽质，种玉米的白色地膜、金黄油菜花、绿油油的麦田缠绕在鳞次栉比的民居周围。暖风摇醒蛰伏了一冬的李子园，这个躺在春日暖阳怀抱中的宠儿睁开惺忪的眼睛，伸展着筋骨，在低吟浅唱中花枝招展地走来。

虽是假日，但来此地休闲旅游的人不是很多，街道也显得有点冷清。找了一家饭馆坐下，老板娘说是"豪包"，最大的包厢，其实也只能坐十个人，趁上菜的间隙，我出门循着一条巷道走进去，直奔山下而去，村民房院后面却是一番喜人景象，这里的油菜花开得正盛，霸气十足地染黄了一面坡，一座山，好像缘定三生的红颜知己，带着香软的笑容，黄拥着绿，绿拥着黄。村头垂柳婆娑，屋旁吐黄嵌绿，在这青山绿水间拔地而起的那几栋新农村住宅楼，为这个偏远小镇做了美丽乡村的最好注脚，大自然的赏赐和现代文明的契合，让小镇焕发出春天的氤氲之气，我的激情马上被调动起来，拿起手机咔嚓咔嚓一通狂拍，把李子园的春天记录下来。

油菜花是大西北最具平民意味的春景看点，也是延续了千百年的自然景观。李子园偏阴，地气旺，适宜于油菜花的生长，不需要花很多时间和精力呵护，只要上足肥料，遇上好天气，就会一个劲地生长，像一位纵情泼墨的画家，一挥笔就染黄一道道山梁、一面面山坡、一片片田野，甚至一个个乡村。

吃完午饭行走在李子园马路边的街道上，新修的店铺、销售散养土鸡的招牌广告和在门前晒太阳的老头，感觉这片土地的似水年华在汩汩流淌，舒缓悠闲的乡村小调讲述着耐人寻味的小镇故事，村民呼吸着清新的空气，也享受着繁花似锦的富庶生活，别有一番情趣。听说我们专程来看油菜花，街上的人满脸写着自豪，他们异口同声地推荐去庙川："那里的花开得欢得很，你们来的正是时候。"

庙川是李子园镇的一个小村，我们与庙川结缘自然是因为有繁盛的油菜花了。没有细究庙川之名的由来，但从字面上联想，估计是山下有座庙，庙前有道川，川里有条河，河边长着铺天盖地的油菜花。带着这份念想，立即驱车去庙川了。

庙川的油菜花规模并不大，当然没有关中的曲径幽香，更没有江西婺源的壮观大气，只是因为你方唱罢我登场的错季优势，才延续了汉中油菜花大戏的袅袅余音，至少也为天水市郊的春天增添了一抹馨香和欢乐。

说实话，在城里待久了，总是在钢筋和水泥的包围之中，生活的快节奏，纷繁错杂的人际关系，前拥后堵的车辆方阵，人被困在嘈杂的风景之中，重复着昨天的故事，身心承载着疲惫和压抑，生活的激情被消耗得所剩无几，这次适逢节假日，全家人游走于山乡僻野，接接地气，晒晒太阳，听听山风，徜徉于油菜花海中，激情于蓝天白云之下，享受原汁原味的生活节奏和方式，赏心悦目一番，也算给心情放个假。

一片黄、一缀绿、一行白是庙川春天的主色调，而油菜花以绝对优势压倒其他的山花，这道让城里人羡慕嫉妒恨的乡村景色，绕着村，围着院，顺着水，拥着山。任意钻进一畦油菜花田，将愉悦的心情记录下来，花团锦簇，清风徐来，花束摇曳，花香扑鼻，好像人在画中游，花随人影动，金黄的油菜花仿佛是从蕴藏着金矿的地下渗出来的。

在庙川，看油菜花不如拍油菜花高兴，我拿起相机，对准那一条条白色的玉米带、一畦畦油菜花和一片片绿色荡漾的麦田，以及山头苍翠欲滴的树林，这是大自然的画匠用心调出的庙川春意盎然的靓色，也勾勒出了层次分明且多姿多彩的自然美景，这个创作元素极为丰富的拍摄场景让我心中暗喜，于是用心、用情，带着几分虔诚拍最真实、最生动、最精彩的庙川，拍蝶飞蜂舞、金黄衬绿，拍红瓦白墙的厚重，拍游人花间的欢颜轻笑，拍诗意庙川的美好情怀，这种田园生态所焕发的魅力像一壶酒，着实把我灌了个半醉。

离开李子园的时候，心中顿生一丝一缕的缺憾，不是油菜花开得不好看，而是种植面积太小连不成片，也形不成链条，景色还欠火候，沿途很多平地被撂荒，蒿草遍地，好像在一本漂亮的画册中加了一张草稿纸，大煞风景，即使现有的油菜花只是农民作为农作物种植的，用来榨油卖钱。李子园离市区只有四十多公里，不到一个小时的车程，在返程的路上，我突发奇想，从庙川去南峪、田家坝的路已经修好，一路风景极盛，如果把油菜花打造成观赏农业，已经有先天的基因，只要动动产业结构调整的笔墨，和田家坝整体规划，开发打造成一个产业链，增添沿途的风景元素，看点就有了，更多的游人会去那里赏景、休闲、娱乐，何不是一件市民的幸事？来年我还去李子园看油菜花。

# 秀美南宁

一到南宁，出了机场，兄弟平武就以结实的双臂给我一个热情的拥抱，初冬时节，仿佛穿越时空到了另一个世界，心生温情脉脉。

南宁真是一座怡人养眼的城市，它既有南国的清秀，又不失北方的雄奇，它有秀美的颜值和品质，其蕴藏于岁月深处的厚重文化、宽松舒适的空间足以安顿南来北往游客的心情。在南宁，可以坐下来说话。慢是这座西南边陲城市与时光对话的最好方式，在南宁，时光被稳健休闲的脚步主宰，宽阔的马路车流如注，依肩挽手的情侣，从容自如的上班族，以及出入茶餐厅的休闲之人，他们伴着慢节奏，用一壶禅味十足的茶打发浪漫惬意的时光，茶香的沉潜静气也打磨出这座城市的性格。

夜生活是南宁人不可或缺的一种休闲方式，满街的茶餐厅和酒吧始终调动着人们的生活情趣。晚饭后，和平武、晓军几个人去了民歌湖酒吧街，这个时候，老家的人们大多已经入睡，但在这条颇具时尚潮流的"现代艺术酒吧街"上七彩灯光闪烁，游人如织，欣赏那如繁星点点倒映在湖水中的灯光影子。静观那些在夜色的浪漫中品酒、赏月、唱歌的男女，他们真是陶醉在这个梦幻世界里，分享那种诗和远方的幸福时光。

青秀山是南宁的魂。山清才能水秀，水秀方可生灵。到南宁的第二天，在朋友的陪伴下去游青秀山，没想到和这里的蒙蒙细雨撞了个正着，那雨绵绵的、暖暖的，清风拂来，犹如一抹温润的洗面奶擦在脸上，青秀山犹抱琵琶半遮面地在雾蒙中若隐若现，几位朋友问："是先看水，还是先看花呢？"我心里觉得有缘都是景，也无所谓先后。拾级而上，到处都是盛开的鲜花，整个公园掩映在一片花海之中。万花丛中，看到几株蝴蝶兰长在石头缝隙中，开得正旺，觉得很好奇，这种我在家里用心呵护的娇贵鲜花，却在青秀山成了泼辣的姑娘，我不由发出感叹的同时，突然觉得随行的孙工、小张和小耿这几个出生于北方、生长于南宁的美女长得如此清秀，不就是盛开的蝴蝶兰吗？不愧南宁的山、水和气候养人啊！

在青秀山公园游览，可以说是缘花而行，即使路边那一株株小花，也会以其热情的方式向你招手，一山幽香，暗香浮动，花香扑鼻，随手抓一把土仿佛都能闻到花香的味道，宛若幸福词典里的一个脚注。一路上一步一景，山与城浑然一体，人与山和谐默契，再加上民俗风情的文化格调，很好地展示南宁的秀美生态。

青秀山的云山幻影自然让南宁多了几分风物钟秀的灵动，刚进公园门的时候，细雨蒙蒙，转眼间又是晴空朗照，孙工说南宁一年四季都与暖春相拥而行，没有北方冰天雪地的寒冷，也没有夏季烈日炎炎的燥热，这也许是南宁最佳宜居环境的奥妙。一路听着孙工的介绍，我的心不禁朗然，作为匆匆的过客，我用心寻找解读这座城市灵魂最准确的方式，穿行于细雨初湿的林荫小道，惬意于鲜花绽放的花圃盆景，钟情于雕刻镂空的亭阁影像，抚摸寓意深刻的成语雕塑，我便匆匆地爱上这座城，爱它的容颜和简明扼要的气质，也庆幸这些来自北方的兄弟姐妹们生活在舒适安逸之中，且天衣无缝地相融于这座城市，这一方山水洗濯着他们的心情，涵养着他们的幸福和未来。

南宁人喜欢喝酒，或许是气候湿润的缘故，酒是南宁人生活中不可或缺的调味品，朋友聚会不说请你吃个饭，而是说请你喝个酒，也自然吻合了无酒不成席的宴席文化；不仅男人能喝，女士喝酒也有巾帼不让须眉的气度；中午喝了晚上继续喝，今天喝了明天接着喝；酒席刚开场用小酒杯喝，后来用高脚杯喝，即兴之时，便端起分酒器吭当一碰一饮而尽。他们是用酒调制五颜六色的生活，用酒诠释人世间的感情，酒就这样很和谐地游走于他们的生活之间，滋润着他们的幸福。在南宁，幸会已经七十高龄的王老，颇觉他酒席上风趣幽默的调侃、豪迈雄壮的言语，干脆利落的酒风以及面不改色心不跳的英雄气度都出自南宁酒文化的熔炉，从他径直走出傣族竹楼的脚步声中，似乎还能听到他在军训场上撼山动地的带兵号令。

南宁是一座温和的城市。久居城市的人，脾气总是被拥堵的车流、嘈杂的声音以及生活起居的快节奏消磨得所剩无几，有种想要逃离的想法。但南宁自然会凭多彩的少数民族文化缓解你的烦恼，这座城市如今已经有几十个民族和睦地生活，造就了一个城市文化宽厚包容的性格。孙工说，南宁的市民从不吵架，特别是那些开店做生意的，你进了服装店试衣服，问款式、花色、价格，店主人会耐心接待，用心读懂你买衣服的所有心情，哪怕你试上几十次不买，他们同样给你送来一个微笑，临走时会说欢迎下次再来，这样的态度，让人不得不对南宁人佩服得五体投地。

宽容和热情决定了南宁是一个造梦的地方。平武和相好的几个哥们，虽然来自甘肃老家，但之前都是陌路相逢，只是因为同入军旅，经历了摸爬滚打的戎装生涯，才结下了深厚的友谊，是因为南宁城市茶香梅韵的一缕馨香，吸引着他们在这里安营扎寨，结婚生子，给自己造梦，同样也给这座城市造梦，这便是他们把根留在南宁的第一百个理由。

# 连云港圆梦

　　九岁那年，跟着老爸和姐夫去宝鸡的舅舅家，那是我第一次出门远行，连汽车都没坐过几回的我坐在火车上，感觉好像做梦一般，姐夫说这是从新疆开往连云港的火车。自那时起我就对远在天边的连云港充满好奇，云在天上，海在地下，冒着白烟的火车怎么从一个港口开出来？解开这个谜成为我童年时代追寻的远方的梦。

　　去年秋季，受学生小英的诚挚相邀，从无锡顺道去连云港，五个小时的车程，从苏南到苏北，一路流水曲径、屋宇错落、花木斑斓，秋阳朗照的金黄稻田不仅养眼，更表达着这一方水土光阴深处的厚重。夜幕降临时到达连云港，见到学生银全和小英的时候，仿佛抓住了一缕亲切的乡音。

　　晚上和几位甘肃老乡小聚，几杯酒下肚，话便多了起来，几位老乡对黄土地缱绻不舍，淡淡的乡愁中，一连串饱含黄土味的词汇就像打开乡情的钥匙，话题从那个写满记忆的西北小山村一直扯到了东部沿海城市，从当下幸福滋润的生活又拉回到那段充满亲情的清贫岁月，从如今的辉煌事业追忆初来乍到求职的艰辛，在一个陌生城市的小饭桌上忆及旧事，那段岁月嵌满了我们师生的美好回忆，家乡的温馨如同春天摇动着花瓣，散发出缕缕清香。

晚饭后无事，我在市内的一条主干道溜达，宽阔的马路、郁郁葱葱的花木以及鳞次栉比的建筑群勾画着城市的轮廓，彩灯摊开淡淡的繁华和夜色的柔美，街头夜市很红火，门店招牌的创意有点新潮，饱满的城市时尚元素让人耳目一新，用仰慕的眼神解读这座城市的繁华，心生初来乍到的惬意。

次日早上下楼，发现小英话语中突然透出淡淡的伤悲，说家里有点事不能陪我去游玩了。上了车，朋友小夏说小英的母亲去世了。我知道她的母亲已到高寿之年，身体多病，小英是个孝女，在母亲的后几年时光，也没少来回奔波，陪伴老人，此刻在几千里之外听到母亲去世的消息，犹如天地之隔，她只能带着失去母亲的痛苦从连云港出发，在以泪洗面中为妈妈祈祷。

我们按照原定的日程去游花果山，大自然的神来之笔刷亮了花果山的传奇色彩，快到山顶，骤降大雨，这是孙猴王故意给我们来个下马威，金箍棒一挥，一朵云突然飘来，雨倾泻而下，好在这雨来得快去得也快，清爽地洗刷山谷之后便腾空而去，瞬间又是秋阳朗照，下山时一路观景看猴，穿过水帘进了水帘洞，如入人间仙境。

从花果山去云台山还有一段路，云台山在连云港东边，因山上修路没能领略观山看海的绝佳风景，但深藏于心中的那份困惑被慢慢解开。云台山是连云港的脊梁，它像一位刚毅的父亲，肩上扛着连云港的岁月，心中装着城市的记忆，海是连云港的母亲，它胸襟开阔，内心善良温顺，山守着海，海陪着山，如同一对相濡以沫的恩爱夫妻，挺立在风雨之中，呵护着满城的儿女，也向世界讲述着连云港的前生今世。

云台山像一把利剑，把连云港劈成两半，一边是城，一边是海，山的东边是墟沟，有港口集装箱码头和火车东站，市区一边是连霍高速公路的起点，云与海、山与海、铁路和公路、码头和桥梁交会，这个端口把连云港的魅力种植在山水相连的深刻部位，孕育着诗和远方。遥想当年陇海铁路上冒着白烟的火车就是从这里出发，一路向西翻山越岭，直通新疆乌鲁木齐，后来建的连霍高速公路，和陇海铁路如影随形地一路风驰电掣，通到新疆的边境口岸，把海上港口和边境口岸连了起来，也把我和这座城市紧紧地连在了一起。穿过云台山隧道，经过墟沟，登上跨海大桥，放眼四周，山海相连，云海相接，宽阔的海域成为最合适的留白，海水清冽，又像悬在云端的一片纯净，向远处弥漫开去，站在海边，便觉与世界隔海相望。

一日畅游，终于揭开了连云港取名的谜底，连云港的山、海、港、城相依相拥，其名是在连岛、云台山、海港中各取了一个字，岛的厚重、水的清冽和云的晶莹剔透所包含的诗情画意，把这座城市串成了一个十分丰满的故事。漫步跨海大桥，牵一缕温馨的海风，捧一朵新鲜的浪花，听海风低吟浅唱一曲有诗歌韵律的歌谣，拥抱这一段绰约大方的时光，我很庆幸成为连云港圆梦的游客。

# 又到凤凰古城

　　说起湘西风景，除了张家界，凤凰古城真可算得上另一张很"硬核"的旅游名片。

　　说起凤凰古城，一是十多年前去过，如果说首次去是"打卡"的话，再去便是故地重游；二是因为湘西的村落傍依青山秀水，纵横阡陌勾勒出碧绿的稻田轮廓，还有坂坡上茶园里游动的斗笠和小背篓，这些充满浓郁民族风情的景象一直存活在我的梦境中。

　　水是凤凰古城的灵魂，是湘西小镇破土而立的风景，也是古城送给客人最慷慨的礼物。俗话说，一江水养育一城人，凤凰古城坐拥半山青绿，一江清静，清浅的沱江穿城而过，江面上的虹桥如长虹卧波，沱江水波光潋滟，江水时而被铺开，一片青绿，时而被挂起，像一匹柔滑的锦缎，时而溅起浪花，如苗家人巧手打制的晶莹剔透的银珠，如此秀美的沱江自然成为整座城最热闹的地方。溯江而上，边走边赏水观景，仿佛自己心中拥有了这一江水、一座城和一缕蓬勃的人间烟火气，心想到此一游也是此生与古城结下的机缘。累了就坐在江边，耳贴江水聆听古城的时光流韵，任那一声厚重的历史回音拍打心扉，掬一捧江水，犹如拈起了一串温润动人的词汇；观水上渔舟漂移，船夫撑开竹篙打捞飘动的水藻，还有沉在水中的蓝天白云；看桥面匆匆而过的游客；那江中山峦曲线的倒影，好像追逐即将擦肩错过的风景。更羡慕那些被江水润泽的女子，每天用木槌敲打江水中的太阳和月亮倒影，手腕上的银镯子衬托古城的亮度。城因江而秀美，人因江而灵动，心因江而敞亮，索性把一段心情交给沱江，洗涤浮尘，吟唱流年时光。

有游客就有市场。拍照定格了凤凰古城的风景，穿越凤凰古城，临街门店全挂着苗族服装，原以为是出售的，其实大多是用来租借拍照的，光顾服装店的除了拍婚纱照的帅男靓女，其余的便是女士和小孩，经店里化妆师的一番惊艳化妆，客人被打扮得花枝招展，立刻变身湘西苗族的阿哥阿妹，头上的银饰造型精美，成为江边最抢眼的风景。快节奏的拍客犹如脚下生风，调满了大美风景的饱和度，手中的相机不断改变拍摄角度，再配以油纸伞、苗族腰鼓、走马灯之类的道具，酣畅淋漓地演绎一段质朴纯真的苗族风情，以此释放心中莫名的欣喜，塑造彼此温暖的相遇，一次惬意的湘西之旅被定格在美好的回忆中，不负风景不负我。

古城特别吸引人的便是夜晚欢快地唱歌。住在江边的客栈，每到夜幕降临，KTV 里的歌舞就点燃山水的激情，花灯璀璨的夜晚摇动一方山水，青年男女唱得投入，高亢的歌声会让你觉得沱江在颤动，吊脚楼在颤动，整座山城似乎装上了弹簧。歌声在江面上滑翔，巨大的光幕投在江心，还有碎银般的灯光绰影，我隔窗接纳这座山城的旋律，顿觉沿江的苗装有了翩翩起舞的节奏。半夜的狂欢就是一段白驹过隙的人生，唤醒一座城，古城的人气达到最高点。夜深人静，弦歌骤停，心跳声和着沱江水流动的节奏，和古城一同进入梦乡。

古城的石头也可谓一绝。徜徉于城内的青石板街，无处不见石，那些长的、短的、大的、小的、方的、圆的石头，被雕琢得齐齐整整，铺在脚下与水木结伴；用石条做成凳、垒成墙、筑成门、搭成桥、砌成堤，也有人垒起了漂亮的江边客房。满城的石头接纳千年雨水的洗刷，承载着无数游客的脚印，更沉淀了这座古城的前世今生。红色砂岩砌成的城墙上几盆吊兰镶嵌进古城的元素，积木似的足浴店、银饰店、土菜馆、吊脚楼，承载着江边人家的光阴，如此丰满的苗族风情，都是古城人用巧手打磨出来的。水城的颜值和石城的厚重构成一段历史文化的独白，铭刻于游客心中。

凤凰古城是由历史和自然创作的一幅不可复制的美丽画卷，朝阳宫、古城博物馆、杨家祠堂、沈从文故居、熊希龄故居、天王庙、大成殿、万寿宫等建筑点缀其中，成为游客追溯历史源头的途径，再加上酒吧等现代慢生活的嵌入式呈现，更增强了这座山城古朴典雅和现代文明的融合度。身处古城，犹如沉浸在生活的咖啡杯中，吸纳沈从文《边城》的余韵，品味湘西骨子里的泼辣，仰慕这一路走来的风景，再来一个温馨的拥抱，期望和凤凰古城下次相约。

# 夏游官鹅沟

癸卯仲夏，余偕三好友同游官鹅沟，返程途中时有唯美镜像于脑中重现，印象深刻且心怀留恋之意，欣喜之情无以自抑，遂于高铁上撰拙文以记之，诚表肺腑感慨之言，直抒热爱祖国美好河山之胸臆。

官鹅沟位于陇南宕昌县城南郊，地处秦岭、岷山两大山系支脉交错地带，由官珠、鹅嫚、木隆、庙沟四沟集群成景，为国家5A级旅游景区，素有甘肃"小九寨"之美誉，景区集原始森林、草原、地貌、水体、天象、人文景观于一体，既有南国美景之灵秀，又具北方山水之雄奇。远观松柏相间、飞瀑溅玉、巨峰含雪、群山互蔽，诸景美至极致；近看树木枝繁叶茂，虬枝峥嵘，黛色苔藓平贴于岩石，青绿草甸环绕于两肩，头顶鸟禽恋枝，足下苍绿映地，树影婆娑，富氧扑鼻，大自然之元气丰满充盈，秀美山水之禀赋魅力可见一斑。古今文人墨客多赋赞美之词，当属陇上自然风物之佼佼者也。

官鹅沟景区内山势陡峭，海拔两千米有余，沟谷狭长，全域形胜皆由山水主宰，景区入口至官鹅天瀑景点近二十千米，午后入景区，正值烈日当头，众友脚力、精力正盛，故一路徒步且行且观景，与山水结伴，朝碧海而暮苍梧，赏美景而悦心绪，目及之景咸爱不释手，择其盛者一一收于相机，唯恐眨眼之间美景遗落指尖矣。

官鹅沟亦因峡谷而名。谷内巨石嶙峋，峡谷遍布，万仞悬岩形如刀削斧劈，两山合围自成天门，将沟谷隔成数段，风景各异，谷内既布设游览栈道可拾级而上，又有蛇形山道供观光车通行。穿行其中，忽而层峦叠翠，两山罅隙之间闪出一条幽道，峡谷内柔光斜射；忽而又视线开阔，别有洞天，恍若隔世。路越行越远，景愈赏愈美。盘龙峡为峡中之最，峡顶极窄处苍穹只一线之微，入峡谷则寒气袭人，伴有滴水洒落两肩，寒若朝露，然仰观则见山巅蓝天白云，阳光朗照，犹觉如青蛙坐井观天者也。过盘龙峡，遂择凉亭倚栏小憩，众友皆惊呼美至极致，盛赞大自然之鬼斧神工，稍歇，再续观景之程，直奔官鹅天瀑。

官鹅沟因水而秀，因水而盛。初入景区，游人如织，两岸草木葳蕤，群山环抱，灵秀洋溢。谷中人工湖达十五之多，皆呈层级分布，水借山势缓缓而下，因水生湖，因湖成瀑，瀑水溅落晶莹如珠玑铮铮有光，溪流低吟浅唱，如裙裾飘逸之仙女纤手抚琴，音乐轻柔曼妙，天赋神韵信手拈来，让人赏心悦目，微风徐来，清凉拂面，柔情山水之惬意与闲适沁人心脾，氤氲之气堪比人间仙境。至深处，峰回路转，溪流湍急，涛声啸谷，沿途三步一潭，五步一瀑，全谷共九瀑，飞瀑流泉，天河注水，蔚为壮观。官鹅天瀑为景区奇观盛景，举目仰望，见一巨瀑从山巅喷涌而出，凶猛堪比奔腾咆哮之巨兽，形似擎天立柱直插云霄，色如万丈玉帛悬挂天际，潭水承凌空巨力冲击银珠飞溅，一时风、雨、露、雾腾空疾驰，势如飓风旋即穿峡而过，卷起岩石飞沙，及瀑下，顿感寒风刺骨，冷峻洗面，浓雾蒙眼，俨然置身诗仙李白《望庐山瀑布》之意境。与之相比，余瀑则顿显逊色也。

官鹅沟历经千年沧桑，人间烟火之气旺盛者当数今朝，景区内羌族村寨——鹿仁寨依山结庐，民舍鳞次栉比，今逢太平盛世，百业俱兴，旅游产业点亮山寨，民俗农家乐开门迎客，村民借旅游产业坐地生财，天翻地覆之巨变，与以往不可同日而语也。入农家餐馆，店主热情好客，施以嘉宾之礼，虽无饕餮盛宴，亦少珍馐佳肴，然农家饭菜爽口入味，碟盘盛满乡愁，量足价廉，至兴致酣畅处，具酒猜拳行令，酌盏叙旧话新，顿觉神清似水，心明如镜，于斗室之间奢享纵情于山水、消遣于尘世之乐，乃人生之大快事。其间，店主或方言招待，或普通话聊家常，朴实憨厚溢于言表，坦言沐浴改革开放之甘露，享受惠民政策之福祉，今家底殷实，生计不愁，安居乐业，阖家幸福，万谢党之恩泽。

景过半，游兴尚浓，但日已暮，无以穷游全景，惟抱憾辄原途返城，归途身觉吸纳羽化之气，心绪翩然若飞，百感交集，叹为观止。嗟乎，与好友结伴，揽山水于尺寸之笺，寄闲情于缱绻之旅，不亦乐乎！

# 黔贵行记

　　癸卯岁中，应学生世忠之邀，慕名赴贵州一游，黔域内遍布名山胜水，深藏民族文化之瑰宝，集国酒文化之大成，多彩贵州可谓名不虚传，爽心一游，感慨良多，遂成五篇短章以记之。

## 之一：打卡黄果树瀑布

　　黄果树瀑布位于安顺市镇宁布依族苗族自治县，属可布河下游白水河段水系，为同域沿河群瀑之最，跻身世界著名大瀑布之列。

　　农历六月廿八日，驾车趋之，早十时入景区，观景分陡坡塘瀑布和大瀑布两路，吾等选大瀑布景区，乘车近一个时辰，沿途峰回岫转，群山映翠，蓝天白云一路相伴，心情舒畅。

　　过瀑布检票口，坐扶梯直入谷底，步入观瀑栈道，两侧有茂竹夹道，浓荫匝地，竹石相映，下有竹笋劲拔出土。向瀑而行，观瀑者摩肩接踵，前行缓慢如蝼蚁蠕动，此时未见瀑布，只闻啸声震谷。移至观瀑处则视野豁然开朗，仰望数十丈开外悬崖上直挂水帘，湍流飞溅，至深处观之，阔瀑满屏，悬空飞瀑如野马脱缰，离弦之箭，一泻万丈，以雷霆万钧之势直捣龙潭，顷刻间一石激浪，振聋发聩，浪花弥漫成雾，随风升腾向四周飘散，水雾扑面，如雨袭身，有灌面润肺清心明目之功效。

黄果树瀑布藏于峰峦叠嶂之隅，古为蛮荒之地，人迹罕至，山幽水盛，浩如烟海，自然天成，今打造为顶级风景迎客览胜，四季赏景，缘于水，贵于行，爽于心，人与自然同乐耳。

临瀑而顿生感慨，觉瀑水自千古来，汲天地之灵气，纳大自然之圣洁，神瀑之水亦如千古吟唱，千丝万缕织成白练，水流秒变，瞬息不歇。移步换景，故于瀑前拍照留念者一人一景，神韵异之，未有雷同。

拾级而上，沿途花草通体含露，栏杆石阶均不见微尘，天蓝山青水绿堪比仙境。登石阶百余，至半山腰视野益开，瀑顶河槽平坦如砺，俯瞰潭底白烟升腾，然较之谷底仰观气势减半，水流自潭底再度蓄势聚力，遇台阶再瀑，沿河谷一路欢歌直下，中有虹桥横空飞架，游人行其上，河水深碧清秀，人与景相映成趣。

再上至半山腰欲观水帘洞，孰料欲通往者聚集于栈道列队候之，预估入洞需三个小时，时为正午骄阳当头，汗流浃背，肚饥难耐，遂中途原路折返，余兴未尽，归途瀑声犹在耳，终未能入洞观景，甚憾。

## 之二：探秘荔波小七孔

荔波小七孔景区因下游有小七孔桥而得名，山水奇幻多趣，天生丽质，灵秀动人，犹如梦中画廊，游之则心生流连忘返之意。

农历七月初三日，余自贵阳城出发直奔小七孔景区，沿途稻田溪流环绕村落民居，田园风光分外养眼，一路奇景引人入胜。至景区由西门入，循入山道前行观景，卧龙河发源于苍翠山间，河水泠泠淙淙，清澈透亮，偶有山风吹拂，泛起浅浅皱褶，河中水藻绿苔平贴于水底石头，鱼群游弋，往来翕忽，似与游人逗趣。

首至卧龙潭，环山紧抱，形阔如湖，一汪湛蓝，光影倒映水面，水色流转变幻，波光潋滟，两侧山峰耸峙，灌木茂密，怪石嶙峋，苍木葳蕤，构成一幅奇瑰秀美的青山绿水图。潭下游两山束紧为壶口，人力打造一道弧形泻台，聚水成瀑名曰卧龙瀑，瀑高不足五米，水流丝滑如绸，近观可辨其细腻之状，水落似倾珠溅玉，未见卧龙，只闻潺潺水声。

弃鸳鸯湖直奔翠谷景点，游众皆来此探秘炫酷之景。顾四周，诸山脊比肩横亘，连绵起伏，山体嫩绿尽染，一碧如黛，不见土石，众山视阈相蔽。举目山阳巅峰树丛间，有形似龙涎泉水汩汩溢出，一路直下，隐现于树丛，或明或暗，或急或缓，瀑水落地之势刚柔相济，瀑前拍照者络绎不绝，吻水秀姿，人景相融。瀑布落地处有阔地，形成诸多池水，水流相通，池中小礁石上点缀葳蕤花草，宛若少女簪花。池水皆清澈见底，水温宜体，自成天然浴场，孩童、情侣于水中持水枪互斗嬉戏，实为降温避暑佳境也。

循溪自西向东，越水上森林景点，一路缓坡下行，沿途多迷津，自山阴溪涧栈道直下，山势险峻，涧流飞注，有浓荫遮天，奇石夹道，虬枝盘曲遮道，需俯身猫行，通途多有过水便桥，可随性穿梭。

断桥瀑布如画，清流自崖间束入人工水槽，下有人造蛟龙仰头嵌于谷底接应，水槽之水遁入自龙口喷发而出，空中腾越十余米坠入响水河，飞瀑水雾漫溢，旋即蜿蜒东流，从落瀑旁栈道侧身而过即水雾湿身，宛若享受一次免费冲澡，净身出瀑。

至六十八级叠水瀑布处，河水一路流经山涧，沿石阶而下，经多级缓冲形成漫流，水流层层叠叠，呈动态水景，涉目成画，酷似朵朵白云荡漾于水中，又如织机织出巨幅白布，河中鱼群游动，小憩拍照，景色可人。

小七孔古桥因有七个桥孔而得名，建于清道光十五年（1835年），用青石砌成七孔拱桥，桥面横跨响水河，为景区标志性建筑，左右有茂林与水池相衬，大七孔桥在小七孔桥下游，两桥相隔咫尺，上下呼应，互为屏障，驻桥举目相望，七孔开合与诸景同框，亦与景区之名相扣，实至名归，完美至极。

日暮出山，乘摆渡车迂回至西门停车场，径直奔西江千户苗寨。

### 之三：风情千户苗寨

西江千户苗寨地处黔东南雷山县东北之雷公镇，有十余个自然村寨依山而建相连成片，一千二百余户苗民聚居，故谓之千户苗寨，乃全国最大苗族聚居村寨。

暮时至西江古镇西门处，时值暑假，游客举家自四方乘兴而来，数万之众汇集古寨，景区街头华灯初上，车水马龙，人头攒动，商业氛围甚为活跃，旅游热度高涨。入检票口乘观光车，路陡弯急，车快如飞，然苗族阿哥轻车熟路，少顷至观景台。

观景台扼守山麓绝胜处，可俯瞰全寨，坐拥满山灯火。遂择观景台一处苗家餐馆，落座于崖边餐桌，对面古寨主景区夜景尽收眼底。同伴叫几碟小菜，打一壶米酒，品苗族饭菜，酌苗家米酒，观苗寨夜景，凉风习来，开怀畅饮，旅途劳顿烟消云散，情由心生，甚喜。

远观千户苗寨灯光亮起，勾画牛头之形，灯光忽明忽暗，自山巅流星般滑至谷底，弧线流畅生动，余疑为璀璨繁星落于山坳，旁有萌童惊呼此为星星点灯，吾等默然，汗颜词穷，不如小辈。近观主景区演出剧场霓虹灯闪烁，苗族歌舞次第登场，音乐响彻山坳，商业街灯火通明，游客穿行光带之间，蓬勃烟火点燃苗寨不夜天，万民狂欢吟唱太平之盛世。

饭毕入寨，古寨内灯火辉煌，网约一家苗族客栈，依导航沿小巷道拾级而上，辗转于楼宇曲径通幽，于门楣上搜寻预订客栈门牌号，遂入住，楼内悬空缀以木梯上下，房间有观景房和普通客房之分，房内置木床木桌木椅木地板，观景房多视野开阔可倚窗窥其周边美景，地势优越者楼顶有观景台，可打卡拍照，品茶聊天，休闲娱乐。但观景房房价高于普通客房两倍有余。

次日早起，徜徉于古寨大街小巷，一睹苗寨真容，不禁为苗乡风情拍手叫绝。民宅建筑多以木质吊脚楼为主，为穿斗式歇山顶结构，上有青瓦盖顶。但因山形地貌所限，各户因地制宜，依山造楼，楼宇梯级错位，不求等高，更无论曲直，形制各异，重楼回叠，邻里楼体搭肩靠背，抱团互为支撑，稳如磐石，尽显工匠工艺之妙。古寨内木楼老旧不一，旧楼体外因风雨常年冲刷，烟熏火燎，通体黝黑，显古朴沧桑之气，寓民俗文化之魂。

古寨早市繁荣，沿街店铺林立，苗银、苗服、苗菜、苗药、苗族歌舞等民族特色项目居多，店主笑脸迎客，打理生意，游客趋之若鹜，旅游产业兴旺。民俗广场苗族歌舞表演启幕，华丽服饰、民族歌舞和美丽爱情故事融为一体，领略苗族文化风情，恍惚疑为穿越到古代，与苗寨先贤对话。

苗寨内街道四通八达，然未见私家车，村民购物出行皆有专用观光车接送，秩序井然，村民安居乐业。河上有近十座风雨桥为现代修建，自上游向下以序号命名，桥面宽窄不一，常年为过往行人遮阳挡雨，有抵御洪水和风雨之功，亦点缀白水河大美风景，方便游客凭栏观景休憩。

行游西江千户苗寨为多年夙愿，饱览千户苗寨之胜景，沐浴苗族文化氤氲之气，探秘苗族"原始生态"之美，亦不失为圆梦之旅。

## 之四：品鉴茅台酒香

茅台镇幽居黔西北，辖于遵义市仁怀市，负"中国第一酒镇"之盛名，相传远古有濮僚部族在古街筑台立杆祭祀祖先，对先人开荒破草表崇敬之意，惯称"茅台"，茅台之名由此沿于今。农历丙申年（2016 年）戊戌月，荣列首批中国特色小镇。

茅台酒历史悠久，为全球三大名酒之一，享国酒之美誉。纵观茅台酒发展历史，盛于清，有"酒冠黔人国"之名，农历乙卯年（1915 年）博得巴拿马万国博览会金奖；名于今，新中国成立之初，人民政府整合"成义""荣和"和"恒兴"酿酒烧坊，成立地方国营茅台酒厂，至此声名大振，畅销百余国家和地区。现今全镇年产酱香型白酒达三万吨，酒类品牌近千，从业人员数万之众。

漫步茅台镇，满城涌动浓郁酒香，远观酒厂或藏于山旮旯弹丸之地，或起于赤水河畔，或隐于居民小区，吊脚楼与酒厂生产车间鳞次栉比，见缝插针，显古镇宝地寸土之珍贵，沿街销售店铺旗幡飘扬，招牌高悬，店铺内白酒种类繁杂陈列于柜，专打酱香口感，凡进店者均可免费品酒鉴酒，可批发零售，亦可量身定制，更有喜欢珍藏纪念者可刻坛记事，延续国酒之余香矣。

怀庄酒业集团为茅台镇酱香型白酒骨干企业，有朋友供职于此，受邀入生产车间近距离观赏白酒生产流程，至发酵、蒸馏车间，酒香扑鼻，酒气刺眼，车间内蒸汽勃发，满室燥热，犹如酱酒招手热情迎客。于酒窖看陈年老酒藏于巨坛，窖内酒坛高低不一，高有与人比肩者，有过人额首者，粗可两人合围，坛酒以吨计，窖内储藏酒坛多至数百，琳琅满目，中有客商签名封坛储酒，为平生所见之最大酒窖也。

观酿酒流程，品酱酒韵味，于国酒古镇沐浴酱酒文化，既懂其酒贵，又悟其酒文化之博大精深。

茅台镇群山环抱，赤水中流，河谷形如酒坛，温热密不透风，谷底海拔四百米有余。地质地貌形成超七千万年，紫色砂页岩含多种微量元素，遂形成清冽泉水水质，并为数万亩优质高粱生长植入优质养料，加之气候冬暖夏热、微风少雨，酿造酱酒条件得天独厚，自然禀赋无有能比之者。酿造工艺出大国工匠之手，辅之以高粱之精，取小麦之魂，采天地之灵气，可谓天时地利人和也。

午饭后穿越国酒门入国酒文化城，国酒文化城位于茅台酒厂内，诸馆浓缩中国五千年酒文化之精髓，阐释茅台酒发展历程，酒俗、酒技、酒故、酒史、酒文、酒诗等文化元素融为一体，为酒文化博物馆之最，荣登上海大世界吉尼斯纪录之大堂。

余平生并不喜酒，但仰慕酒质之醇厚，酒品之高尚，酒情意之浓郁。酒为待客会友之媒，涵以尊敬答谢之礼，游走于饭桌客舍，宾客情至燃点，则酣畅淋漓，恍入佳境，今有幸于黔西北国酒圣地，把盏举觞啜饮琼浆玉液，品尝酱酒醇香，颇有未饮先醉之意。品读满城酒韵，闻其香、品其味、纳其气，悦于色、爽于心、乐于怀，知人心、明事理、懂亲疏，深悟酒品如人品之道，窃喜不虚此行。

### 之五：情系兵味道

贵阳城区有军旅文化主题餐厅，名为兵味道，旗下店址有二，名号归一，观山湖区为总店，云岩区设分店，店面均藏于小巷，虽为小众，然口碑有佳。店内环境优雅，布局紧凑，可容纳百人聚餐，常宾客满座，一座难求。店内主打黔贵家常菜，常有退役军人聚会于此，唱军歌、忆军情，重温军旅生活，联络战友感情，触景生情，享人生之乐。

兵味道主题餐厅创办者姓陈名世忠，陇上成纪人士，出身贫民之家，二老皆为布衣，平生俱力农事，世忠初中毕业后攻读高中，及至成年，毅然从军，入军营历练二十余载，品行端正，表现出众，每遇急难险重皆能主动请缨出征，铁肩担当，挥洒汗水，屡立奇功，晋升至团级。后于农历癸巳年(2013年)响应国家号召，解甲归"黔"，自主创业。

一朝穿戎装，终生铸军魂。癸巳年初，世忠经多方调研，考察市场，为发挥军营所学之长，创办贵州兵味道餐饮有限公司，招募十八名退役军人，注册"兵味道"商标，打造军旅主题餐饮品牌，融军人"流血流汗不流泪"与市民"好吃好喝不变味"之理念于一体，入社区，进企业，倾听市民需求，烹调佳肴美味，广聚宾客赏心悦目之气，力出"赤橙黄绿青蓝紫"菜品之彩。农历丙申年麾下又拓展建筑、酒业、商务服务等产业，招贤纳士，拉长产业链，为三十余名退役军人提供就业岗位。

兵味道主题餐厅外部墙面军绿尽染，红色兵味道主题餐厅招牌嵌于其上，色调和谐，餐厅内包厢以军营名命名，军营文化元素鲜活圆润，励志奋斗标语犹如军营口号不绝于耳，催人奋进，服务生通着迷彩服工装，动作干练麻利，待客彬彬有礼，服务热情到位，做客此店，如临军营地、体会军旅生活也。

世忠为余在罐岭中学初中所教学子，少年时虎背熊腰，英姿勃勃，自幼学习刻苦，天资聪颖，喜好篮球运动，场上不遗余力，技艺超群，既为师生，又为球友，关系甚密。

黔贵之旅系于师生之缘，世忠诚尽地主之谊，热情大方，每晚邀于兵味道主题餐厅聚餐，施以国酒嘉宾之礼，佐以黔贵佳肴美味，凸显地域民族饮食文化特色，不禁受宠若惊，顿觉受之有愧。与世忠家人共进晚餐，怀古叙旧，慨叹岁月之蹉跎，共话人世之沧桑，每忆及故里过往悲欢离合之事，恍惚似在眼前，乡愁溢自心底，情意寓于酒中。其间，学生平武携挚友驾车自南宁赶来，欢聚一堂，品酱酒、品生活、品人生、品感情，欢乐骤增，乡情激荡，重燃乡村校园之激情岁月，回望来时曲折路，憧憬锦绣之前程，当年莘莘学子出外打拼博得一席之地，事业如日中天，实属故乡出类拔萃者。

兵味道餐饮有限公司热衷公益，回馈社会。兵味道志愿服务队每日巡街维稳，并慷慨解囊为弱势群体捐物捐款，奉献爱心，常请环卫工人和辖区复退转业军人免费就餐，世忠与其企业屡获"贵阳市首届最美退役军人""平安之星""贵阳市自主择业军转干部创业示范基地""党员示范经营户""贵阳市十佳军创企业"诸荣誉，其佳绩被新华网、《贵州日报》等媒体报道，擦亮退役军人服务品牌，树立退役军人创业标杆，超赞！

# 散文部分

*sanwen bufen*

## 人生况味篇

如同唱戏，每个人都有自己的光鲜，也难免要走过或多或少的坎坷之路。人生的秦腔有很多本戏，看你唱的是哪一本、哪一折，看你能否从生丑净旦的角色入戏，看你能否把悲欢离合的故事情节唱出入心入骨的韵味，出场时激情满怀，退场时从容从容，戏里戏外总会是酣畅淋漓的感触。

# 年味无穷

是哪位祖先把年的基因植入了我们的细胞，是哪位工匠把年做成一个温馨的火炉，让多少人匆匆忙忙地来到这里取暖，然后又匆匆忙忙地从这里离开，匆匆在路上奔波。

老家是所有在外漂泊的人共同出发的地方，年是精神回归的港湾，在外行驶了一年的船只都要在这里停靠。这里生长风雨岁月的厚重老茧，这里额间皱纹中绽放的宽厚和微笑，这里屋檐下飘散香味的几根腊肉，这里热炕头上崭新被褥里包裹的温暖，以及堂屋里儿孙满堂的天伦之乐，都在默默静候着船上的亲人。

过年真好。尽管过年的时光恍若如梦，但跟着快乐的节奏，人和年一同在路上尽情地奔跑。为了回家过年，城里的人铆足劲往乡下跑，许多人不惜把时间花在路上，南来北往，步履匆匆，时间总会让乡下那安静了一年的空巷热闹几天，把在头顶高高举了一年的心愿送到父母的身边，大抵都是为了寻找精神的寄托，一种永远说不清的寄托。正因为这种寄托的牵引，才让许多人毫不吝啬地奔走在过年的路上。

过年的路足以让人流泪。就那么几天，为何人都那么在乎，就那么几天，为何人却那么钟情？如今什么都方便了，但过年的时候仍有许多父母在流泪，他们已不愁吃，不愁穿，就盼着儿女们回家过个年，过年了儿女们就应该回家团聚，如果家人或因工作离不开，或因买不上票无法了却与家人团聚的心愿，望眼欲穿的父母在炕头暗自擦着思念的泪水，就会给年的氛围里掺进一丝幸福的遗憾，远在他乡的儿女们的安慰和祝福通过电话真诚地传来，年在春天的彼岸向亲人们招手，可在父母的心中只是听到了年但没有过好年。

人很怪，想不通为何要自己折磨自己。如同喝酒，本来知道那东西喝了很痛苦，可为了寻找一种梦幻般的感觉，硬是自己把自己灌醉，过年也是如此，只有那么几天，多半时间折腾在路上，回家后还没站稳，就急着去张罗返程的车票，买票窗口前摆开的一字"长龙"昼夜不散，买票的艰辛真的充满"火药味"，就为一张返程的车票举家出动，一刻不曾离队，甚至有的人带着板凳，抬着折叠床，为出行的亲人能如期返程努力，这种柔性的爱所牵动的人间真情让人流泪。

没有经历苦难的人就不懂得幸福的来之不易。一位朋友讲过他的朋友家过年的故事。那是一个还使用煤油灯的昏黄除夕之夜，他们一家人围坐在热炕头聊天，那时是改革开放初期，农村人的日子刚刚有点起色，他们家第一次宰了一头猪，除夕之夜煮了一锅肉，就算是最丰盛的年了，肉熟了，捞了一大盆，大家一致提议第一块肉应该让母亲品尝，一来是母亲亲手喂养的猪，二来是母亲一年忙碌，算是儿女对她的孝敬，于是挑了一块不带骨头的肉让母亲先尝，但儿女们看着母亲嚼了半天仍没嚼烂，大家都觉得不太对劲，于是把那块肉从母亲手里拿过来放到煤油灯下一看，大家都傻眼了，那是一只癞蛤蟆，原来家里吃的是井水，癞蛤蟆就是从井里打水时打上来的。一个十分欢庆的氛围顿时被打破，尽管母亲表现出很不在乎的样子，但儿女们流下了痛苦的泪水，那个年便很沉重地留在家人的记忆中。

一位在国外的朋友，每年都要赶回来陪父母亲过年，那种艰辛是一般人难以想象的，来回在路上要走 10 天，要转乘 8 次车船和飞机，但他过年只能在家待 3 天，尽管如此，他仍对过年乐此不疲，因为他感谢父母，他的童年是在粥稀饭少的日子中熬过的，那时他的母亲曾带着年幼的他在周围的村子里讨过饭，父亲一年四季在外漂泊，靠苦力挣钱，就靠父母的跌打滚爬才支撑起了一个十分贫寒的家庭，现在回想起来他的聪慧是被贫穷逼出来的，所以如今他从海外赶回来过年，是对父母前半生艰辛的补偿，让他们在这个传统大节享受天伦之乐，把舒心送给父母，这种对生命文化的体验如同一瓶窖藏的浓香型白酒，喝了会醉倒很多人。

# 相信自己

在空旷且孤寂的山野,听一声响亮的羊鞭声,陶醉于男耕女织、书香宜人的生活情境。在被灵感覆盖的城市,我庆幸两腿泥巴的农民已走出田野和溪流的背景,绽放黄土地涌动的质感,高大如同一座拔地而起的山脉,用飞翔的姿势,诉说劳动照耀的爱情。

虔诚属于农民,智慧属于农民,创造属于农民⋯⋯日夜奔跑的城市被农民的激情深深地打动。城郊的三角地花园边,每天早晨聚集着一帮乡下来的农民,他们如同早晨的一轮红日照耀着这座城市,他们从四面八方来,再从这个旱码头疏散到城市的四面八方、大街小巷去打零工,用劳动装点和打磨美好的日子。尽管他们在乡下只有一个小院,小院里只有朴素善良的妻子和活泼可爱的儿女,但他们的心情始终鸟语花香。

在城郊的三角地花园,大家早上一见面,彼此总会以百倍的热情追忆昨天的故事，其中当然包括打工收入，然后凑在一起去抽烟、打牌、啃干粮，或用十二分的耐心进入待聘模式，让人想起农民无疑是世界上最朴实无华的一个群体，纯洁得没有丝毫虚假的装饰。他们的伟大就在于他们以别人难以想象的艰辛驾驭田野和城市，以感人的激情和魅力支撑着一方天空。在三角地，我看到过一位衣单体瘦的老人，他和善而平静的神态中饱含他对这座城市的熟识和绝对温馨的感觉。当一位中年人找零工讨价时，笑他喝凉水都气喘，老人突然被激怒，甩下手里的干粮袋，"嗤"一下单臂撑地，完成了四个干脆利落的单臂俯卧撑，一下惊呆了所有的路人及旁观者，中年人被深深折服，然后高薪聘走了老人。此刻，我知道幸运之神照耀着老人和他家人幸福潇洒的日子；此刻，我突然想起CBA大赛的主题歌《相信自己》，想起老者生命中的精彩表演和体育明星的赛场表现一样扣人心弦且令人热血沸腾。

其实，农民是城市的灵魂和舞蹈者，现代城市的诸多设施都是农民用汗水、情感和智慧打造的。楼群、街道、花坛、岩石乃至面粉，都回响着农民的劳动和用高粱酒浇灌的山歌，令一座座曾经封闭而贫瘠的城市渐渐鲜活秀美。农民牵动着城市的风、阳光和四季，托起每天初升的太阳，城市也总是被他们叫醒。

# 不该迷失的老乡

去杭州出差，一上车打开软卧车厢的门，里面已经有三个人了，没顾上多问，就去放置随身带的行李，对面上下铺是两个年轻人，我的上铺也有人。

收拾停当后便上床躺下。没多久，上铺的人和对面的人聊起来，可能是我的到来让他们的交谈暂时停了下来。从上铺的人的口音中我能判断出他是西北人，而对面两个年轻人操南方口音。

上铺的人向对面的两个年轻人介绍老家那里的农作物种植结构、家庭收入、基础设施建设和农村的风土人情，其中特别介绍了中药材和马铃薯是当地农民的"钱串串"，我更加断定他不仅是西北人，而且不是一个经纪人就是一个在外工作的西北人。

可接下来的交谈中，我又感觉他又像是个农民，最起码是一个有经济头脑而且有发展思路的农民。出外打工是当地农民改变家庭命运最便捷的路子。他算了一笔账，他和老婆在家操务 15 亩地，如果是天时好雨水平顺的年份，一年的毛收入是两万多块钱，而他一个人在外打工一年的毛收入是 3 万多块钱，老婆在家收入 1 万多块钱，加起来就是四万多块钱。

算完这笔账，他说话的语气突然沉重起来："唉，我咋这么糊涂，要不是犯这个错误，今年已经挣了两万多块钱了。"

对面的年轻人安慰他："不要紧的，人没有不犯错误的，犯了错误改过就好，你只要好好配合，把那两个人抓到，你最多就判几个月时间。"

"这事我老妈还不知道，这几个月我咋熬过去啊？"他的话语中充满了忧伤。

我马上意识到他们之间是警察与罪犯的关系。过了一阵，我起身去卫生间，回来后下意识看了一眼躺在上铺的老乡，看见他的一只手被手铐铐在上铺的扶手上，上身穿一件军用棉袄，下身穿一条深蓝色裤子，黑瘦但不显老，满脸的憨厚和朴实。我心中突然重重一痛，但还是点头向他问好，他回报给我一丝痛苦的微笑。

我是大西北农民的儿子，对农民的苦与累有着更为深刻的了解。他们粗糙的手掌上长满岁月的老茧，宽厚的肩膀上扛着一个贫困的家庭，把艰辛种进贫瘠的黄土地，然后把希望收到粮仓。每当看到他们沾满尘土的脸上露出亲切的笑容时，我心中常常会产生一种无言的感动。但他们却往往因为知识的贫乏而法律意识的缺失，脆弱的心理经不起冲动和诱惑，因为一次情绪的冲动、一次对突发事件的误判和错误处置，或是一次带有侥幸心理的鲁莽行动会酿成终生的苦果，别人为他们倔强的性格与鲁莽的举动而感到惋惜和怜悯。

之后我从警察那里了解到，犯罪嫌疑人是西北人，四十七岁，在浙江台州的一个碎石料厂打工，一个晚上突然碰上两个当地的盗贼来偷厂里的柴油，那两个人拿着明晃晃的刀子威胁他，说不帮忙或者报案就杀掉他，于是他就顺从了那两个人的意愿，第二天他怕那两个人会报复自己，没有去报案，也没有告诉老板，而是之后连着两个晚上同样上演了偷油的悲剧，三次偷盗让厂里损失了3万多块钱，第四天，他迫于法律的压力和那两个盗贼的威胁，偷偷跑回西北老家躲了起来。

厂子老板报案了。公安机关在网上把他列入了追逃人员的名单，于是他便很快在当地选择了投案自首，台州警方专门派警员来押解他回台州。

夜深了，车厢里熄灯了，上铺传来清晰而香甜的鼾声，他睡着了，在鼾声和车轮声中，一步一步地远离自己的家乡，我想此刻他家里的老母亲或许正在做梦，梦见儿子跪在她的床前叫妈妈，家里养的那头老黄牛也坦然地进入梦乡，偏僻的村子重新归于宁静，但他的老婆和孩子肯定在焦虑和伤心的折磨中毫无睡意地煎熬。一种陡然而来的与世隔绝让这个尽管贫穷但仍很幸福的家庭将出现一段时间的信息盲区。

"我长这么大还是第一次坐卧铺。"这是第二天早上他起床后给警察说的第一句话。

两位年轻警察安慰他以后生活好了坐卧铺并不遥远。

他说："这一段时间我一直吃不下睡不着，心里像悬着一块石头，现在石头落地了，心里也就踏实了。"

两位警察对他很好，不仅带他到餐车吃饭，还给他小零食吃。我也送给他一个苹果。他很坦诚地反思自己的错误，并对寻找那两个盗贼充满信心。

一路同行，我一直思考着一个问题，出外打工可能是我们大西北农民谋求生计的基本走向和便捷路径，但在东部沿海经济发达地区他们究竟应该靠什么挣钱，怎样挣钱，怎样多挣钱、挣好钱？在繁华城市的五彩世界中，农民如何定位和把握自己，如何理性地抵御欲望的诱惑，如何用客观的标准去判断事件的正误，如何学会用法律的武器保护自己，如何靠心灵的灯点亮回家的路……

又一个夜幕降临的时候，我们在杭州车站下车了，他被两位警察带着走出车站，消失在茫茫人海中。

目送着他们远去的身影，我在想，年末岁尾，老母亲盼儿子回家过年团圆，而他春节期间正在监狱里反省改造，用法律的导航系统搜索回家的路。

# 给老爸造座新房

当铲车张牙舞爪衔着土坯破瓦从玲儿眼前开过的时候，玲儿的心不禁有些颤抖，老爸干枯的身体兀然立在风中，和崖上的草一起摇晃，关于那院老房子的一切即将全部清零。

家里那院老房子是爸妈用辛劳和力气垒起来的，是玲儿贫穷童年停泊的温馨港湾，在这个偏僻而又寂寞的山村，这个港湾就像在漆黑中亮着的一盏灯，照亮玲儿成长的路，玲儿天真地测算穷与富的距离就是从他们村子到县城的那段路程。

任岁月铺展开北方山村的写意，母亲忍受剧烈的疼痛，将玲儿分娩在了烟熏火燎的老房子，玲儿第一次睁开眼的时候，就知道她的世界的名字叫"家"。当迎亲的小毛驴驮着嫁妆离开老房子的时候，更觉得那是她生命中难以割舍的家。

妈妈终生经营着这处老院，她在充满忧伤的岁月，用眼泪把玲儿和妹妹的日子洗得清纯透亮，每当那牙弯月挂在头顶的夜晚，玲儿和妹妹在盛满清汤的碗里数着星星，那个幼稚的举动深深刺痛着妈妈的心，那是妈妈用所剩无几的米面调出的图画般的暮色，妈妈盘腿坐在屋檐下，或倚着门框，用手指掐算玲儿姐妹俩的年龄，默默无语怀揣着两个女儿的欢乐，脸上也盛开着温暖惬意的笑，那情景宛若一幅旧画，一直挂在玲儿的心中，流淌着小山村原生态式的生活韵味。

村子的梦一天天长大，玲儿也踩着爸妈宽厚的肩膀，爬上了门外那棵大杏树，摘下一枚枚青杏，然后坐在长满苔藓的院墙上品尝着夏天的滋味，像一朵红艳艳的山丹花开在爸妈心中，开成了爸妈的希望，和老槐树上歌唱般的鸟鸣点燃整个小村子的激情。当夕阳跌进山窝的时候，老房子屋脊上升起缕缕炊烟，点亮了孩童们渴望的眼神，晚饭是北方山村演绎的最精彩的故事。

玲儿的童年很天真，也很快乐，当玲儿第一次把调皮的脚印深深地踩进黄土地的麦田里时，额头挂满的汗珠，滑落进麦垛的中央。玲儿的幸福是在这老院落中土生土长的，经年累月，无论穷富，就像爸爸那锅老旱烟一直平静地抽到现在。

妈妈是玲儿的启蒙老师，是玲儿心中的一盏灯，她把眼泪揉成坚强，把碎布片做成衣服，把忧愁写成淡淡的快乐。每天早上，她把两扇老木门咯吱咯吱推开，清新的阳光照在玲儿的脸上，在玲儿成长的路上，她总会光着脚丫为女儿避风挡雨，省吃省喝，始终保持呼唤童年玲儿的慈爱与亲切，目送玲儿姐妹俩，在铺满关爱的路上找到了幸福。

妈妈一生赶上了苦难却没等住幸福，在病痛的呻吟中，慢慢消磨着女儿们的眼泪，最后在医院的病床上安详地合上了眼睛，收拢了最后的一束生命光芒。玲儿没能挽留住母爱，只有跪在老房子的草铺上几天几夜，为她老人家守孝送终，内心深处剧烈的哀痛深深刻在灰暗的老房子里，当母亲的灵柩从老房子走出的时候，玲儿的心早已经白雪皑皑。

妈妈眼神的光芒已经走出了玲儿的视线，老爸便成为玲儿心中的最后一座老房子。在玲儿生命的运转轨迹上，老爸是一位称职的舵手，手把手教玲儿在这片贫瘠的土地上勤劳耕种，沿着祖先勤俭持家的生命向度行走，那张写满沉重、严肃、痛苦的脸庞，那双慈爱和善的眼睛，每时每刻都像太阳一样高高升起，微笑的花朵为玲儿常年盛开，他一锅烟就可以把岁月拉长，甚至可以把全家人的快乐调出激情的色彩，玲儿所有的故事才会浪花般哗哗流淌。无论如何，这座老房子千万不能倒下，他在，房子就在，希望就在，幸福就在。

母亲走了，老房子还在。村子里宛若空巢，这片日渐干涸的土地，已经散落了往日的激情，自家的老院落和这个村庄相依为命，唯有老爸孤孤单单地住在老房子里，每天拿旧手帕擦拭着母亲遗像镜框上的尘土，痴情地守着村子，守着老房子，用罐罐茶熬着寂寞清闲的日子，长满粗茧的老手颤颤巍巍地翻着村子的四季。但每当秋雨连绵或暴雨骤降的时候，玲儿的心就悬在空中，恍惚之中心生惊恐，那几间老房子经不起雨水的冲刷，已经无力支撑，顷刻间椽断檩折，轰然倒塌，老爸被压在下面喘不过气来……

听到小村庄哪位老人走了的消息，玲儿就会有一种揪心的痛，因为他们那一声声耳熟能详的土腔土韵，他们憨厚慈祥的笑容和布满老茧却厚重如山的手都让玲儿心存感激，尤其是他们在敞亮的舞台上表演的人生大戏，故事情节跌宕起伏、淋漓尽致，玲儿是他们终生的忠实粉丝，和老爸搭班子的演员在本该颐养天年的时候拂袖而去，匆匆谢幕，如深秋落叶的凄凉，冷了村里的场子不说，也凉了玲儿的心。

玲儿的日子变得厚实了，如今已经儿孙绕膝，想让老爸搬进城里去住，享受天伦之乐，但老爸执意坚持不能把妈妈一个人留在近似空壳的村的那面山坡，困守山梁落雪的寂寞，他说住在山上一半是福，一半是梦。于是玲儿便萌生了为老爸造新房的想法，造一座漂亮的房子，哪怕他老人家住十年、一年甚至一天，把父母的夙愿浇灌成梁柱，让阳光洒在屋顶，洋槐花、苜蓿花和油菜花围在房子周围，老爸在院子里盘腿打禅，将来他和妈妈团聚在向阳山坡的时候，这座三层小楼还能为他们承载云台山岗飘来的梵音，就等于圆了玲儿的一桩心愿。

玲儿对幸福的日子心存感激。三层小楼的新房子建成了，一层留给爸妈住，让他们存储爱情、粮食和诗歌，一层给自己和妹妹来陪老爸时住，还有一层就空出来留给村里人，让他们和老爸消遣时光，抽烟、喝茶、品酒，用麻将搓出生活的味道，生产这个小山村的快乐，再在房子里垒一个大火炕，把老爸的生活烧得红红火火，始终保持幸福的温度，呵护玲儿一家人、一个村子，还有妈妈青山秀水间的那片坟地，让妈妈再不用为老爸住的旧房子操心。

站在绿意勃发的山梁之上，玲儿仿佛看到妈妈已经在尘世中苏醒，就在村头的那棵大柳树下正踮起脚尖向玲儿挥手，老爸的那幢新房子亮丽而又气派，一条新修的水泥路伸进了村头，小村庄的日子悠然自得地走着，老爸的笑容盛开在秋天的额头。

# 人生如戏

物以类聚，人以群分，古人的话说得太经典了。没想到这个佳句印证了今天人们的一种时尚玩法，折射出古人智慧的光芒。

微信群是人类进入自媒体时代的新生儿，已经成为一个人人皆知的词汇，把人们带进了一个偌大的虚拟世界。像围城一样围起的微信群，几乎成为每个人消遣时光的快捷方式。微信群是情感交流之处，是信息传播的平台，有了群可以相约吃饭聚会，出游娱乐，可以群聊私聊，相互帮衬办事；有了群，人似乎就觉得不再孤单，给自己一片蓝天白云，生活便有了色彩，精神便有了安放之处。

水有源，群有主。在老家当老师教的第一届学生已经毕业三十多年了，为了给大家开辟一个联络交流的空间，学生便建了一个名为"青春的记忆～罐岭"的群，把我也拉了进去。

进去也是件好事，平时听听他们的声音，分享他们的进步、成果，也是人间一大乐趣。过去是我站在讲台给他们讲"之乎者也"，如今又轮到我在台下听他们讲海阔天空、潮起潮落。平时大家天各一方，但饭后茶余，群里有人发个红包，便立马飞来一群觅食的"麻雀"，我偶尔路过，看见他们抢红包的开心游戏玩得趣味横生。碰上几个聊天的，和他们聊家庭、聊事业、聊孩子、聊写作、聊人生，大家开开心心地热闹一番便人去鸟散。我们群里的成员都是来自一个山梁的老乡，那时我们那个山头很穷，穷得不长庄稼只生长感情，衣单体薄的我们都是清一色的穷，清一色的单纯，但都有着清一色的精神，我们曾经一起走过的那个年代，那些清淡如水的日子，那段坑坑洼洼的山路永远沉淀在大家的心中。我们曾经用淡定守护山大沟深的高古和幽静，以及那个书声琅琅的校园，我们用最年轻的生命点燃了青春的理想，点亮了贫穷山村的梦，青春年华绽放出空谷幽兰脱俗的美丽。

说起群，不由得人的思绪又回到小时候，生产队长就是村民至高无上的"群主"，队长能呼风唤雨，可以随时把社员召集在打麦场上开会，夏天坐在大柳树的荫凉下讲夏收生产颗粒归仓，冬天挤在麦草垛下讲大干苦干促大变，社员们勒紧草绳腰带，借着暖暖的冬阳，点着一锅旱烟，消化队长的讲话精神，队长讲完了社员就可以回家吃最实惠的玉米面馓饭。如今，后辈们闲暇时都拿着一部手机翻来翻去，在虚拟的世界中悠闲地看花开花落，云卷云舒，寻找回家的路，寻找青春的印记以及那份清纯无瑕的感情，一同追忆那段阳光明媚、天空纯净的难忘时光，好比一群在拔河的人紧紧拽住岁月的衣襟，把青春拉回到原点，更像我们的父辈们用勒绳拽着壮实的牛拉着犁铧，在黄土地上划出一道道格子。

青春年华是人一生最精彩的阶段，无忧无虑，上有父母撑天，下有衣鞋暖体，不管秋天过了是冬天，吃了这顿不操心下顿吃什么，只是认认真真地读书，开开心心地玩耍，弥漫着人间况味的放养式生活给我们的青春时代贴上了快乐的标签，唯美的风景温情脉脉地陪伴着我们长大。

早上刚打开手机，群里有人提醒是 5 月 12 日，这个敏感的数字像一把刀子又一次拉开人心头的伤口，那场大地震的鞭子劈头盖脸地抽下来，无情地打碎了家庭、幸福和梦想，抽得人心中流血。至今仍记得惊魂未定的那一刻，脑子一片空白。不由慨叹人生苦短，即使没有天灾人祸，人生也短暂得就像一颗流星，"唰"的一下，只是划过夜空的那一束光，故事的结局便是光闪之后的平静。

人生如戏，其实就是在暗喻人生和戏是一对孪生姐妹。一个人来到世间，每个人每天都在扮演不同角色，唱不一样的戏本。戏是人写的，是为人写的，为人唱的，给人看的，教育人的，无论帝王将相的江山盛衰，还是黎民百姓的悲欢离合，都如一卷书讲述着生命的起伏，传递着人间的伦理道德，恰如在三秦大地上生长的秦腔，花音苦音的酸酸甜甜，喜剧悲剧的坎坎坷坷，快板慢板的起起伏伏，讲述人生就像一片柔弱的浮萍飘在潮起潮落的水面上，自己只是无奈地飘着、摇着，痛并快乐着。一段人生就是交响乐的一个篇章，总是在悲欢离合中演绎着不同的故事和不同的心境，只不过痛了不哭的是硬汉，跌倒能重新爬起来的是强人，绕着礁石和险滩前行的是智者，无论在什么地方做什么，别人都在看你的戏，评你的戏，对你的唱腔、行头和唱功评头论足。

如同唱戏，每个人都有自己的光鲜，也难免要走过或多或少的坎坷之路。人生的秦腔有很多本戏，看你唱的是哪一本、哪一折，看你能否从"生旦净末丑"的角色入戏，看你能否把悲欢离合的故事情节唱出入心入骨的韵味，出场时激情满怀，退场时从从容容，戏里戏外总会是酣畅淋漓的感触。在戏场，爱看热闹的总是喜欢锣鼓乐器的气派，懂戏的、爱戏的总是倾心于演员一颦一笑、一举一动的入情入理，让人看了觉得舒服、解渴、过瘾的戏才是好戏。

人生没有回头路，从那个点出来，就已经无法回到那个点。青春的记忆应该不会褪色，总之，能留一丝美好的回忆也算是人生之乐事。

# 过年陪父母守住欢乐

## 除夕之夜

除夕，城市的人潮向四周涌去，巨浪拍打着平时寂寞的乡村，回家的车子奔走在过年的路上。

春节这棵大树的每一条根系都在岁月的土壤中牵动我的神经。河堤上，垂柳细风，一缕青烟升起，孤零零跪拜的只有我和儿子。点上一炷香，摆上纸钱、供果，然后点燃纸钱，赶在别人前面把终生的虔诚举过头顶，感情旋即扎进痛苦与激动的回忆之中。这是用最传统的方式，在一个城市的角落，在心灵的深处邀请父母能够回到家里过年，和他们的儿孙们分享人间弥足珍贵的快乐。这种和世人逆向行走的邀请是因为父母早已离世，我们渐渐被挤出了那个濒临凋敝的山村，如一叶舟在外漂泊，亲情缭绕的火炉上煮熟的茶香已经淡然无味。

父母驾着一缕青烟来了，在虚拟世界中和父母见面，那两双长满老茧且不停颤抖的手抚摸着我的脸颊，再摸摸我们身上的棉袄，慈祥的眼神上下端详，然后老泪纵横，那一刻，沧桑岁月的热泪洗濯了我们三代人的双眼。

父母宽厚结实的肩膀上扛起了对我最初的呵护，扛起了我童年的快乐，扛起了我们家庭的梦想，那一挂在父母的手指间激起岁月浪花的瀑布，便是养活我们几个儿女的稀粥。

除夕，父母陪着我们看春晚，在凌晨疯狂的鞭炮烟花声中笑了一年。

## 大年初一

大年初一，清新的风和鞭炮翻开一页新书。

温馨的阳光从窗缝中探进头来，如同慈祥的父母张开温暖的怀抱。

父母在香案前沉默无语，那身带着时代印记的着装清晰而真实：羊皮袄、粗布衣、水烟锅、黑头巾，还有那盘腿坐炕的姿势，以及存留永久的笑容，给跪拜的儿孙一个幸福的恩赐。

年在忧伤和欢乐中缓缓铺开，供果、献饭、香蜡、酒茶以及虔诚一同摆上供桌，捧上最美好的祝福献给父母，这是用最原始的民间祭祀方式，表达着儿孙对他们的孝敬，任思念的人泪落如雨。

我在漂泊的旅途中终于找到了儿时家的感觉。

一串鞭炮炸响。思绪穿越到儿时那个平静单调的农村，为了凝练春节最响亮最欢快的语言，再穷也要买鞭炮，左手点炮，右手甩炮，然后捂住耳朵，享受鞭炮炸响的快乐，父母看着我在燃放鞭炮的快乐中慢慢长大，我心中的底气也渐足。

香火不断，点着时光，点着记忆，传承着一个农民家庭的精神。可爱的小狗趴在地上，执着的眼神静静地凝在那烛光上，淘气的小孙子在案桌前磕头拜年，突然皱起眉头发问：老太爷老太太是干啥的？农民是干啥的？他们现在住在哪里？他们过年发不发红包？

相对无语。时光在穿梭，代沟仿佛难以跨越的天堑。父母肯定恍若隔世，他们在城市的边缘只能听懂种子在春天发芽的声音。

## 大年初三

时光跑得好快，年一眨眼就要翻过山头拂袖而去。

挽留父母在城市的窝巢里再住几天，让我们把儿时物资贫乏年代幸福和快乐的糖块含在嘴里，含出香甜的味道。

把年留住，一如儿时对年的憧憬难以割舍。

初三的酒已经变成另一种味道，浓烈之中泛起淡淡的惆怅。是否快乐已将那缕春风送回大地。

父母也要离开了。他们在临走前匆匆地整理着什物，那个花布干粮口袋、那个针线包、那把陪他们劳作形影不离的锄头。

河堤上，垂柳细风陪我送父母返程，他们乘着年的快车翻过山头消逝……

年便这么恍惚地过了，人生如此短暂，一切仿佛都在昨天，昨天又那么遥远。

我默然无语站在大年初三的风中，叩问天空那朵云："年究竟是什么？"

# 为伞而歌

你喜欢在烈日炎炎和大雨滂沱的季节挺身而出，凭耿直的性格撑起一片富庶的家园，当风而立，去保护一个个昂着头颅泰然自若的行路之人，执着是你生命最坚固的部分，相信你生命的轮回里，蕴藏着人世间最宽厚的爱，呵护心灵深处最珍贵的情谊。

晴朗的天空下，你就是一棵年轻的树，硕大的绿荫投在篱笆墙下，妻子儿女端上饭碗，盘坐在你的脚下平静地乘凉，你阔大的翅膀在蔚蓝的天空下尽情张开。

犁在土里运行，麦苗在地里拔节，鸭子在泥塘吟唱，孩子在学堂健长，夏日，你值守在冰柜旁，给孩子送汽水和冰淇淋。假日，你陪伴妻子去海滨看烈日炎炎的天空下一队半裸的纤夫拖船，妻子周身有一股热血在震颤。在离开海边的时候，你陡然收起了撑开的心绪，唯有天真依然。走进六月的阳光，一片麦秆毕剥作响的声音，你以强健的骨骼以及和善的表情，保护了这片金黄灿烂的土地。豆蔻年华的女孩轻盈地走过，长裙随风飘逸，秀发倩影格外亮眼。一种鼓舞人的力量，使人自然想到温顺善良的母亲，总是把绿色荡漾的神态和凉爽舒适的空间留给孩子。

走进雨季，你的手臂挥洒自如，五彩缤纷的爱挤满街头，怕雨的珠子打伤鸟的嫩肤，怕开花的声音被风打断，你以女性的温柔之手架起了通往车站的桥，为步入旅程的旅客饯行。

你的日子并不宽松，一杯杯苦涩的酒从躯体边沿的切线方向飞出。你怀抱里升腾的热情火苗形成风景，风雨雕琢的母亲形象便栩栩如生。

# 黄黄

黄黄本是一条小宠物狗，估计原来有家有主，但不知哪一天是它迷路了，还是主人把它遗弃了，从此便无家可归，在河堤上过着流浪生活。

谁也记不清黄黄来河堤的时间，因为它毛色纯黄，所以人们不约而同地喊它黄黄，叫久了，小狗自然而然就明白了人们是给它打招呼，于是每有人喊，它便情不自禁地摇着尾巴回应。

黄黄长得很机灵，一双炯炯有神的眼睛，还有一手绝活，一旦高兴就给人作揖。黄黄孑然一身守在河边，守着多舛的命运，然后非常自信地活着，好像开在这个城市角落的蒲公英花，不知道什么叫恨，也根本没想去恨，恨丢弃它的主人，恨自己找不到回家的路，只凭博大的胸怀，慢慢消解和宽容已经逝去的时光，每天不停地奔波在生存的路上，用脚步踱着日子的长度。

黄黄在河堤上很幸运地生活，很多人喂它，怜悯它，关照它，生存空间不但没有受到挤压，倒是一天比一天扩大了。一位年纪稍大的女士天天骑着自行车路过这里，看她忙忙碌碌的样子，肯定是为生计而奔波，但仍坚持给黄黄送饭送水，除了自己家的一些剩菜剩饭外，甚至还花钱买火腿肠、狗粮，有时中午她安静地坐在河堤上，像看着自家的孩子吃饭那样看黄黄吃饭，临走时逗黄黄作揖，并用手抚摸黄黄的头，后来不知从哪里买了泡沫塑料给黄黄搭了个房子，让黄黄和有家有舍的小狗一样过得更舒服一些。有很多路人，包括附近小区的居民和上班的职工都关照黄黄，送饭送水，它的饭食很宽裕，常常吃不完被其他同伴们吃掉。人们这样的做原因很简单，因为那是一个鲜活的生命。

除夕夜，热闹了一年的城市终于平静下来，吃完饭春晚还没开始，出门时顺便给黄黄拿了点肉，也让它改善一下生活。来到河堤，看见黄黄已经蜷缩进了窝，像一只断了线的风筝落在地上，每天分享它的饭菜的那几条流浪狗不见了踪影，只有黄黄孤零零地守着长堤的瘦风残柳，在频繁起伏的鞭炮声中枕河而眠，我从心底尊重这憨厚而真实的生命，它因环境的变故生命轨迹发生了改变。

黄黄很干净，从来不在河堤的花草丛中拉屎，也许是从小在主人家养成的习惯。虽然长时间没有洗过澡，但它身上的毛色始终发亮，和家养的小狗没啥两样。它是只母狗，生存已经没有任何悬念，但新的问题又来了，黄黄怀孕了，许多好心人商量大家出钱给黄黄打胎，并做个绝育手术，但打问了几家宠物医院，大夫都说必须有人照管一个星期，要输液打针。许多人都没时间，这个计划就搁浅了。黄黄大着肚子，有时在河堤上走走，有时躺在窝旁晒太阳，它也许对未来的日子很迷茫，或者就没去想下一步会是什么样子。有一段时间，黄黄从人们的视野中消失了，有人说黄黄已经分娩了。

某天晚上，院子里传来熟悉的狗叫声，我第一反应可能是黄黄，打开厨房的窗户，看见黄黄正对着我家厨房的窗户摇动着尾巴叫，估计是饿了要吃的，于是从窗户给它扔了些吃的，它吃得很开心，当时我很纳闷，一只小动物怎么连哪扇窗子是哪户人家都记得那么清楚，直到吃饱之后它才很踏实地摇着尾巴走了，然后用自己的乳汁去哺育它的孩子。

小区后面是原来的旧厂区，厂子搬走后土地已经拍卖要搞开发，暂时闲置。一个双休日的下午，我到小区后院停车，没看见黄黄却听到它的叫声，顺着叫声发现它栖居在"屋檐"之下，靠着垒起来的一排砖，有人搭了一块复合板可以为它遮风挡雨，黄黄和它的孩子就在下面的空间里藏着，五只小狗趴在黄黄的身上酣睡，黄黄舔舐着它们身上的毛，眼神中流露出最朴素的感情，它或许并不知道五只小狗长大后会成为流浪狗，给这个城市增添多少麻烦，不知道它们的日子何处才是尽头，更不会知道自己将以什么方式离开这个世界，只要活着就是幸福。

再后来，黄黄的生活又出现了戏剧性的变化，有一个汽车修理铺的老板把黄黄带去看门，足足有几个月时间，其间听说有很多人去给它送吃的。可突然有一天，黄黄又奇迹般地回到了小区，继续它平静的生活。尽管它给小区住户的生活带来许多干扰，但小区居民对黄黄很同情，这份同情与怜悯无声地表达着人对生命的尊重，传达着人与自然和谐相处的声音。或许，随着时间的推移，人们对黄黄的记忆会逐渐变淡，可它在那些好心人照顾下所度过的一段生活还是充满惬意。

# 与虎子生活的一百天

　　虎子走的那一刻，我的脑子里一片空白，慌乱之中，我只看到它被车轮撞倒的瞬间，我很"佩服"那位肇事司机的缺德和残忍，在他明确判断小狗正在过马路，他却加足油门开过去撞倒虎子后，若无其事地扬长而去，根本没有考虑一个陌生杀手残害了一条幼小生命的后果。我并没有去追他，也没记住他的车号，因为我不需要向他索赔，只是舍不得虎子在此刻走到生命的尽头，我茫然地看着虎子停止了呼吸。

　　虎子是我们家的小狗，它只在我们家生活了一百天。虎子的夭折我有不可推卸的责任，因为我对自己管控它的能力太自信，我每天都在这条马路上带它溜达，它每天都是跟着我靠右行，并且警觉性很高地避让来往的车辆和行人，但我就根本没有考虑到虎子毕竟是动物，是年龄尚小的动物，它的思维和判断能力与人截然不同，所以便没有牵绳子遛狗，导致惨剧发生了。

虎子走的第一天，全家人都很悲伤，家里顿时显得空荡荡的，好像缺了一样东西，特别是女儿和儿子都不在家，他们还不知道虎子死去的消息，但我估计他们会有预感，也许会在晚上做一个想念小狗的梦，梦见小狗长着一对翅膀在天堂飞翔，这是因为小狗去了天堂。老婆整整一天都沉浸在悲伤中，因为她每天像照顾小孩那样给虎子喂奶、盛饭。小狗最喜欢她母亲般的善良和关爱，所以有一种天然的默契与和谐萦绕在家里。

虎子是一只雌性幼仔，年龄只有五个多月，它在我们家生活的一百天里，可爱的模样在我们全家人记忆中永远定格，保留在美好的相册中。它的长相十分可爱，一身花白的绒毛，摸上去绵软得像一团棉花，那一双聪明灵光的眼睛特别诱人，长得既像一只小白熊，又像是一只狐狸，大凡见过它的人无不夸赞它好看，从它入住我们家的那一天起我们全家人都很喜欢去为它料理生活，喂奶、梳理毛发，给它置办生活用具、搭建房屋，甚至去清理它的排泄物，院里所有的小孩见了它都要抱它玩，在和我们生活的一百天里，抱它玩过的人至少有几百人，它虽然是一只狗，可一旦融入了人的生活，会使人感到充实和惬意。

虎子憨厚，天真好动，讨人喜欢，它在我们的训练下悟出了许多头头道道，它学会了在指定的地方拉屎撒尿，学会了趴在地上陪伴主人，学会了在外面溜达的时候听我们的召唤，学会了看人的眼色确定自己的行动目标，学会了犯了错误直立罚站，学会了家人下班回家亲热问候，特别是当我的妻子进门时它就会扑上去抱住腿尽情啃咬，摇着尾巴献殷勤，到后来它在不同时段听到门响动的声音，就知道家里人谁回来了，立马跑到门口去问候和亲热，这会让人心中涌动一种来自生命深处的感动和欣慰，因为这是另一种生命用另一种语言、另一种表达感情的方式和我们交流。

虎子很单纯，很有韧性，可以说它一直生活在幸福之中，接受我们家人的宠爱，但有时因为淘气也要受到家人善意的惩罚，它一看到人不高兴就会立即钻到茶几、床或饭桌底下，悄无声息地趴下，以将功赎罪的态度去弥补自己的过错，有时家人因为它做错了事骂它，它就会耷拉着耳朵，眼睛里流露出委屈或沮丧的神情。但风头过后，它又会自作多情地跑过来和人搭讪，用舌头舔人的脚和手，以表示深刻的反省和歉意。这时，人立马会感觉到自责，对一只小小的动物为什么要这么苛刻地要求它呢？无论怎样，虎子都不会记仇，对人没有任何成见，所以我们也从它身上学会了宽容和理解，这个世界上人与人之间存在诸多恩怨，隐匿着不少揣测，但虎子压根就没有这种意识，如果虎子在另一个世界辨认出那个缺德、残忍的肇事司机，它也绝不会采取任何报复行动。

虎子去了天堂，我们为它祈祷，那里到处是阳光和鲜花，那里有宽阔的马路，一种生命对另一种生命不会造成伤害，它会自由地选择行走和睡眠的姿势，在幸福和美好的时光中生活。

# 散文部分

sanwen
bufen

## 教苑履痕篇

山里老师扎根偏僻山村，与面朝黄土背朝天的农人朝夕相处，于三尺讲台与办公室之间，用一把犁犁耕耘一方纯净的天空，一颗心塑造另一颗心，满眼的风景永远是那座山、那条路、那块田、那棵树。偶尔走出校门，和匆匆忙忙的农人打个照面，对方送来一声『老师』就很惬意。远离酒杯和车水马龙的街道，与寂寞为伴，抽一支劲儿足的凤壶烟，任人生的酸甜苦辣满屋子飘散，孩子们渴望的眼神和阳光般的性格足以滋养我的一生。

# 韵味

终于在老家王窑乡（后改为王窑镇）罐岭中学当上了一名乡村老师，心头油然而生神圣的使命感，美丽的幻想和平生夙愿能在家乡的土地上绽开灿烂的花朵，着实为之亢奋不已。

斗转星移，在校园与孩子们朝夕相伴的日子进入一种平静的运行轨迹，尽管生活的韵律不断变换调子。在一盏昏黄的煤油灯下守护平淡且充实的时光，任思绪之河汩汩流淌，不羡慕世外桃源般的生活，但心仪孩子们阳光快乐的愉悦，和他们一起释放胸中的畅意，内心始终激荡着河流奔泻的咏叹，山水般的亲情融入率性虔诚的心灵对话，用沉稳的脚步勾画出一幅乡村教育明天的美好蓝图。

守护乡村教育，需要分担一份艰辛与清苦，需要承载欢笑与苦痛，尤其在物欲横流的时代，在时髦和金钱占据世人理性空间的年代，做一名乡村老师就更要有体验酸甜苦辣的勇气和决心，学会用鼓励信任的眼光欣赏那些青春焕发的生命，用沸腾的一腔热血去感化和哺育他们。

刚当上老师的时候还是凭证供应面粉。一位学校的同事到粮站买面，排队的人黑压压一片，他怕耽误上课，好不容易挤到粮站工作人员跟前，满脸赔笑地说："我是老师，回去还要给学生上课，能不能先给我买上？家里老人有病，能不能买上一月的白面？"没料想那人脸色陡变，怒目圆睁训斥道："老师就咋？你当老师的还想吃白面，真是……"突如其来的刁难和侮辱竟使这位同事差点晕倒。

无独有偶。一次和乡上的信用社主任与一位当地的"大款"候车，挡住了一辆"面的"，信用社主任十分客气地让我坐前座，车子起步后冒着酒气的"大款"调侃主任："你怎么不坐前面？"主任说："人家是老师，应当受尊敬。"那"大款"立即调侃："老师就咋？你要知道，眼下尊敬老师的人是最没出息的人。"我受辱的心顿时疼痛难忍。但"大款"已大谈喝酒，说晚上到哪个酒店进餐，再到哪个舞厅潇洒，甚至连一夜的行动计划和消费金额全都说出来，从他粗俗的话语中，我深深感觉到酒垢与钱锈已塞满他的大脑。

多少年过去了，"老师就咋"成为我脑子里挥之不去的阴影，时时刺痛着我的心。老师只是老师，老师不能大口吃肉，不会大碗喝酒，更没有大把花钱的那份阔绰，在讲究排场的行当中老师的确是门外之人。从那以后，我心底默默立志要做一位好老师，让乡村老师的形象如阳光般灿烂，慢慢学会去把握一种理性的生存状态，在清静中品味人情事理，在奉献中感化纯洁心灵，春夏秋冬，沏一杯浓茶，赏一轮明月，守一盏孤灯，感受心灵的每一次跳跃，领略耕耘的辛苦和收获的快乐，在自尊、自敬、自信、自强中张扬生命的风帆，陪伴孩子们追逐未来之梦。

# 驻守心境

生命进入静谧的淡季，在深邃的眼神里想念你的倩影，让稚嫩的生命拨动琴弦，接近困惑的心情在蓝天碧野的氛围中弹一段如怨如慕的曲子，歌唱向往，歌唱湿润的嘴唇和温暖的情怀，我只能在深秋的晚巷外想象你的阳光。

你是我心中一枝热烈的孤独，怒放于四季如春的梦中，我就驻守在黄土地人情最淳朴的地方，深入黑色的沃土铸造人生。听槐林细雨，听粗犷山歌，听羊鞭激荡不已的声音响彻山村的清晨，我和学生抬头远望从山坳冉冉升起的那一抹朝霞，太动人太辉煌太壮观，庄严的形容词和雄壮的国歌构成了我们校园这一天的主旋律。

你曾馈赠我一片苍翠欲滴的绿叶，我便珍藏在书的扉页，每逢打开记忆的闸门，由此想起蒙娜丽莎动人的面容，我的心陡然震颤，瞬间世界画面变幻出奇瑰灿烂的镜头，你在镜头中变作一个爱情的砝码走入我的心境。这绿叶是你繁盛生命之树上的片片爱心，虔诚与爱的浓郁之气落于我的手心。

我捡起绿叶捧读你，往事如烟，月光如注，心境如潮，我知道此刻该有诗送你了。

# 我的三部车

今已年过半百，儿孙绕膝，从教三十余载，每和朋友聊起眼下的生活，说到教育的变化，心中总充盈着满满的幸福感。从小在西北边远农村长大，地地道道的农家子弟，20世纪70年代初，村子自然条件依然很差，交通基本靠走，家里没几样可供玩的东西，便常去生产队饲养骡马的院子玩架子车，要么就是玩黄土游戏，但不知为何，从小对汽车充满好奇。五里外的村子有个商店，偶尔看到汽车从山梁上开下来，就知道是给商店送货了，于是呼朋引伴一口气跑到山梁路边傻傻地等，等绿色的解放牌汽车送完货从眼前经过时，我们都大声疾呼向司机招手，但他们踩一脚油门疾驰而过，车后扬起一团尘土，当我们还沉浸在短暂的欢乐中时，汽车已经一溜烟翻过山梁不见踪影，那些司机"牛"得让人"望尘莫及"。

看了真汽车，便心生一种长大了要开车的想法。一次，和伙伴们到树林里捡柴火，捡到了一个楸树根，没想到这竟是一辆美妙绝伦的"小汽车"，一节被削尖的树枝着地，两手扶在根部的分支上，稍稍一推，树枝尖就在地面弹起来不停地向前走，很有开动汽车的感觉，于是我们就把它视为小汽车，产权自然归我。每天早上，大家出门聚集，开上我们的"小汽车"，要么去运草，要么去拉水，最多的时候是大家牵上"小汽车"后面长长的绳子坐车远行，这辆车一直玩到小学快毕业，一次开车下山时树枝尖不慎折断，故事便戛然而止。在那样一个物资匮乏的年代，一个近乎与世隔绝的小山村，我人生的第一部车尽管以"画饼充饥"的方式横空出世，在孩童丰富的想象中玩了几年，也不失留下了乡里娃快乐童年的美好印记，更朴素地表达了农家子弟对车的奢想。

20世纪80年代初，在古城天水上了三年师范学校，毕业后分到初中母校任教，这是家乡唯一的初中，翻山越岭、爬坡过沟是家常便饭。老师每人发1斤煤油点罩子灯办公，有了钱也没处花。乡下那时最先进的交通工具是手扶拖拉机，学校需要采购教学用品，就要花钱雇车，而且等很长时间把需要的东西汇集之后才能进城采购。那年十月初的一天，我们去县城采购煤炭，我们坐着手扶拖拉机进城，把学校要办的事情办停当之后，夜幕降临车子才离开县城，商铺早已打烊了，50多公里的崎岖山路漆黑一片，寒气袭人，我们几位老师背靠背坐着，等我们到学校的时候已经到深夜，下了车我们的腿有点被冻僵的感觉，浑身瑟瑟发抖，因为校园里已经熄灯了，只能和衣而睡，等到第二天起床的时候，对着镜子一看，不仅衣服上的煤炭灰涂黑了床单被套，就连人也变成"黑煤球"了。

工作两年后，师范学校的同学智明帮我在甘谷县城买了一辆自行车，花费四个月的工资，当天激动地从甘谷县城连推带骑地跑了将近50千米的路程回学校，从此拥有了人生的第二部车。老家那时有自行车的人很少，尤其是作为老师，能拥有一辆崭新的自行车不亚于眼下开个宝马车。有了自行车，很多现实问题迎刃而解，带孩子捎东西，赶集串亲戚，寻医取药，几乎无所不能，最能派上用场的还属骑着自行车去10千米外的集镇上取报纸投稿。起初学校到县城没有公路，自行车能帮我很大的忙，但平地下山人骑车，上山过河车骑人，从城里买上东西，回来的时候要爬一道陡峭的十里长坡，那坡陡得仿佛能擦着前额，脚下一不小心滑倒就会滚到沟底，扛着自行车上山可不轻松，买的东西加上自行车的重量，最少也有五六十斤重，只好一口气扛上山，尽管气喘吁吁，汗流浃背，但仍有王者归来般的荣耀与自豪，心中顿生十足的惬意。后来调到县教育局，再后来又到了市教育局，因为城区交通发达，自行车的用途被慢慢弱化，这辆车在陪伴了我二十多年后悄然谢幕，我虽然没能计算出这辆车的行驶里程，但它驮着我苍茫岁月的故事碎片，让我在交通并不发达的年代享受了工业革命的先进成果，自行车的忠诚让我无比暖心。

　　如今，在车水马龙的城市空间，玩车已经不再是什么新鲜的话题，在别人玩得风生水起的时候，我终于有了属于自己的第三部车，有了这个时代的坐骑，我的工作生活便再添一道美丽的风景。因为从事新闻宣传工作，每次出外采访，驾驶自己的车，纵情山水风景，吟唱桃李春风，啜饮田园生活的琴韵流年，每每看到国旗飘扬的山村校园、身着校服的阳光儿童，还有满脸沧桑且精神矍铄的乡村教师，倍觉亲切，沿途观风景，下乡看变化，觉得有了车，拉近了我和乡村学校的距离。四十年光景，我满满喜欢上了多姿多彩的生活，喜欢上了改革开放带来的巨大变化，更喜欢生命拥有的一份激情，抚今追昔，真应该把幸福的日子深深地刻进心里。

# 遇见郭维俊

郭维俊是从兰州下来挂职锻炼的副县长，20世纪90年代，他从省城某高校到县上挂职担任副县长，分管教育，因为我在县教育局工作，平时多随领导下乡调研，便有了相互交往的机会，没想到经过两年的接触，成了朋友，觉得遇见他就是遇见了故知，遇见了缘分，也遇见了共同拥有的一份教育情怀。

郭维俊老家在定西，他长得黑瘦，但脸上透露出敦厚、质朴的神情，挺精神，有股子锐气，安排事情不绕弯子，讲话开门见山，决策果断，走路脚下生风，平易近人，谈笑风生。到了他的办公室，总是客客气气让座，我自然消除了和县长之间的距离感。经过一段时间更深的接触，感觉他粗犷豪放的性格中还多有儒雅之气，不愧是一位高等院校的熔炉里炼出的大先生。

或许小时候在农村生活，他对黄土地和农村教育有一种刻在骨子里的爱，一有空闲时间就往乡下学校跑，一来是想了解掌握农村教育的发展情况，二来是切实解决一些农村学校急难险重的问题，对这样务实的县长我当时打心底里喜欢。

秦安县是个人口大县，他任职期间，全县基础教育薄弱，六百多所学校分布在山梁沟壑，分管教育无异于一种艰苦的修行，需要静下心来，思考探索出一条穷县办教育的路子。郭维俊的习惯好，下乡常常轻车简从，不打招呼就进学校门，询问教育的事，碰上老师上课他就坐在教室后面听，进办公室也偶尔抽查教师的教案和批改的作业，他的笔记本上总是写得密密麻麻的，但他从来不批评教师，始终把自己摆在一个普通干部的位置上，和老师面对面推心置腹地探讨每一个问题，晚上回到单位后，便把白天的所见所闻、所感所想写到小卡片上，分门别类保存起来，该汇报协调的就汇报协调，该教育局督办的立即督办。由于工作忙，他两三个月才回一次家。平时教育上有紧急的事情，他就亲自到局机关商量研究。因为手头积累了大量数据和材料，他自己的一系列想法和措施在落实时准确性和可行性高。

不知道是和黄土地的缘分，还是对秦安教育的钟情，郭维俊总是被一种无形的感情牵动着。和基层校长、老师聊天时，他常说在秦安这样一个十年九旱的地方，家长供孩子上学确实不易，山区学校的老师在缺电、缺水、交通不便的情况下坚守，理应得到尊重，抓教育靠的就是老师。一个深秋的日子，随他去千户乡的一所小学调研，当时这所学校还是庙、校合一的状况，村子里没有去过县上的领导，他看了学校里里外外的情况，心情非常沉重，拍摄了几张照片，晚上在村民家里吃便饭，临走时，特意给主人敬了一杯酒，主人用颤抖的手接过县长的酒，感觉一股温暖之情拂面而来。之后不久，新学校就盖起来了，从此师生告别了庙、校合一的历史。

郭维俊的工作节奏特快，很多事情都是亲力亲为，约定的事情也是准时准点，从不拖泥带水。记得有一次，省上的工作组要评估验收县教师进修学校，他从县政府坐车赶过去，正好县一中附近正在铺路，施工人员把他的车挡住了，他立马下车去给施工人员解释自己是分管教育的副县长，去进修学校有急事，请求放行，施工人员用怀疑的眼光看着他，说他不像县长可能是冒充的，但他并未生气，和颜悦色地向施工人员求情，最后施工人员被他的真诚态度所打动才放行。

后来他挂职期满后回到金城，到兰州的另一所高校任职，我还专门到学校看望了他，后来我也离开了秦安调到市教育局工作，虽然分别多年，但我们之间的交情一直延续着。有一次他到天水参加一个会议，又抽空看望了当年秦安县教育局的常局长，两位老友重逢，话匣子一打开，往事如泉涌。尽管告别了一座小县城，也告别了一种怀旧的生活，但他那浓厚的乡土情怀和生命境界所酿造的和谐人际关系，深深地印在了秦安教育的土壤中，定格为我们彼此人生道路上的一段美好回忆。

# 清淡如水

做学生的时候，不知道当老师有多苦，当上了老师更不知学生对自己有多爱。平生当老师的那些日子我总是沐浴着学生温暖的阳光，沉浸在幸福之中，那种和谐氛围和纯朴情愫打磨了我淳朴善良的性格。深感在学生心中老师的爱纯洁如水，博大如海。

小时候在老家的学校读过十多年书，师范学校毕业后又在母校当了十年老师，这二十多年的亲身体验，真正感受到了做乡村老师的艰辛和不易。清淡如水的生活，沉浸在封闭、单调的小山沟里，至今记忆犹新。

记得我上学的时候，看到老师们的生活很苦，虽然吃的是国家供应粮，但由于供应粮的标准低，所以每周还要从家中带些粗粮做些添补，但老师以教学为乐，把所有的心思都倾注到学生身上，我从心底感激他们的付出。后来同样在老家母校当老师，同样享受吃国家供应粮的待遇，领到了工资，心生一种自豪感，立志要做一位称职的老师，把从老师那里传承的爱奉献给自己的学生，以回馈家乡父老的养育之恩。

一次我和我的老师去县城给学校拉冬季烧的煤，老师那时还是一位民办教师，他顺便给家里买了一袋玉米，那是他用一个月的工资买的一家人过春节的口粮。从县城返回的时候天色已晚，路上寒气袭人，伸手不见五指，冻得我们发抖，老师感到我冷，便从车上顺手找来了一条塑料袋盖在了我的腿上，我再三推辞让给他，他最后还是让给了我。可到了第二天，老师偷偷地告诉我，说昨晚上的那条塑料袋正是他装玉米的，塑料袋被拖拉机的轮胎磨破，玉米可能撒了一路，听了老师的话我顿时产生了一种揪心的疼痛，感到无地自容，于是便把自己供应本上两个月的面粉送给了他，以表安慰之情。

那时乡村的生活确实很苦，我们学校平时根本没有蔬菜，到县城去买的话，一是没有车，二是没有通往县城的路，骑自行车也是少一半路人骑自行车，多一半路"自行车骑人"。有一次快过端阳节了，上大灶的老师集体商议，去县城买点肉改善生活，特意安排一位老师去县城买肉。可是天公不作美，肉是买上了，但恰逢下大雨，买肉的人被困在县城，隔夜才回到学校，肉已经变味了，但大家说扔了太可惜，还是先试着煮上，可肉一下锅，就臭气熏天，招来了满屋子苍蝇，大家吃肉的愿望化为泡影。

虽然离开家乡和学校已十几个年头了，可我对清贫如水的岁月仍记忆犹新，念念不忘。如今，还有当年的同事仍坚守着那片土地，他们的灵魂深深地扎根在那里，默默地坚守在三尺讲台上，为莘莘学子插上理想的翅膀，在精神家园的上空飞翔。

# 山里的老师

　　山里老师扎根偏僻山村，与面朝黄土背朝天的农人朝夕相处，于三尺讲台与办公室之间，用一把犁耕耘一方纯净的天空，一颗心塑造另一颗心，满眼的风景永远是那座山、那条路、那块田、那棵树。偶尔走出校门，和匆匆忙忙的农人打个照面，对方送来一声"老师"就很惬意。远离酒杯和车水马龙的街道，与寂寞为伴，抽一支劲儿足的凤壶烟，任人生的酸甜苦辣满屋子飘散，孩子们渴望的眼神和阳光般的性格足以滋养我的一生。

　　夕阳落下山头，城市华灯初上，夜市如潮，街头新潮男女三五成群休闲娱乐。此刻，热闹一天的校园归于平静，山里老师信步校园，仰望夜空中闪烁的星星，沉浸在闹池的蛙声里享受内心恬静的乐趣。信息的闭塞和环境的单调，让山里老师格外好客，偶尔有客人来校访问，热情而又好奇的目光便蜂拥而至，客人一到办公室就马上热情上演让座、递烟、沏茶"待客三部曲"，若客人能入乡随俗，老师就竭诚与客人对话，问城市的人，聊乡上的事，道乡间的风土人情，见一次外面来的人就仿佛看到了外面的另一个世界。

山里老师大多是山里人，但都需在家乡之外的学校安营扎寨，没有集镇也就没有办法去挑选蔬菜，用最地道的家乡手艺把洋芋、酸菜和面粉做成饭。学校没有灶，就烧煤油炉，或用泥垒成土灶烟熏火燎地炒菜煮饭，生活的低水准和多样的吃法相映成趣，那乡村生活的韵味如土生土长的方言。城里人做山里老师更苦。无论年龄大小，大多都要在只有几个平方的房子里办公、做饭、睡觉，内设一桌、一炕、一灶台。山里干旱缺水，老师饮用的开水限量，洗漱用水也得十分节约，否则吃饭喝水就会化为泡影。山里老师穿着朴素，但他们并不因苦而长吁短叹，贫而知足，苦而长乐。

山里老师需要具备男性的坚强、女性的温柔、孩子的天真和长辈的慈爱。山里老师对着充满渴望的眼睛说话，让自己的劳动化为一股甘霖滋润一方心田。山里孩子底子薄、性子野，但他们心中的老师很神圣，流着鼻涕的蒙童在芝麻大的小事上总要设法寻找公正的保护，老师天阴下雨还得把学生分别送到家门口。做山里老师总要在感情的熔炉里锤炼语言，把温馨的话语化作熨帖心灵的母乳，还要学会唱"生丑净旦末"，什么课都要会教，天文地理的知识都要了解，因为山里的孩子需要开拓的知识天地太大。

朴朴素素穿衣，简简单单吃饭，老老实实说话，扎扎实实做事，兢兢业业育人——山里老师的座右铭。

# 年里年外的师生聚会

年后上班，忽生整理过年心情的想法，于是把过年的镜像再回放一遍，觉得最值得珍藏的是和两拨学生的聚会，他们那份燃烧的激情把我的思绪重新拉回学校生活的情境中，让情感的船只停靠在记忆的码头，以此给自己找点快乐的理由。

两次聚会见到四五十个学生，虽然有几个人的名字不能脱口而出，但凭他满脸绽放的微笑传给我的信号，我立马在脑子里链接一个又一个尘封的故事，就能准确找到他在班里的座位。欣赏他那"最喜小儿亡赖，溪头卧剥莲蓬"的憨态童真，他长时间握着我的手在那里傻傻地笑，我的心像被一团火融化。

聚会并不是吃饭，就是叙叙旧、聊聊天，我们老师虽然已经成为故事主角们的"电灯泡"，但孩子们在心目中的那个位置依然给我们留着。他们多年在外打拼创业，有了事业、有了家庭、有了幸福的时候，回家探亲搭建师生聚会的平台联络感情，也算是彼此重温那段激情岁月。师生多年不见，总有聊不完的话题，表达不尽的情谊。

我已经离开那所地处偏僻山区的初中学校23年了，那时的学习生活条件很艰苦，学校200多名学生有三分之一的都得住校，住校的孩子们每人一个小煤油炉，除了要操心有足够的煤油做饭外，每天最头疼的事情是找水吃，那时村子周围的泉水已经开始枯竭，村民们为了保证自家的饮用水，在山泉周围又各自打了几米深的水井，加了盖子，所以后来孩子们有时为等打一桶水，往往会耽搁一两节课。这种在艰苦岁月打磨的感情，为他们植入了怀念初中生活的基因。

想当年，我们的重头戏就在那个农家小院式的校园里展开，那时，他们留着小平头或扎着羊角辫，穿着布鞋、背着妈妈用边角料缝制的小书包行走在弯弯的山道上，憨厚、清纯、简单，像开在田间的蒲公英，从小学到初中，他们乖巧听话得像小羔羊，那时，我们老师每天有板有眼地教他们遵规守矩，去解枯燥的一元二次方程，死记硬背几个十分绕口的英语单词，每一节课总是在强调学习好将来就能上大学，上了大学才有好工作，有了好工作才能养家糊口，这些耳熟能详的唠叨在当时虽然并没什么过错，但现在回过头来，这和孔乙己教茴香豆的"茴"字有四种写法没啥两样。我们真的有点愧对孩子们，如果按照我们当年培养学生的理念，他们出了校门走向社会之后，只不过是会玩石头砂锅水或石头剪刀布小游戏的乡里娃，只能用结实的身子去换取生活资本和阅历，他们不可能知道城市的前世今生，也无法用文化理念去诠释和解读一座城市，更不会相融于曾经陌生且日新月异的城市。

罐岭中学地处一条偏僻的山梁，这道山梁有十来个小山村，人口也不多。但我工作的那个阶段是学校发展的黄金期，有过近十年的辉煌，前前后后考上大中专的学生有一百多人，尽管初中阶段没有给学生找工作起多大作用，甚至有一部分学生初中毕业后就出外创业，但正是因为老师如父如母如兄的教诲和关心给他们日后成功成才铺了一条路，所以他们至今对罐岭中学的老师保持着那份尊敬、那份怀念、那份感激，并深深地铭刻在心中。

后来，改革开放的好政策也给大山里的年轻人提供了出外创业的机会，他们初中毕业后，先后以不同的方式离开那个日渐空壳的村庄，怀揣梦想闯进某一座城市，初来乍到，他们中有人没钱就夜宿车站码头，求人问路，千方百计托熟人找到一份打工的差事，在一个陌生的城市，在最无助、最困难的时候用超人的毅力穿越那段暗淡的生命隧道，终于找到了适合自己的生存位置，这番打拼让他们在另一个春天里自由自在地生长，多少年后，终于让自己活出个样子的愿望闪烁出光宗耀祖的亮色。

多少年过去了，罐岭中学校园生活的每一个画面在我的脑海中始终挥之不去，许多学生的名字和那一副副可爱的面孔永远鲜活，没有被岁月的潮水洗刷掉。那时年轻气盛，有点轻狂，甚至心血来潮和学生一起举办几个村的农民篮球赛，举办猜谜语比赛、汉字成语听写大赛，办过校刊，还带学生在那座名叫小庙山的山头上春日写生，这些当时被看作滑稽可笑的创意，多少年之后却被学生们视为受益匪浅的兴趣活动，成为鼓励他们成才色香味俱全的心灵鸡汤。

士别三日当刮目相看，生别二十年更应刮目相看，我们几位老师与学生相聚，深深感到自己已经慢慢老去，孩子们长大了，他们精心策划的活动有板有眼，他们饱满的热情、俊俏的面容、流利的普通话以及待人接物落落大方的举止，这些足以表现成长的细节像一段舒缓的轻音乐，让我觉得他们的确成为与时代合拍的"潮人"。他们对高铁般奔跑的城市生活波澜不惊，从容自如，每天行走在文化底蕴深厚的林荫大道，在繁花似锦的城市某一个角落，西装革履驾着爱车迎接清晨的一缕阳光，在某一个华灯初上的傍晚，落落大方地去酒店和朋友们一起聚会。留在山清水秀农村小镇的那群孩子，他们现在照样会在地头干活歇脚的空暇，悠闲地刷刷视频，看看微信，晚上去跳跳广场舞，以富有现代文化生活情趣的方式去消遣时光，农村多元化的飞速发展，让这批新型农民的日子越来越滋润。

聚会，也是生活幸福的表现，假如让时间倒回三十年，这些学生的父辈还是老实巴交的农民，他们上学的年代老家农村正在实行包产到户，经历由贫困向温饱转变的时代轨迹。好日子刚刚发芽，他们把身子拉成面朝黄土背朝天的满弓，任宽厚的肩膀磨出老茧，清淡如水的日子在脚下流淌，他们没有闲暇时间，没有聚会的概念，更不要说分享天方夜谭式的同学朋友圈的故事，同学之间的交情只能是谁家里有红白事打个照面，话题总是离不开儿女成家和庄稼收成，最后的道别定格在匆匆忙忙的背影在山梁上消失，心中只留一丝暗暗的伤感，好在人在梦就在。

春节是一年中最令人激动的节令，也是家人团圆同享天伦之乐的时刻。学生们平时远在天南海北，生活方式已经和养育他们童年的土地显得格格不入，所追求的和父辈所惦记的已经截然不同，之所以要从四面八方如候鸟般飞来过年，不是因为这个村庄还蕴藏着多少魅力，而是因为父母那盏灯还亮着，这是他们内心最柔软的牵挂。父辈曾经紧紧攥在手里养家糊口的那几张纸币，那是孩子上学、就医吃药、人情往来、购买农药的钱，他们也曾借着夜间昏黄的灯光辨别那几张纸币的真伪，但怎么数，钱都不够用。现在儿女们不再为缺钱发愁，他们最缺时间，他们日夜兼程，远程奔波，用父母花钱的形式去啬地消费时间，满打满算过年就那么几天，他们甚至嫌晚上睡觉占用了过年的时间，就是因为常年在外不能在父母身边尽孝。

一转眼又到离开家的时候了，过年的轮子转得实在有点快，出门拎着大包小包，父母反复摸着孙子的头，和当年爱抚儿女的手势一模一样，还是送到村头那棵大柳树下，仍在千叮咛万嘱咐要穿暖和，回去打电话，一种酸楚突然涌上心头，任父母长着老茧的手在风中不停地摇摆，但他们还是狠下心踩下油门驶出了这个温馨的港湾。

我写这篇文章的时候，我的学生大多已经奔走在返程的路上了，初春的阳光洒在他们幸福的脸上。此刻，我的学生或许还沉浸在这个狂欢春节的惬意之中，还在母亲烧热的土炕上做着童年的梦，还和发小举杯狂欢喝得东倒西歪，回忆着童年的那一件件往事，感慨人生如白驹过隙，但我相信，这篇充满情感的文章足以激发起他们回家过年聚会的兴趣，在新年的时光中痛并快乐着。

一个群主牵起了师生渐渐松动的线，一次聚会又连起了师生真挚的情，当初上学成为师生是缘分，如今相聚成为朋友便是情分。无论从事什么职业都不要紧，只要每天的日子有光彩、工作有起色、生意有进账、孩子有进步，我们的生活就是新的。

# 秀在小镇

到秀教书的小镇下乡，自然应该去看看秀。

秀是我们师范的同学，她是我们几个秦安县老乡中唯一的女同胞，她天真好动，爱幻想，憨态可掬，于是平时坐车买票、逛街、旅游，乡党们总是把她作为重点保护对象。毕业十六年时间零零星星也和秀见过几次面，知道她在小镇教书，她的丈夫也是老师，儿子取名石头，但始终没有去过她家里。

见到秀了。她就住在学校家属院的套房里，前面一桌一椅，一沙发一电视一茶几，后面一床一柜而已，陈设显得单调但布局很得体，就连课程表、日历的贴法都很讲究，几叠作业本整齐地摆放在办公桌上。秀对我的到来感到很高兴。

"混得咋样？"秀单刀直入地打开了话匣子。

"一般情况，还算过得去。"我也便如此作答。

秀莞尔一笑，接上话："一般还得混。外面的待人接物，迎来送往我一点不会，真的不会，根本学不会，也没必要去学，学了也没用，你可必须学。"连珠炮似的强调明显流露出秀对待人接物的尴尬和窘迫，我心中为她拥有乡下小镇的人间清净深感羡慕。

闲聊中，秀也是对她所在的小镇感到由衷的满足。小镇依山傍水，一条公路干线从镇子中心穿过，南来北往的车辆如织，如遇逢集日，商贾云集，镇子上就会显得十分热闹；整个一道川谷果园茂密，空气清新，春天花潮涌动，夏日瓜果飘香，秋天果压枝头，到处是一派丰收的景象，平日买菜有集市，住宿有老乡旅社，吃饭有家常饭馆，她驻守在这种田园风光中，精神之马在这块神奇的土地上驰骋，伉俪相伴，以教书为生，享受天伦之乐有何不悦呢？

秀是教英语的，丈夫是教语文的。"学校毕竟是学校，这里没有繁文缛节，只有恬静和谐的气氛，这里没有拘束和别扭，只有友爱和平等，老师就是老师，校长也是老师，教书育人是自己的天职，当老师的情结是终生不会改变的。"秀说。问秀有什么需要帮忙的，秀坦率真诚地说："今后哪里有出外参观学习的机会，推荐我去一趟，开开眼界，长长见识，不然再过些年我们就要落于人后了。"

秀的儿子石头上小学，她说石头这个名字挺好，沉在水底，默默无闻地做自己的事，兴许还能成大器。独特而风趣的阐释，分明看出秀对自己的杰作充满自豪。

　　回来的路上，不禁为秀的进步和爽快感到欣慰，她在小镇生活了十多年，朴素的生活方式，憨厚的性格，超脱的思想和长远的眼光或许是小镇人的生活写照。

# 先生

先生姓郭，终生以教书为业，是我们那道山梁上为数不多的文化人，从小学到初中，他教了我七年的数学课。在我的印象中，他一年四季穿一套永不褪色的中山装，戴一顶蓝帽子，举止端庄、细腻、朴素、实在、稳练且有条不紊，终日满面笑容，并用慈爱的目光看着我们，在和他一起学习生活的七个春秋中，我们始终沉浸在那种温馨如阳光的氛围中，他犹如一棵枝繁叶茂的大树为我们遮风挡雨。即便在那种封闭、枯燥而又单调的环境中，我们师生共同感受鸟语、灯影、书卷和天气，在默契的相处中互相捧读心灵情感的经卷，享受人间真爱，师生情谊弥深。

先生早年接受过正规的师范教育，写得一手好字，学校的值周牌和小黑板上的通知大多是由他亲手写。他一旦走上讲台那可是严肃认真，一手执教鞭，一手托着书，讲课没有口头禅，一字一句干净利落，作业批改也是一丝不苟，大凡做错的题目都要求更正，课本和作业本也必须保持干净整洁，如果谁在课堂上不好好听课或犯了错误，他的批评会毫不留情面，所以我们对他都是心怀敬畏。

先生主教数学，可他把数学当语文教，教法是彻头彻尾的照本宣科，教十以内的加减法就把算式抄在黑板上，让我们背下来；教初中代数，也是把应用题方程的每个步骤写在黑板上，几何证明题由先生一步一步往下念，念到课本上有省略步骤的地方，如"等量代换""内角和定理"之类的必须注在后面，以便过后复习时能够看懂，这种教法的确呆板，但我们听惯了也便会自己摸索解题思路，举一反三。除了教数学，先生最拿手的是教音乐，那时候学校有一架脚踏风琴，好像只有他一个人会弹，所以全校的音乐课他一个人教，音乐课采用复式教学，那时教唱的全是革命歌曲，先生提前就用毛笔在白纸上写好歌词，歌的简谱和歌词写得十分漂亮，他的声音也清新圆润，所以跟他学唱歌就是我们最快乐的时光了。

先生心灵手巧，在我们幼小的心灵中他是智慧的象征。他穿衣如同做事，做事亦如做人，在学校当总务主任多年，保管着乒乓球、羽毛球、篮球、跳绳等体育活动器材，这在当时的条件下都算得上学校的优质资源，平时表现好的学生不仅能当上班干部，还会在他办公室优先领到活动器材。那时活动器材紧俏，用坏了一方面是学校没钱买，另一方面是有钱买不到，能修补的他就会拿出针线包缝补修理。他还能自制活动器材，用废木板做成刀、剑、枪和板羽球拍之类的，用橡皮瓶盖和鸡毛做成板羽球，用冰草搓成跳绳，让我们使用。先生又是位好"管家"，账记得特细，我们在罐岭中学上初中时，学校养鸡鸭猪羊，记得他记过这样一笔账："上午黑母鸡生蛋一个，下午黑母鸡被狗吃掉，狗被住校生打死，狗皮钉在西墙上。"20世纪80年代初先生负责修建工作，木工师傅想要几片屋瓦，先生最终借给了他，但记了如下一笔账：修教室一间，剩余屋瓦500片，陈师借去50片，秋后归还。大家佩服先生的认真劲儿。由于长期养成的勤俭节约的习惯，他保管的所有东西不好借也不好还，所以我们从他那里借东西都会格外认真小心，生怕出现丝毫的闪失被先生在本子上记一笔。

等我在母校当了老师，先生已光荣退休。他退养在家难耐清闲，不辍劳作，做了十套弓箭，为乡亲们义务捕杀田鼠，在当地传为佳话。一次我赶到地头去采访他灭鼠的情况，他笑着说："区区小事，让人喷饭。"

除了灭鼠，他还为乡亲们管护一条乡村公路，隔上十天半月，他总是要去修修补补。先生教书兢兢业业，已桃李满天下，夕阳年华仍为乡亲们做点实实在在的事，化为小山村的一支小蜡烛，照亮乡亲们幸福安康的日子，着实活出了生命的味道。

# 再叙情缘

　　《甘肃教育》创刊之际，我还是一介书生。师范学校毕业后我被分配到家乡秦安县的一所中学任教，那时候青春年少，还有写作的爱好，可由于地处偏僻，加上纸质媒体并不发达，平时在学校没有多少可供阅读的报刊，教育类的专业报刊就更少，有一次借乡教委开会的机缘，在教委主任的办公室第一次看到《甘肃教育》杂志，主任是一位很细心的人，杂志存得很全，整整齐齐摆在案头，我抽空浏览其中几篇文章，颇觉新颖，突然觉得眼前一亮，由此便格外留意《甘肃教育》。以后，每逢乡教委召开教师会，主任就会从《人民教育》《甘肃教育》等杂志上挑选几篇文章学习，我总会边听边做笔记，有时候从主任那里借上几本，读完后再托熟人还回去，所以当时读杂志也是一件很奢侈的事情。后来便建议校长给学校订了一份《甘肃教育》杂志，从此每期必读，起初主要偏爱新闻报道，后来也浏览教育教学方面的文章，渐渐与这本杂志结下了深厚情谊。

20 世纪 90 年代，我从家乡的学校调到秦安县教育局工作，教育局机关订了好几份《甘肃教育》，于是就有机会和时间随时阅读《甘肃教育》，而且阅读的重点又转移到探讨教育管理和领导讲话之类的文章。在阅读的过程中，发现这本杂志对于自己无论是起草行政材料还是钻研教育教学，都有很大的帮助。时任县教育局局长常福宝是一位学习型的领导，多才多艺，文字功底很深，他不仅坚持阅读《甘肃教育》，平时还喜欢写东西。有一次《甘肃教育》编辑部李峰来秦安下乡，和常局长聊起《甘肃教育》的栏目设置和稿件要求，常局长从基层教育工作者的角度对《甘肃教育》提了一些看法和建议，从此我们和《甘肃教育》编辑部建立了通联关系，常有书信往来，从那以后，我们就开始尝试为《甘肃教育》写稿，当我的第一篇论文在《甘肃教育》发表后，第一时间就送给常局长看，老先生立即放下手头的文件，戴上老花镜细细看了一遍，然后面带笑容说写得好，并提出了一些建议，一篇小小的论文激发了我的写作激情。

2001 年底，我又调到天水市教育局，除了写大量的行政材料外，还忙里偷闲坚持给《甘肃教育》写稿，同时负责《甘肃教育》的通联发行工作，这样一来，和省教育社的同仁们接触交流的机会就更多了。渠道通畅了，写作的视角也比以前开阔多了，尤其是在新闻深度报道方面有了很大突破。二十多年来，我撰写的 40

多篇通讯报道、教育教学论文、散文、教育史话、教育随笔，拍摄的封面图片在《甘肃教育》发表，其中《甘肃教育》刊发的关于甘谷县礼辛乡杨家湾小学马映谦校长的通讯报道《老"马"的追梦历程——陇原最美乡村校长马映谦写真》在教育系统引起了强烈反响。去年以来，还应主编陈富祥之约撰写了几期卷首语。《甘肃教育》犹如一碗心灵鸡汤，有醍醐灌顶之功效，让我的从教之路无比敞亮。

弹指间，30多年光景一晃即逝。回眸过往，《甘肃教育》从小刻本到大刻本，从月刊到半月刊，从普通杂志到核心期刊、从专兼职编审到专业编审团队，从传承到创新，四十年间，几代办刊人呕心沥血、千锤百炼，在接力赛般的奔跑中，不仅记录了甘肃教育的改革发展印迹，而且见证了陇原大地的沧桑巨变，一本杂志所产生的强大气场、所凝结的教育情怀，成为推动甘肃教育事业发展的内生动力，成为广大教师和教育工作者的良师益友。

我始终感激甘肃教育社的同仁们，他们几代人孜孜不倦，耕耘几十载，倾心于提高刊物内容质量，敲打着音符跳动的键盘，夜深人静之时伏案劳作，镂月裁云，打造出《甘肃教育》《未来导报》《学生天地》等教育媒体品牌，拥有了庞大的读者群。我与这些报刊结缘，就是一程充满教育激情的行走，也是一场酣畅淋漓的人生大戏。尽管自己始终行走在教育的边缘上，只是一名普通的教育工作者，但几十年时间，教育社编辑、记者团队那股执着追求的劲头、那种和谐相伴的节奏、那缕油墨飘香的味道以及那种编读互动的情结，始终萦绕在我的心头。《甘肃教育》作为甘肃创刊较早的省级教育专业杂志，充分发挥教育思想和专业引领的优势，及时传达党的声音，深度解读教育政策，宣传陇原大地的先进典型，聚焦教育改革发展经验，振臂高呼，传播新知，从一棵幼苗长成参天大树，其感染力、影响力、传播力、发展力不断提升，开启了甘肃教育媒体的先河，发出了时代最强音。

十年磨一剑，《甘肃教育》是一份获得众多荣誉的教育杂志，在四十年的成长历程里，镌刻着创业的艰辛，也饱含多少辛酸，有过彷徨，也不乏批评，当然更令人欣喜的是满满的收获和成就。面对纸质媒体的生存困境和新闻宣传方式的不断变化，《甘肃教育》同样在不断突围，不断创新，不断发展壮大，通过诸多媒体发展新理念的融入和新媒体手段的运用，编辑部大力拓展发展空间，重塑刊物的特色品质，使刊物变得越发成熟和大气，和《未来导报》堪称甘肃教育媒体的"双璧"。

一本书足以成就一个人。我很庆幸和《甘肃教育》结缘，并从一位忠实的读者发展到作者，再到"读者＋作者＋宣传者"，不仅亲眼见证了《甘肃教育》的发展壮大，而且在频繁的编读互动中积累了深厚的感情，因此始终怀着一颗感恩的心去拥抱这本杂志，去感激站在这本杂志后面的每一个人，怀念发生在这本杂志里的每一件事。马光荣社长是我很敬重的一位媒体人，他为《甘肃教育》的发展付出了辛勤的汗水和心血，从办刊理念到刊物栏目策划，他新颖且颇具前沿性的教育观点，对引领教育理念、指导全省教育实践起到了抛砖引玉的作用，尤其是《甘肃教育》品牌栏目卷首语，留下了他很多宝贵的笔墨。我和他相识已久，我提出的很多办刊建议均得到他的采纳，一次和他交流时我提出了做《甘肃教育》精装合订本的建议，马社长欣然采纳，每年给市、县通联站寄一套珍藏版，没想到这精致的珍藏版还真起了大作用，有些基层教师忘记发论文的时间找我帮忙，我就可以很快查找到，为教师提供了很大的方便。除此之外，几任主编和编辑常向我约稿，相互交流一些选题策划，我撰写的稿件也不断接近编辑的想法，对此我倍感荣幸，也收获了满满的成就感。

岁月如歌，洗尽铅华。回眸与守望，分享与收获，在梦想与现实的轮回中，沐浴《甘肃教育》的爱，所有被点亮的教育时光来源于甘肃教育热土赐予的清澈生命之水，来源于陇原大地教育改革的春风赐予的飞翔翅膀，相伴而行，我倍加珍惜与一本书走过的岁月，与一群人追忆那些曾经为《甘肃教育》呕心沥血且已逝去的人，他们挺拔的身影镌刻于《甘肃教育》杂志的记忆中，于文字深处激发的智慧火花，依然闪烁着耀眼的光芒，也激励着我们后来人接力前行。放眼未来，《甘肃教育》前景可期，在新媒体时代将会以新的姿态绽放出璀璨的花朵，似一缕春风，滋润甘肃教育焕发新的生机。

# 田园牧歌 何时是归期?

正月十一,本地的中小学就开学了。在城里通往乡下的公路两旁,家家户户门口新贴的对联、挂起的大红灯笼闪着一抹亮色,让美丽的乡村还沉浸在过年的氛围中。

开学第一天,顺便到一所曾经熟悉的农村小学看看,跨进校门,教学楼前那两行柏树还在,中间水泥甬道上落了一冬的雪刚刚消融,两边还没有硬化的空地上满是泥水,旧教学楼已停用,学生和老师都在新修的幼儿园楼上办公上课。来到幼儿园教学楼,楼道内假期落下的尘土还没有打扫,宽敞的教室只摆放了三四张课桌,看到几位满脸沧桑的老师、刚刚领到新课本的孩子,好在他们满脸憨厚的笑容温暖了我的心。

二十年前这所小学是乡上的中心小学,隔一条巷道就是乡上的初中,虽然那时两所学校都是土坯平房,条件艰苦,但小学和初中学生超过 2000 名,校园里人气很旺。由于两所学校办得好,教学质量名列全县前茅,县上还给小学建起了漂亮的教学楼,我有幸见证了教学楼的落成典礼,崭新的教学楼前鲜艳的国旗迎风飘扬,身着校服、佩戴红领巾的孩子们脸上开满灿烂的笑容。真没想到,两所曾经红红火火的农村学校,如今几近空壳。这两所学校的变化,是广大农村边远山区学校的缩影。

学校是教化乡村文明的摇篮,是乡村的灵魂,是乡村赖以生存的根,支撑着乡村精神,引领乡村风尚,传承传统文化。乡村学校的发展,不仅仅是国家重视教育的体现,更表达了农村老百姓最大的愿景,一个没有学校的村子就好像人没有精气神一样。

忽然记起"你若盛开,蝴蝶自来"这句话。作为一所农村小规模学校,在生源萎缩的大环境下,留住学生的唯一办法就是要把学校办好,通过教学质量来吸引学生,得到老百姓的认可,假如教学质量上不去,社会有看法,群众有意见,只能加快学生向城市流动的节奏,形成了学校越差学生越往外转,学生越往外转学校越差的恶性循环。小规模学校所占的份额小,成为乡镇学区被"遗忘的角落",在这样教学条件如此优越的时代,小规模学校却生存得"无精打采",无法"盛开"。

美丽乡村是令人心醉神迷的地方,保持浓郁的乡土情结是人之常情,而社会进入高速发展阶段,乡村老百姓追求现代化的生活方式,让自己活得更有尊严、更幸福,这是社会的进步和人民富裕的象征,应该以最积极的态度解读乡村的变化,理解乡村百姓对美好的向往和追求，更应该和父老乡亲共同拥抱美好的生活。

视角再宽一点，经济社会快速发展所产生的虹吸现象加剧了城乡的变革。欠发达地区的人才、资金、技术等向发达地区流动，这种虹吸现象首先给乡村受教育的人群产生了强大诱惑，这种诱惑引发了老百姓教育观念的转变，在学龄人口总量不变的情况下，学生从欠发达地区向发达地区、从乡村向城镇、从薄弱学校向优质学校流动的速度明显加快，这种流动不仅使乡村学校的生源急剧萎缩，而且使制定和实施乡村教育发展规划面临始料未及的尴尬，刚刚建好的学校因学生流动或学龄段人口断档而上锁关门。

每年春节过后，进城打工的乡村年轻人怀着离开"乡土"的心理优越感，候鸟般地到大城市打工，他们享受着五光十色的城市生活和社会福利，接受着海量的信息，获得较高的收入，自由择业，自在生活，待积累了一定的资金和人脉后，在城市筑巢安家，娶妻生子，大多数人就不愿再回老家种地了。除此之外，还有留在乡村本土靠一技之长致富的能人，有了钱同样在城里买房置业，让孩子在城里上学，那些即使买不起房子的人，一旦大孩子到城里的学校读书，也要带上小孩子进城租房陪读，认为"孩子不能输在起跑线上"，自己再苦也要让孩子接受更好的教育。

城市化进程的加快，给人们提供了更多选项。但乡村人的举家迁移，直接造成了乡村学校生源萎缩，想进城的，无论学校和教师费尽口舌也难以阻挡孩子们选择进城的脚步。城里学校不仅老师教得好，孩子学习成绩提高得快，而且跳舞唱歌画画样样都能来。出门坐公交车，孩子的心情也不一样。在老家放学了连一块玩的小伙伴都没有了，不利于孩子成长，所以家长宁肯多花一点钱，也要让孩子开心快乐地成长。

每次和外地工作的游子相聚，他们都很怀念家乡那一眼清泉、一片槐树林和田畴巷陌浓浓的乡愁。当初他们通过高考走出大山，村里的学校像一座灯塔至今亮着，当谈到他们心灵中定格的那所学校风光不再时有点愤慨，就像埋怨家里的兄弟姐妹不孝顺自己的父母那般较真，但一阵抱怨过后，很多人坦言自己已无法回到童年的故乡，还是希望老家的亲眷转到城里上学，理由很简单，城里的学校好，起跑线不一样，现实的落点同样折射出他们对乡村教育的无奈解读。

眼下我们与"夕阳西下、鸡犬相闻"的田园生活渐行渐远，年轻人离开村庄，老年人孤独坚守，乡村陷入暂时的困局。但随着全面推进乡村振兴，乡村一定会有新歌传唱，只是回归田园牧歌的生活，还需要一段时间。地方政府需逐步建构起与乡村年轻人相匹配的就业、创业环境，盘活乡村交通、医疗、教育的资源，释放振兴乡村的政策红利，吸引一大批有技术、有抱负的游子返乡创业，打造绿水青山的美丽乡村，让村民都过上小康生活，每个人有幸福感和获得感；学校还需要优化教师资源配置，培养一支热爱乡村教育的教师队伍，那时，学生一定会向美丽的乡村回流。

# 散文部分

sanwen
bufen

## 记忆镜像篇

站立音乐之上，老者的表情已满含悲伤，凭借音乐的孤舟，他试图走过生命的一段空白。老者崇拜音乐的姿态如一堵城墙，皱纹间可望见岁月的风雨，淋漓尽致。儿子离他远去，老伴离他远去，只有几条小狗在他眼前活蹦乱跳，他只是通过二胡幻想在异地他乡重拾生命的光芒，一句未说出的话划过琴弦流进心里。希望他内心的家园不再荒凉，那欢快而热烈的音乐深处，他是深情的歌手。

# 铁匠二爷

记得小时候每到冰天雪地、寒气逼人的季节，二爷的戏就搬上了村头的舞台，二爷的戏不是粉墨登场、字正腔圆的台上演艺功夫，而是烧火打铁的卖力活计，在那个现代化农业机械并不发达的时代，二爷的这门独门手艺很受人尊敬，在方圆几里小有名气。

二爷是我们家族没出五服的长辈，排行老二，因为会打铁，村里人都称他"铁匠二爷"。老人家膝下两儿四女，两个儿子从小跟着二爷学习铁匠手艺，所以平时做个钉锅、修锁的活也能露两手，在那年代，靠手艺赚些零用钱是没一点问题的。

二爷个子不高，身材有点单薄，下巴一溜白须，冬天始终是一顶旧毡帽，一件粗布棉袄，腰间扎着麻绳腰带，冰天雪地里，冻得手脚发麻、浑身打战的时候，鼻涕就会顺着胡须流下来，这时候二爷会不慌不忙地拿着那条脏兮兮的白布手绢擦，我们站在一旁傻傻地笑。

二爷是言无二价的，村里人说二爷是凤凰架上的铁公鸡一毛不拔。在那个贫困年代，村子里没几个有钱人，日子都过得紧紧巴巴，要大伙出力气有的是，但要掏一分钱那就比较困难。其实在其他方面节俭一点完全可以，但在二爷手艺范围之内的活计真还省不下来，家里仅有的几样农具、厨房的锅碗瓢盆修修补补根本离不开二爷。平时救急，村里人就零零星星地找二爷修补，但人少活少，二爷要价就高，因为要生炉子、耽工误活，成本就高了，他如果说要一毛钱，你出九分钱绝对不行，如果你执意和他讲价，一来他不会给你做，还要骂你一顿，二来下次有事求他就不会给做了，时间长了，大家都知道二爷的脾气，无论如何也要把二爷的手工费凑齐。

在那个饭少粥稀、食不果腹的年代，虽然收成不好，但生产队的活计还是安排得满满当当，所以，大伙尽量把需要做的铁活都集中在冬天，那时候天寒地冻修梯田的活停下了，更重要的是把全村人需要做的活计集中起来做，二爷生火干活的生产成本自然就降下来了，出钱的人也图个便宜。

二爷家门口的平地上有一棵大榆树，"戏场"就设在大榆树下，一个铁皮卷的小火炉，一个木制小风箱，还有一个木头工具箱，架子上、抽屉柜子里全是钢锯、铁钳、钻子、锉子等，旁边还放着一个铁砧子。通常是二爷拉风箱烧火，因为铁锨、镢头之类的要出刃，只有二爷才能掌握住火候，烧好了再让两个儿子抡起铁锤"哐哧哐哧"地砸，这时，整个村子都会发出清脆的声响，村里人都会三三两两聚到二爷家门口，凑着火炉烤火取暖，聊天消遣，为二爷的"戏场"也凑个人气。有人在场，二爷嘴上不说但心里暖和，所以往往会显摆他祖传的手艺，亲自指点两个儿子砸几锤、怎么砸，若砸不到位就会被二爷一顿臭骂，两个儿子红着脸，吐舌头，一声不吭地继续干活，后来想也可能是二爷恨铁不成钢。看二爷干铁活我觉得没多大意思，但忙活上一天，二爷拉开工具箱抽屉数钱的过程太激动人心了，他确定活干完后，先是在火炉上烤烤手，再用白布巾一擦，哧溜一下拉开抽屉，里面的纸币和硬币就露出笑脸，二爷先挑元的纸币，再挑角的，最后才是硬币，等钱币全部整好了，就左手攥着，右手上吐点唾沫，一张一张地数。二爷用手数，我们跟着节奏在心里数。二爷数钱的表情就像用手抚摸着儿子的头那般亲切，额头的皱纹间都闪烁着开心，调皮的伙伴们故意大声喊着数，让二爷的计数乱了阵脚，二爷就拉下脸臭骂"碎死的，滚远一些"。那数钱的情景的确让人眼馋，因为那一沓纸币中的任意一张都可以让我们买很多糖、本子、铅笔，可以到二十里之外的集市上吃一碗凉粉和一个油圈馍，这是世界上最幸福最惬意的事情。

二爷因为会铁活便派生出许多让人羡慕的手艺，他自制了几杆猎枪，冬天除了做铁活还父子结伴出外打猎，他们会循着野鸡野兔的足迹找到猎物，经过一番围追堵截猎物总是难逃一劫，夏秋两季，他们用自己做成的铁夹神器俘获田间觅食的猪獾，据说还夹住过野猪，但我们没有亲眼见过。每当有收获，二爷家就是过年的日子，闻着他家厨房飘出的肉香，我们这群左邻右舍的孩子只能是望梅止渴，二爷一家人绝对不会给我们施舍一口，所以伙伴们都从心底里恨二爷，恨他是一个吝啬的坏老头，不值得尊敬。

二爷家后院还有一棵甜杏树，大沟里的自留地有五棵李子树，这也是十分诱人的资源，村里没几户人家能和二爷家比，每逢大集，二爷父子三人挑上新鲜的果子到二十里以外的镇子上去卖，然后换点粮食回来，还能买些西红柿、辣椒之类的新鲜蔬菜，我们都弄不明白为什么好事都让二爷一家全占了。每年夏天果子成熟的时候，也便是二爷最风光的时候。后院的杏树比较安全，但自留地里的李子树却需要二爷昼夜看管。虽说看不上二爷，但我们仍经受不住那绿叶中透红的鲜果子的诱惑，所以便以恶作剧的手段来偷取二爷家的李子。隔三岔五，我们在中午结伙跑到沟里的泉边玩水，对面就是二爷家的果园，便于探查二爷的行踪，二爷非常淡定地手中掌着水烟锅，不露声色地坐在树荫下一锅接着一锅地吸烟，其实心中早就有数，过上一阵，我们兵分两路，一路站在对面高处慢慢往李子树跟前溜达，一路在下面逗二爷玩，无论我们说啥，二爷总是一言不发，冷冷地注视着我们，前几次二爷上了当，高处的同伴手脚麻利地偷摘几颗李子后就迅速离开，二爷全然不知，但我们太傻，把偷来的果子拿到泉边分给大家，坐在二爷的眼皮底下吃，结果被二爷识破，以后这种方法就不灵验了。二爷干脆把板凳放在最高处，易攻易守，以对付我们这帮毛贼。后来经过大伙商议，决定用前后夹击的办法对付二爷，从上下两面夹攻，上面的人往树上投土坷垃，如果二爷去追，下面的人就乘机上去偷摘。有时二爷按兵不动，我们就不停地扔土坷垃，二爷气得不行的时候，就骂骂咧咧地从树底下捡上一草帽熟落的李子，像仙女散花般地洒下来，还口里念着"狗进佛堂有舔蜡之心"，我们不管他说啥，跑上去一阵疯抢，然后拿到泉里洗净，享用后便鸟兽般散去。无论二爷给多少果子，我们都不领他的情，总觉得是他被我们击败后大伙应该分享的胜利果实。

时间就这样磨盘般转着，离开老家很多年了，但二爷在我们童年的记忆中留下了一道深深的烙印。按理说二爷家的日子会比其他人过得滋润，但其实不然，他家除了野味下锅的那些风光之外，照样过着穷紧的日子，他的手艺和独有的果园并不养人，多少年风风雨雨，家还是那个家，日子还是那样的日子，平淡如水。直到后来，二爷年事已高，力不从心，铁匠手艺便淡出了历史舞台，杏和李子也已经没人稀罕，儿子们分家时没有分到什么财产，猎枪和铁器没人要，卖了废铁。二爷后来得了老病，在昏迷中度过了许多时日，临走的时候连一副像样的棺材都没能买上，出殡的那天，鸣锣的声音冰凉凄冷，穿过村子的黎明，仿佛二爷还在寒冬深处烧火打铁。如今，我的堂弟们已不打铁，家业照样很厚实，日子过得一天比一天好，于是再没人提起二爷。

# 拳王三爷

每当过得不顺心的时候，就想起村里已故的三爷，假若老天再借五十年，三爷肯定还是那个人高马大、膀阔腰圆的中年汉子，该出手时就出手，把惹我气我的人扎扎实实地修理一顿，替我出上这口恶气，那才叫舒服。

但三爷已辞世多年，这个愿望便已然化为泡影。

在我的童年记忆中，三爷脸上长满黄土高原的黝黑，额头刻着沧桑岁月的皱纹，生就一双铁砧般且长满老茧的拳头，还有那冷厉的目光，咄咄逼人，后来他喜欢戴一副茶色的石头镜，面部的冷峻被遮去了一大半。

三爷大半生在苦难中度过，没有伴侣，夏天穿一件褪了色的粗布衬衣，冬天常穿一件旧的黄色棉大衣，从没拆洗过，膝下有一个闺女，那时闺女还小，加上眼睛有点近视，又不会针线活，所以就根本不敢拆洗。家有一间房、一孔窑洞，青苔覆盖的院墙上长着一棵山丹花，岁岁开花，院子里有一棵樱桃树，年年结果，隔壁是菜园，秋点萝卜夏种菜，里面还栽着几棵梨树、李子树、杏树，除了这些，三爷家里还有诸如鞭杆、马刀、弓箭、连枷棍之类的十八般兵器。每逢樱桃、李子、梨熟了的时候，我们就找各种借口去三爷家里玩，三爷看我们来陪他消遣时光很高兴，就给每人几个水果解解馋，谁要是再能翻几个跟头、表演两下拳，就能得到更多奖赏。

三爷喜欢武术，论武功，村里还有可以和三爷抗衡的"武林高手"，但从人缘和武功综合考量，三爷绝对占了上风，因为他无所顾忌，看不顺眼的事情仗义执言，专拣不讲道理的人论个子丑寅卯，所以有些人自然在三爷面前不敢轻举妄动。于是乎，他在村里是能呼风唤雨、一呼百应的人物，靠力气和威严在风雨中站立了半个多世纪。

艺高人胆大，三爷平生好斗，常爱和人比功夫，图个开心。许多好斗者也喜欢和三爷叫板，每逢暖阳高照的春日，生产队犁地，男人们吆喝十几对牲口犁地，女人们打坷垃耙糖，中间休息时，闲来无事有男人提议进行比赛摔跤。摔跤可不是谁都能上的，除了要有力气，还要有技巧，手脚灵活，脑子反应快。犁铧刚翻过的地松软如毯，一块天然的摔跤垫子，几个壮实的男人和三爷单挑都以惨败告终，这时在一旁观战的女将们趁三爷得意忘形之际，蜂拥而上，抱腿的，抓胳膊的，像无数条蛇缠住一棵大树，三爷开始试图胳膊发力，挣得额头青筋暴起，被多人缠住，英雄无用武之地，败下阵来的男人也给女将们帮忙，三爷最后倒于泥土之上，引得大家捧腹大笑，在我的记忆中，这是三爷唯一的败北纪录，而且是败给了女人。

每逢下雨后地里干不成活，村民们就三五成群地在打麦场上闲聊。打麦场上有几个碌碡，有人提议比比把碌碡立起来然后再放下来，那碌碡至少也有三四百斤，生产队的一对骡子碾场时才能拉动。参与者自然不少，能双手立起来再放下来碌碡的倒是有几个人。轮到三爷了，只见他先扎紧麻绳裤带，然后伸出双臂握紧拳头，胳膊上的肌肉暴起，再深吸一口气，左手叉腰，右手抓住在碌碡上的木轴，刷的一下，那碌碡就直直地立了起来，三爷不慌不忙，先舒一口气，再从从容容地单手放下碌碡，这时三爷才哈哈大笑。其实我们这帮小淘气最爱看三爷大笑，他一笑，豁豁牙就会露出来，这时我们会站得远远的，喊："豁豁牙，豁豁牙。"三爷是不会怪我们的。

我们小娃娃经常中三爷的圈套。那时冬天生产队就开始修梯田，我们星期天也跑去干活，帮家里挣工分。干活休息间隙，我们改变大人的玩法，三爷说你们娃娃谁在我身上打一拳就给我一口馍，三爷斜躺于坡地之上，任我们在那弹性如蹦蹦床般的肚皮上乱拳相加，他双眼紧闭，两手交叉枕于脑后，最后，我们的杂粮面馍都作为练拳的报酬付给三爷了。长大后才明白，那时三爷家里缺米少面，又无人下厨，加上他饭量大，常常食不果腹，才会如此，但我至今还是十分怀念那个充满野性的童年，因为有了三爷才变得丰富多彩。

三爷刀子嘴，豆腐心，内心有着极其柔软的一面，他心地善良，从不欺负弱者。他也怜香惜玉，但苦难岁月撕碎了他想续弦的梦。三爷说，年龄不饶人，愣是让岁月把他哄老了，让他像秋天的芨芨草一样在寒瑟中慢慢凋谢。就在这样平淡如水的岁月里，三爷还是靠顽强和坚韧，把一个单薄的家撑了起来，直到给闺女招了女婿，生下三个孙子。

后来三爷年事渐高，人生之路也没多少起伏了，他听说苹果能卖钱，便在韩家沟自家地里栽桃树、苹果树，再套种辣椒、西红柿，一年下来也能卖上很多钱。我调进县城工作后，和三爷的交集更少了，直到他谢世前去看过一次，那时他已不大能说话了，只是心里还亮堂，他用干裂的嘴唇挤出一丝微笑送给我，这足以表达他老人家对我们晚辈的赞许。三爷去世后，他的那些拳术套路也多半失传。前年三叔去世葬于墩背后的地里，地埂之下就是三爷的墓地，如今墓地翠柏环绕，坟头青草丛生，三爷和三叔生前都是习武之人，如果真有来生，他们的大戏被安排在这样一方有田园诗意的舞台，肯定还是生活得滋润如水。

# 老石匠

老石匠是邻村蔺家庄的人，单身，大多数人只知其姓不知其名，村里长辈在他面前称他蔺师，背后直呼其绰号"胡抡"，我至今没弄清其绰号的典故来处，可能是老先生终生做石器，手艺高超，抡锤打钎游刃有余，无论如何戏耍，抡锤刻蚀都不会有任何失误，故有人戏谑封以此号。由于他的后半生在我们村的韩家沟里以做石器为生，也便成为村里没有户口的村民，且因年事已高，辈分靠前，所以我们晚辈常喊他"蔺爸"。

老石匠入驻我们村子，就是因为他看准了村子西南角韩家沟的磨子石资源，据老人讲这个岩石带一直通到甘谷的渭水峪，老石匠怀揣着他的石器梦，紧紧地抱住了这个聚宝盆。老人常年住在空旷的那一孔黑窑洞里，沟里的汩汩溪流滋润着他的孤苦伶仃的生活。他饱经风霜，冷峻寡言，终生沐着阳光，也终生守着孤独，终生以一副钎锤丈量着生命与石头的距离，这种无言的坚守与表达，却如迸发的岩浆，点燃生活激情，始终不停地在岁月中奔跑。岩石、溪流、月光陪伴他，溪水声像粗放单调的音乐洗刷了一个时代，他像一位从古代走来的游侠，冷峻却善良，像一位挥毫泼墨的书法大师，一笔一笔书写着"石磨"这两个字，把自己的名字刻进石头，把他一天一天的故事写进石头，凑成一台戏或者一个传说，他并不只是挥着铁锤自斟自饮一段悲催的人间况味。

老石匠脸黑但心地善良，他一年四季摸着石头，像一位慈祥的母亲疼爱怀中的孩子，也像一位弹筝女子的纤纤素手在琴弦上演奏，他的每一锤都充满对石头的爱恨，他的每一钎都能划出悦耳动听的音乐，吟唱山村的四季情歌。

村里人和老石匠聊天，从不敢提及妻子儿女之类的话题，长辈们知道这是他终生内心的痛，可每当不知情的外人问及他家里的情况，老石匠黝黑的脸庞面无表情，像一尊饱经沧桑的雕塑，眼睛直直地看着对方，默不作声，然后一口接一口抽他的旱烟，吧嗒吧嗒，一缕又一缕青烟从嘴里吐出来，然后袅袅散去，这时候他或许在用无言消化着自己内心的疼痛。

可能是一人饱了全家饱、一朝有酒一朝醉的缘故，老石匠的生活很随意，有钱了，就买一壶薄酒随身带上，干活累了，一杯茶再一杯酒，这种诗意流淌的生活尽管换得一时的惬意，可无家无舍、无依无靠的内心痛苦把他倔强的脊梁压弯成了弓形，他的血液被酒点燃，但他的荷尔蒙却被酒无情地浇灭，留一半清醒留一半醉，一生只在石头里淘生活，淘自己心中的那个梦。

把月亮、太阳和星星都刻在石头上，刻进他生命的年轮，他的灵感在石头上来回穿梭、打磨，甚至魔幻般地奔走。有时为了赶活，夏夜他一个人借着月光，和着潺潺的溪流与阵阵蛙鸣，敲打着沟里的宁静，把村子里一茬又一茬泛黄的故事，深深地刻在石臼的内心深处，也续写了村子里一段现代石器的历史。

石器活表面看起来粗糙，但事实上却需要花绣花般的功夫才行。一副石磨上下两扇磨盘，两扇磨盘上都要雕刻出细腻流畅的磨齿，每条磨齿都有固定的弧度，且深浅不一，两扇磨盘在转动过程中，通过上下磨齿的咬合把从磨眼流下的粮食压碎最后磨成面粉。石磨的雕琢需要相当精准的手艺，那角度、力度的把握容不得半点的马虎，也不允许出现一个败笔，必须从雕刻轮廓造型到刻磨齿，再到细心打磨，做一副石磨大约需要一两个月时间。老石匠若是给村里的人做石器活，就挣个人工费，即使卖给外村的人也赚不了多少钱。

随着岁月的推移，先进的科技砸了老石匠的饭碗，村里先后有了面粉机，没人用石磨了，有了拖拉机和脱粒机，村里也不用碌碡了，老石匠无奈之下，就在村子周围的地埂沟壑地带挖药材维持生计，最后因挖药材的洞穴塌陷，他被压在里面没能出来，村里人帮他的亲房家送他回了老家办了后事。

几十年过去了，老石匠在村子里的大戏虽然谢幕，但他给村里家家户户制作的石器还在，大家很怀念老石匠，他用生命触摸的冰凉石头，用时光打磨的生活韵味，还有那蕴藏在石板之间的美，穿越了石器时代的印记，他的名字像一团暖暖的火苗，温暖着村里人的心。

# 木匠二叔

清明刚过，听到木匠二叔突然谢世的消息，心中很是悲恸。去年清明节见他一面，今年清明回老家扫墓，本想去他家里看他，没想到去年那一面竟成诀别，就这样阴差阳错，留下终生遗憾。

木匠二叔姓张，是村里为数不多的外姓人，听大人们讲他的父辈从邻乡张家岔村搬迁到此，所以他们宅院周边的那一片地便叫张家崖。

在乡下，称呼中能带上"匠"字的人为数不多，我们村里诸如画匠、铁匠、石匠、泥瓦匠、毡匠的能人倒是不少，二叔弟兄俩都是木匠，论人品和手艺均为匠中之"匠"，所以大家都尊称他俩张木匠，如要区分，老大称大木匠，老二称二木匠。

听大人们讲，二叔因为家里成分高所以自幼就学木匠，学木匠不仅可学得一门手艺，也不失为一条好的生财之道，那年头，有手艺就能吃上轻松饭。二叔做了木匠，便把全部的心血倾注到这片贫瘠而朴实的土地，让我们这个名不见经传的村庄有了暖意和悦色。小时候，木匠在乡下是很吃香的行当，只要谁家有活大人去请二叔，小孩也会跟着去，二叔全家总是热情迎接，除了烟茶招待大人外，小孩有时候也能得到几个核桃的恩惠。之后二叔肩挑锯子、凿子、刨子等工具，就去请他的人家干活了。二叔为人和善，无论去谁家干活，都会好饭招待，他每逢有好饭吃，哪怕自己多吃点杂粮面，也从不忘给小孩子分一份，所以他便是我们童年心目中的"活菩萨"。

在我的眼中，二叔似乎是活在时间之外的人，他常年奔跑在弯弯的山道上，心中一片敞亮，做事很有耐心，从不发脾气，和大家分享劳动带来的快乐。无论村里有多少活，他都会安排得停停当当，一家也不会落下。在村里，二叔的活一是盖房子做家具，二是给去世的老人做棺材，几十年光景，村里多半土坯房都是二叔的得意之作，村里去世老人的棺材也都是他亲手做的。后来我才明白街坊邻居之所以喜欢请二叔，一来是他的工艺细腻精致，二来是用料有眼光。那时候村里人都穷，家里盖房子没多少像样的木材，如果哪里缺点料，二叔便会在家里所有的木头里翻腾，只要尺寸合适就用上了，一点也不浪费，做出来的东西还好看。

二叔的脸上天生灿烂的笑容，爽朗的笑声和富有柔性的和蔼，始终流淌着乡村的淳朴韵味。盖房子立梁柱是最讲究的一道程序，梁柱撑起，二叔便不急不忙地掏出羊肚手帕擦一把汗，右耳朵夹着扁铅笔，左耳朵夹着香烟，再找来一根绳子垂上土坷垃，站在房前眼睛眯成一条线，干活的人听二叔吩咐移动梁柱直到准得毫厘不差才作罢，这时，二叔俨然一位镇静自若的将领指挥一场战役。

天阴下雨是二叔最忙碌的时候，趁这时间他给村民干一些零碎活，从耕作的犁耧锄耙，到日常家用的桌椅板凳、锅盖风箱。这时候，便有很多人拿着要干的活到他家里凑热闹，二叔白搭工时不说，还要备烟茶管饭。

就这样，二叔一生顶着寒暑，浑身泥土，衣服上浸满汗渍，与木头为伴，他日积月累一伸一屈，将坚硬的木板做成一件件好看的家具，墨斗飘香，刨花飞溅，蕴含着无穷的力量和闪光的智慧，在锯刨推打的交响乐中找到了一种和木头对话的感觉。而长年累月的劳顿，让他身子逐渐弯成一道弧线。他像一把古色古香的琴弹奏着村庄的流年神韵，他如同打坐在村子中心仙风道骨的智慧之神。他感人的人生之戏，每一本、每一折传唱着村庄浓郁的光阴。

二叔干活自是没说的，他记忆力超人，为人处事诚恳宽厚，无论给谁家干活，干完后从来不当场算工钱，等到主人啥时候手头宽裕了再去他家里算账，几乎没有人能算得过他，他先算自己的工钱，然后再列举一些和主人之间鸡毛蒜皮的小事，便作为"打折"的理由，硬把工钱减下来，只象征性地收一点就算了事，其实那时他家里也并不宽裕。正因为他不看重钱，所以在村里的人缘特别好。

人到晚年，由于体力不支，再加上木工工艺进入电器时代，纯手工出活太慢且成本高，二叔便慢慢淡出木工"江湖"，和当地几位乡贤筹划设计建起了十全山大戏台，新修了山上的古迹景观，十分讲究的亭榭楼台倾注了他的大量心血，如今成了他留给后人的"绝笔"。为了不让自己的木工手艺失传，二叔早年就让两个儿子跟着他学木工，手把手地教，大儿子如今搞土建，小儿子搞装修，手艺和二叔的不分上下。

前去吊唁二叔的当日，在灵堂点燃一炷香，跪拜于供桌前，我的心中像放电影般回放二叔曾经上演的人生大戏的每一个镜头，沟壑、梯田、麦子地和羊群点缀的坂坡，还有那棵大核桃树下彼此倾听质朴而和谐的内心声音，他挽着裤管的脚印和默默陪着野花开谢的满脸皱纹。

二叔走了，但他的深厚与宽容，如光彩照人的一面旗，永远飘扬在村庄的上头，并且成为村民为人处事的榜样。下葬那天，全村村民悲伤地送他最后一程，想必他的在天之灵一定会得到安慰。

# 何叔

何叔走了。

何叔在出诊的路上不幸落崖身故。他弥留之际面容苍白，嘴唇翕动已不能言语，因此诀别竟那么仓促和令人痛心。下葬那天，何叔的灵柩缓慢行进在他生前磨破脚板的山道，四面八方的村民赶来送葬，和着悲哀凄凉的唢呐调子默默流泪，十几面挽幛上缀满土生土长的名字。何叔走入黄土的那天晚上，一场呜呜作响的寒风刮疼了这道黄土山梁。

何叔生前是乡卫生院的大夫，他的名字妇孺皆知，大抵是由于他的医德感动了乡民。春夏秋冬，风雨无阻；深更半夜，他常常在酣睡中被敲门声惊醒，之后在极度的疲乏下强撑着出诊。他走熟了农家的门，混熟了农家的人，哪一户的哪个人的身体是什么状况他都了如指掌。他出诊有"三不管"，即不管自己家的农活，不管自己家的家务，不管自己的妻子儿女；在家接诊有"三管"，即管烟管茶管饭。求诊于他的患者每天络绎不绝，他总是认真诊治。他出外巡诊或在病人家里、或在单位、或在街头巷尾、或在剧场集镇，大凡头痛脑热之病他便"就地医治"，本该病人跑的路他都替病人省了。

何叔堂堂正正，没有架子，有病人叫他，他必到，几十年来他的足迹洒遍山梁沟坡，从没借故推辞一个病人；何叔脾气特好，他常以一张笑脸安慰病人，难怪三岁的孩童说何叔打针一点也不痛。

何叔不该走。这是人们对那个常年脚踏破车、走村串户送医上门的何叔发自心底的挽留。哀痛之际，我忽想起应为他写一些哀悼的文字。清明时节，也该去为何叔的坟头添一把新土了。

# 李叔

　　李叔一生特苦。李叔是地道的山西大槐树移民的后裔，祖籍河南，早年父母双亡，而后他孑然一身去闯荡，流落甘肃兰州，被一位老太太抚养成人，后来参加工作又从兰州迁到秦安，从此步入金融行业。困难时期，他就凭那点微薄的薪水维持人多粥稀的日子，他像一个船夫，竭力为家摆渡。说起从事金融工作，李叔感到很自豪，当年他在乡下信用社工作，扛一支三八式老步枪，赶着小毛驴在成片的高粱玉米地里大胆穿行，常年奔波在崎岖山道上押送现钞，从未出过一回差错，这是他生命旅程中唯一可以留恋的一段风景。在这个行业里，他当过储蓄员、出纳，干过股长，后来又担任工会主席，就靠对本职工作的一腔热情，他兢兢业业地工作了几十年。退休之年，他仍不辍专业，收藏古币，钻研金融学，也涉猎百科，摘抄名言佳句，以此来充实自己，没有被闲情逸致所拘囿。

李叔生活有方，饮酒而不嗜酒，抽烟却未成瘾；教子亦有方，疼爱儿女而不娇惯，在他面前，儿女们孝顺却不拘谨，父子关系融洽；李叔待人和善，谈笑诙谐有趣。作为晚辈，我对他的敬意油然而生。

李叔因身体欠佳，几年已未出远门，去年冬天在外地工作的儿女几次三番邀他到外面散散心，一片孝心难却，他便去了外地，返回途中，特地到兰州去看望继母，完成他多年的夙愿，不料心脏病突发，于是便长眠于白塔山下，与曾经养育他的黄河母亲作别！

人总是要走的，我们也无法挽留李叔一步，当一锹黄土填进墓坑的时候，想必李叔睡得很安详！

## 妹妹，你大胆走河西

妹妹，朋友们饯行的清淡笑声忽使你的灵感如泉涌，太阳帽和旅行包拥着那烫金闪亮的毕业证陪你远行。即将开始的远行昭示你那第一张生命奖券的活脱魅力，一抹情怀叩响你久久关闭的心扉，你将把苍翠欲滴的青春和火花飞溅的灵性投放河西走廊，但你如信鸽般孤独地首次飞翔，将会落于西行的哪个沙窝？

妹妹，昔日的河西走廊苍白丛生，山风吹过广袤的荒漠，成群的牛羊在栅栏前潸然泪下，一排排白杨树和莫高窟一同挺立于茫茫沙丘，只有张骞和玄奘这两位选手咀嚼酸甜苦辣的语言，任坚韧的生命在血与火中风餐露宿。总算一条锦带扯到了边疆，在此留下了一串风剥雨蚀仍铮铮发亮的脚印，才使后人们凭吊他们，也许，正是河西气候的残酷才塑造了人类的强大。

妹妹，莫非你呱呱坠地时就是挺身而立的怪胎，不然你怎敢以稚嫩的生命涉身河西，作一次风与火的角逐？既然有了生命放飞的机会，你何愁生活中没有宜人的季节谱写自己？

妹妹，河西如今也出落得花枝招展，阳光洒在戈壁，古长城如路标般醒目，驼铃铿锵为阳关三叠协奏，一段小夜曲滑过你的心中，怎让你不为西凉啤酒怦然心动，用激动去拥抱河西的热烈和真诚。

妹妹，你留在阳台上的那朵微笑依然盛开。在通往河西的路上，不要沉溺于河西的往事而蜷缩身躯，请珍惜所有陪伴你的风景，当夜深人静时，我常常在方格屏幕中想象你的倩影。或许，你枕着恬静，倾听春雨洗刷尘世的音乐，或许，一轮银月与一堆篝火与你对饮，或许父辈一嗓子粗犷的秦腔就能照亮你心之旅程，你要相信茫茫人海中，有一个饱含温情的影子随你前行。

# 二爷四相

老家有四位二爷各操一门手艺，村人以雅号称之，一位泼墨挥毫尊称画匠，一位抡锤打铁称为铁匠，一位凿石为器谓之石匠，一位习拳练武誉为拳家。村里还有同族同宗同辈同排行者，但因没有特长便未能入围。这四位二爷平生劳作与村人的生活日常息息相关，且独成一家，因此深受村民爱戴和尊敬。他们至真至诚的生命激情深深感动村人，也如几张老照片一般留在我童年的记忆中。

画匠二爷的手艺属高雅行当，自然列四位之首，人如其画，他面容和善，须髯飘逸，脸上常年有很自然的微笑，说话也是文绉绉的，颇有艺术家的风度。在没有照相机的年代，画匠二爷酷似神人，据说邻近庙宇舞台栋梁墙壁留下的画皆出自二爷之手，可惜二爷只会画而不识字，没有配之以签名题注，所以现存之画已无法考证是不是二爷的真迹。

我能记事时二爷已不再专门去画画，不是因为贫穷的日子让他的兴致降温，而是他的手艺已融进了村人的普通生活中。没有条件照相的年代，二爷为故去的老人画头像，给村里大户人家画祖图，把前辈介绍给后人，把村子的历史用画的语言不同凡响地表达出来，在那个时代已经是不同凡响的人物。

铁匠二爷的性格如一把火，亦如一坛烈酒。画匠二爷立下规矩，凡他们四位为村人效劳，一律分文不取，但铁匠二爷还是背着画匠二爷收费，发点小财。铁匠二爷手艺不错，钉锅粘碗，磨刀铸铲，修锁焊管无一不通，寒冬腊月，二爷用他的力量，把整个村子的冬天烧得红红火火，村民们积攒了一年的铁活都要二爷亲自去做。

石匠二爷终生独身。家乡沟岔有丰富的磨子石，大约二爷是老家第一位开发此自然资源的人。他一直住在沟岔的窑洞里，独守着一泓溪流，陪伴着一轮清月，终年叩石而歌。几十年来，精美的石器包含了他对美的追求，对爱的向往，对创造的虔诚和为之涌动的喜悦。迫于生计，二爷晚年常去挖药材，一次意外不幸身亡，村民们热心地为二爷凑钱送终，二爷打成的最后一块石碑就立在了他的墓前。

拳家二爷是四位中唯一还在世的人。拳家二爷功夫不俗，据说是祖传的。二爷祖上民国年间开一家土布染坊，夜间遭一个盗贼骚扰，二爷父亲有一手武功，将盗贼抓住后吊于屋檐下打得皮开肉绽，从此声名大振。二爷视武功为成家立业之本。但如今二爷的武功已派不上用场，早年的劳碌已使他腰弓背驼，只好在家带孙子，和孙子"交手"，二爷十有九败。

# 雨中肖像

秋天的雨充满几分缠绵的韵味，下了一夜。中午时分我乘一辆兰州发往天水的大巴车，在蒙蒙雨雾中驶出了兰州城。我后面坐着一位老者和一位小姑娘。老者一张黑瘦的脸，花白胡须，头发稀疏，靠在车窗玻璃上，左手拉着前座拉手，右手手背上贴着一块纱布，夹着一支烟，深邃的眼神中流露出几分疲倦和困意。老者身旁的姑娘上着一件淡红色短袖，下穿一条蓝色短裙，黄色短发，口红的颜色特别鲜亮，脚蹬一双今夏最流行的厚底凉鞋，手指甲和脚指甲上涂了银灰色的指甲油，颇新潮。

一路上，雨不断变换调子，我无睡意，便隔着窗玻璃去欣赏雨幕中的村落和农田。老者和邻座的人拉起了家常，说起这场雨他显得很兴奋，因为持续半年的旱情已使农民心灰意冷，有了这场雨，秋天还可以多少收一些，于是他便计划着回去还要种点萝卜和菠菜，再赶种一亩冬油菜，补补歉收的损失。从他的话音中我断定他是天水本地人，他说由于麦子没收成便去兰州打工，给儿子挣学费，这次回家主要是送儿子上高中。听了这些话，我知道这位老者是一位很勤劳且正在供孩子上学的父亲。

姑娘说一口兰州话，但我渐渐发现她和老者很亲近。车到定西停下，卖小吃的小贩们提着塑料袋蜂拥到窗前，老者打开车窗，许多手便伸了进来，老者问姑娘："狗娃，你想吃啥？面皮？鸡蛋？馒头？"姑娘张开惺忪的眼，说想吃面包，再来一瓶可乐，于是一位机灵的小贩马上从对面的小卖部里拿过来了，老者从贴身的灰色衬衣兜里摸出了钱，最后还少了一角钱，小贩没说什么便成交了，姑娘便津津有味地吃起来。吃完了，姑娘把剩下的半瓶饮料递给老者，老者没喝，从行李架上取出一个小提包，掏出了半个馒头和一杯凉茶，一看就知道那是从副业队的大灶上买的。后来经过交流，老者告诉我小姑娘是他的女儿，在兰州某中专上学，刚毕业，在兰州找了一段时间的工作，没找上，只好回家了。一种莫名的痛袭上我的心头——我万万没有想到，这两位具有时代距离的旅客竟是父女！更不敢相信，这姑娘是从我们生息的这片土地上走出来的。

车子过马营梁的时候，车内的气温骤降，身子明显感到冷，小姑娘从行李架上取下一件外衣穿上，到最后面的空座上睡觉去了。睡了一会儿，姑娘说冷，老父亲便将上身穿的一件蓝色旧中山服脱下，盖在了女儿身上，而他只穿着那件背上渗出汗渍的灰色衬衣，掏出半包凤壶烟，一支接一支地抽，偶尔还打着寒战，而他的女儿已进入了温暖的梦乡。

此刻，我被一种伟大的父爱所感动。这尊在雨中定格的肖像，正是把麦子种到天边把爱铺到天边的老父亲。

# 南飞归来

将近年关，跟舞带着妻子和儿子回到秦安老家，多年在外打拼，他的根在北方而果挂于南方，如今举家回乡探亲，似乎是带着杭州西湖畔一个生动的故事，带着南飞归来的梦，为阔别近十年的故乡做一次全面的汇报。

跟舞回来之前已和我打过电话，问家乡下雪了没有，缺不缺水，有没有粮，说他提起回家就已归心似箭。我笑他为何问家乡近况的问题总是在温饱线以下，他说他对黄土高原的那份情、那份关切是浓烈的。

我是跟舞初中的老师，师生缘分加之年龄接近，我们俩关系很好。我们在贫困的家园里，满怀憧憬地度过了一段如火如荼的岁月。如同有了翅膀就有了天空一般，我们之间不但有了互相的依赖，而且也把贫穷的日子润色得舒展且充满歌唱的韵味，师生、兄弟的情分掺在一起难以分辨。初中毕业后，跟舞以优异的成绩考入某纺织工业学校，毕业后被分到天水某县一家不够景气的毛纺厂工作。

跟舞在毛纺厂的工资难以维系生活的时候，便决定要到南方去。某一个深秋的傍晚，在一声长长的汽笛声中他黯然告别了小县城，也丢下了读书十几年得来不易的铁饭碗，孤身一人去了南方。那时候他像一个幼稚天真的弄潮儿，漫无目的地扎进了浙江绍兴，心里是一片茫然和焦虑。当时绍兴的纺织业很发达，绍兴的市场已不仅仅属于绍兴人自己，堪称中国乃至世界的纺织城。跟舞到绍兴下海闯荡，除了因为绍兴经济发达，还因为自己学的专业有用武之地。初来乍到，他从来往客商多样的方言和民族服饰中就感受到绍兴的经济发展活力。先在某中外合资企业染整车间当技术员，再后来当了车间主任、副厂长兼总工程师，如今他已成为这个轻纺集团的第十大股东。为了纪念他的南下经历，他给儿子取名为南飞。

一见面，跟舞已不是上学时的跟舞，他沐浴着杭州明媚的阳光，喝着绍兴地道的黄酒，吹着南方湿润的风，淋着江南温柔的雨，尽管身体仍保持着北方白杨般的粗犷和挺直，但言谈举止间则更多地流露出南方人的洒脱和睿智。他说南方人最宝贵的财富是时间而不是金钱，近十年他多半时间在工厂车间度过，陪伴他的是书本、盒饭和泡菜，工作起来有时是在拼命。那里没有闲人，就连八十多岁的老太太也要上街摆摊做生意，在老太太心里，人生晚年最惬意的事莫过于创造劳动价值。

南方的雨温暖而细腻，如母亲亲切的手掌拂过额头和肚皮，这块湿润的土地上生长着现代文明。跟舞说，有一次他陪一位老太太逛杭州，老太太背着小孙子，小孙子在老太太背上剥香蕉吃，却把香蕉皮丢在了街头，走了一大截路后老太太发现香蕉皮不见了，于是又重返回去找香蕉皮，结果香蕉皮已被一位小姑娘捡起丢进了垃圾箱。他曾遭遇过一次车祸，那一刻他正躺在出租车后排座位上打瞌睡，等他反应过来时，人已被撞下车座，两只鞋子都飞了出去，好在人并没有受伤，两辆车的司机把他从车上扶下来，女司机问他哪里不舒服，是否需要到医院检查，男司机从马路上给他捡来鞋子，女司机为他擦脸又为他掸土，那时他被突如其来的温馨关切所感动，反倒沉浸在幸福之中。两位司机各自掏出名片握手道歉："有事请打电话。"并将他送上另一辆出租车。奇怪的是刚才发生的那一幕，竟没有人围观，因为每个人手头都有一份事，因而没有工夫去理会别人生活中的区区小事。

跟舞说绍兴这座城如同奏着摇滚乐的舞池，每个人都在明快节奏的带动下跳舞。聊起绍兴，他如同在阳光下奔跑的快乐孩童，滔滔不绝的话语仿佛低吟浅唱的诗，吟诵这座城市。他是靠北方朴实的根，在南方的气候中长出了企业家的雄心和魄力，机制、管理、资源、效益似乎已成为他生命餐桌上不可或缺的几道大菜。或许从绍兴黄酒的原汁原味中，他还能品出一段更为火热的日子。

# 生命的歌手

听到杨扬去世的消息，并未感到意外，只是心里几多苦痛。忆想他拖着孱弱的身子如一片在瑟瑟秋风中飘摇的黄叶已十年有余，终于回到黄土地。

杨扬虽患有严重的心脏病，但他的情绪并不消沉。十几年前医院确诊他患不治之症，在濒临死亡的关键时候，他不仅没有放弃治疗，而且以乐观的心态挺起了腰杆，用强大的精神力量为支柱，在风烛残年，活出了男人的骨气。

首次认识杨扬是在一个春季举办的市级校长培训班上，当时春寒料峭，他便穿一件棕色的呢子大衣，面色黑瘦，上楼梯上气不接下气，常常是药不离身，所带的药品种繁多，感觉不舒服时就吃，好在他对于药物的使用已得心应手。一次上街，他说有点感冒，我们几个人陪他到临街一家诊所去看，没想到大夫听诊器往他胸部一按，就立即将手缩了回来，大惊失色，我们几个人也被大夫的神情变化所惊吓，立马从椅子上站了起来，大夫让我们赶快找车送杨扬去医院抢救，好像几分钟之内杨扬就要出事一样，我们的眼睛已不由自主地在街上搜寻车，但杨扬镇定自若，安慰大夫不必紧张，他的心脏病已严重多年，吩咐大夫给他扎几针，之后，他还是安然无恙地回到了住处。

后来我们出外到一个大城市参观，未走之前，熟悉掌故的人已为我们讲述了大城市的繁华美丽，也会发生一些客贩坑人骗人的奇闻轶事，提醒大家多留心防止上当受骗。可到了考察的目的地，面对一座偌大的历史古城，满脸书生意气的同伴们早已心慌神乱，每走一步路都要考虑会不会误入骗局似的，心中忐忑不安，可杨扬却显得大方镇定，能讲一口普通话，不仅熟悉古城的交通地理，也略知古城人的风俗习惯，因此，凡事都是他和当地人交涉，我们只是人云亦云地随声附和。离开古城的前一天，杨扬还领我们逛了古城最大的批发市场。这一次古城之行，我们对他佩服得五体投地。

又见他是在天水第一师范学校。初春时节，他心脏病复发，气色很不好，他还带病参加高师卫电辅导培训，晚上气短而不能躺着睡觉，只能靠着被子似睡非睡地熬到天亮，坚持了十几天考完试就回家去了。暑假又见他坚持参加考试，虽身体已明显不如之前，但他仍很乐观，振作精神。就在他弥留之际，还嘱咐同事给他交了下一次考试的报名费。

杨扬沉疴十载，从未自暴自弃，但也没有抱任何能治愈的幻想，只是一如既往地朝前走，以自己从事的教师职业而乐，为了家庭煎熬了十几年。他以激昂的斗志，无所顾忌地与病魔抗争了十几年。他如同一名黄土地的歌手，在精神的制高点唱出了一曲信天游，终于从容地到达了生命的终点站，诠释了平凡人的人生真谛，这也是熟悉他的人所敬佩他的原因。

杨扬不为疾病所难，坚强的毅力点燃他心之旅程的生命之火。

# 四爷

此四爷非彼四爷，因兄弟排行老四且年长辈分高，村上男女老幼便尊称他四爷。

四爷是附近十里八村最德高望重的老者。各村的雪泥鸿爪、野史民情他积之甚富，如数家珍，大凡红白事、社戏庙会皆由他任司仪，他还主持调解邻里纠纷，所以村人都敬他三分，爱他三分，亦怕他三分。

说起四爷就得提到秦腔，四爷热爱秦腔，天生一副好嗓子，加上西北汉子的脸部表情，唱起秦腔装龙像龙、装虎像虎，村人无不羡慕。秦腔如一缕温馨的阳光照在四爷质朴纯洁的心灵深处，凝重而满含生命魅力的底蕴和四爷坎坷多舛的一生形影相伴。如果说秦腔是大西北黄土地上四季常青的一棵大树的话，四爷便是这棵大树上一枚小小的青果或一片绿叶。四爷对秦腔的着迷起源于幼年时代对旧社会抓丁逼债、巧取豪夺、穷人食不果腹、民不聊生的现实的领悟与反叛。于是他看戏，钻进马戏班子跑龙套学戏，后来唱配角、唱主角，再后来到了县剧团，在县剧团唱得热火朝天，成为响当当的名角，但四爷因为唱戏也遭遇了躲闪不及的灾难。秦腔戏在"文化大革命"中遭禁锢，四爷被下放回家，并受批斗。那时的四爷祸不单行，老伴因病辞世，儿子在外工作，他孑然一身蜷缩在生产队打麦场的草房里，干着掏大粪的工作。他蓬头垢面，沉默寡言，内心的深重痛苦伴着粥稀如水的日子，几十年的秦腔梦几乎已经破灭，他在贫瘠土地上默默地生活，一人一世界，往日的舒畅被尘埃和蛛网封存。一个冬天的日子骤降大雪，四爷积粪到地头时被大雪困住，他身穿破棉袄，头戴一顶破草帽，腰系一根草绳，怅然唱起了《苏武牧羊》，一句唱词一把泪，郁积多年的孤独失落，以及被放逐的沉重迸发出来，动情之处，竟泣不成声。

秦腔戏重新搬上舞台后，在乡民的强烈要求下，村上的马戏班子春节期间唱秦腔戏，当时的公社书记批准四爷上台演戏。四爷既是演员，又当导演。村里第一回唱戏，几山几湾的人把戏场挤得水泄不通，四爷唱了《三对面》，卸妆后他老泪纵横，百感交集。后来四爷被摘了帽子重新回到县剧团唱了几年戏，戏唱得依然很好，人气渐旺，后来退养回家，为他的戏剧生涯画上了句号。

四爷天生一副铁嗓子，在不遗余力地苦苦求索中，他主演净角，唱了几十年包拯，头戴相帽，身穿官衣，手执笏板，声如洪钟，粗犷洪亮，气势夺人。四爷在马戏班子和县剧团可算是一块好料，"生旦净末丑"样样能演，剧团或马戏班子演员若缺一少二，四爷便可以在关键时刻登台救场，所以在剧团或马戏班子里显得很重要。他主唱大净，唱其他角色还闹过笑话。有一回村上的马戏班子演《游龟山》，扮演卢世宽的演员不在，班头让四爷临时当替角，词儿他倒是挺熟，但那天心情不好不想去补缺，又怕得罪班头只好草草上场，在卢世宽和田玉川对打时，他心想那时田玉川打死卢世宽不合情理，岂有小小田玉川就能除暴安良之理？于是他便与田玉川对打不休，扮演田玉川的演员多次使眼色让他赶快趴下，但他不但不趴，反而将田玉川打翻在地，引得全场观众开怀大笑，这一发挥竟成四爷演戏生涯中的败笔和留给后人的笑料。

四爷退养在家后，叶落归根，心宽自在，和村里的发小颐养天年，秦腔仍然是他们茶余饭后的最爱，兴致来了，便手舞足蹈、字正腔圆、有板有眼地吼上几嗓子秦腔，给僻静村子的日子增添了几分亮色。

那年"六·一"适逢四爷八十大寿，乡上举办大型庆祝活动，乡邻们为他祝寿，四爷为表谢意，上台唱了《三对面》，电视台的人专门为他拍摄视频，这便是四爷对终生迷恋的秦腔的一次总结和诀别。去年四爷已驾鹤西去，临终前，他嘱咐做检察官的儿子为他制作一套包公的黑官衣、一项相帽，下辈子他还唱包公。

四爷的丧礼上，十里八村的戏友们毕恭毕敬地给老人家唱了几天几夜的秦腔，四爷走得很体面。

四爷的戏有板有眼，余音绕梁，想起四爷便想看四爷演的戏。村人都这么说。

# 老人与音乐

　　老人是来自偏僻山村的一张古色古香的琴，岁月之弦已老旧，家园的贫穷把他推上繁华的音乐舞台，含泪告别照在锄头上的最后一线阳光，从此驻守古城街头，背靠熙熙攘攘的夜市，用土生土长的曲调咏唱苍凉悲壮的生命之歌。

　　老者是痛苦的歌手，面对人情冷暖他用痛苦抖落一身世俗的荒唐，平静面对虚伪和贪婪，唯有那把饱经风霜的二胡才是他忠心耿耿的朋友。琴弦仿佛纤绳牵引着他风筝般的生命。在夜市的喧噪中回响，曲调乍冷乍热，或苦或甜，执意把他终生的沧桑切割成一段又一段碎片，让每个听众品味其中的酸甜苦辣。老人手指间流淌的音乐，妙不可言，塑造情感的高度。他的额角上，始终有如烟往事飘曳。

　　站立音乐之上，老者的表情已满含悲伤，凭借音乐的孤舟，他试图走过生命的一段空白。老者崇拜音乐的姿态如一堵城墙，皱纹间可望见岁月的风雨，淋漓尽致。儿子离他远去，老伴离他远去，只有几条小狗在他眼前活蹦乱跳，他只是通过二胡幻想在异地他乡重拾生命的光芒，一句未说出的话划过琴弦流进心里。希望他内心的家园不再荒凉，在那欢快而热烈的音乐深处，他是深情的歌手。

在雪花飘落的深冬，老者在没有广告和掌声的乐池里，激情演奏生命的春天。

# 诗歌部分

shige
bufen

深秋，你沿季节的皱纹爬上山顶

枫叶满脸的羞涩

染红了无数双眼睛

你敞开秋天的虔诚

向枫叶伸出双手

接纳大地的成熟

夕阳和羊群已跌进山窝

和枫叶在那一页书里邂逅

## 望海潮

——贺天水日报创刊五周年

而今五岁，沥血挥汗，步履多艰。重大决策广宣传。工农学商，军情民意，秦州风采一览，神州盛名传。忆创业之秋，稳舵行船。好稿佳作，各领风骚跻奖坛。

堪称喉舌正当年，听党之召唤，采编把关。激流勇进，抑恶扬善，神圣使命在肩。喜才子一班，尚需共勉。且听党报佳音，捷报频传。

## 在额济纳旗看胡杨林

秋天用蘸着火焰的词汇

染黄了一片胡杨林

骆驼刺和戈壁滩也挤进来

让额济纳旗火了一把

这幅谁也买不起的油画

是她中年最得意的作品


胡杨林是个有血有肉的孩子

在瑟瑟秋风中

朗诵满地菊花

咔嚓，一个特写

打开了秋天的二级菜单


雨落在胡杨林

落在额济纳旗的额头

洗濯我捡起的一片金黄

她念想在神清气爽的童话里

抚摸着秋天丰满的肚皮

听冬雪蠕动的胎音


在额济纳旗

我把自己摆成胡杨林的造型

宁可变成一架骨头

生，一千年不死

死，一千年不倒

倒，一千年不朽

## 乘飞机去广州

大地轰鸣

在机翼颤抖的疼痛中

为自己设计去广州的路线

扶摇直上

四面云朵合上一道门

阳光分娩出九万里晴空


贴着舱窗

看云山云海，海市蜃楼

生长得密不透风

悟空哪吒这两只鸟

正在使出浑身解数追踪一场雷雨

化解大地的另一种灾难


机翼举起两把锋利的刀子

割开一层云没有流血

其中一片停在了白云山

一场雨去了潮汕

飞机降落白云机场

我在广州捡拾满街粤语

## 雾里游罗浮山

在惠州，前夜西湖边小饮

聆听苏轼把酒吟诗

他杯中的西湖水光潋滟

摇曳一钩皓月


乘缆车上山

为苏轼节约一双草鞋

飞来石一团雾

激起苏轼雪藏千年的灵感

妙语随飞瀑落潭成诗


半道大雾锁山

七姐潭不见了

黄仙古洞瀑布不见了

天仙观的神仙不见了

苏轼也不见了

只看见被雾洗濯的石头

禅坐在空寂山巅


撕开一片雾

在自己腾出的拍照空间里

摸到了苏轼的词牌

闻到了满池墨香

## 大洼山的桃花开了

春风给大洼山擦了把脸

满山的桃花开了，杏花开了

有几盏星星照亮

蜜蜂赶往春天的路

油菜花在放养的春天里

等它相会


红玉兰穿一袭春季的套装

展示姣好的身材

妩媚的造型

站在路边甜甜的笑


此刻，桃李春风都在路上

一群花裙子加身的女人

在油菜花里肆意盛开

相机的快门里

定格一道风景

是柳笛把桃花的花瓣吹开

把泥土吹开，把游人的微笑吹开

只有种子被吹进垄沟

另外的一半

要留给麦浪打滚

## 韶山冲

从入口到出口

心怀信仰绕过

诸多曲折通道

沉浸在时间里的脚步

如同走过每一寸山河


小院子挤满了人

南腔北调

五湖四海的人

语言变成一粒粒发芽的种子

稻米油菜和那株长出思想的竹笋

激活这片土地的灵感


几双长满老茧的手

毛竹扁担

稻子地和晒谷场

香樟树上的蝉鸣

让满山的杜鹃花笑得满脸通红


广场上，有一个高大的身影

穿越世纪

塑像前的花篮里

盛满崇敬


橘子洲头

又遇见他，操本地口音

巨手一挥

指点江山

点亮中国前行的路

## 寒露降落在嘉峪关城

寒露选择最简捷的路径

登上戈壁滩的脊梁，嘉峪关关城

用瑟瑟秋风调出一弯冷月

吹皱祁连皑皑白雪

茫茫戈壁关闭季节异样的温暖

冰冷的驼铃和打更的木棒

存活千年的爱情和箜篌乐舞

以及篝火灰烬中武士的白骨

化为一粒尘沙

盛开在月牙泉冰凉的石头上


不要惊动关城的战鼓

我要和嘉峪关坐下来好好说话

关城大门的钥匙拨动寒露的琴弦

弹奏猎猎的旌旗和嫩软的柳叶

走河西的妹妹和葡萄美酒夜光杯

祁连的白雪和钢炉的礼花

秋菊上微笑的露珠和远古谢幕的战争

大漠雄关的生命迹象穿城而过


走进一座城一个时辰

便走进一个甜美的梦

## 洪崖洞 —— 一部装满世界影子的童话

洪崖有个洞

洞里的和尚

独酌灯盏，守护

崖洞木鱼声里的经卷

把自己坐成一架骨头

崖洞的清流

击穿江边千年的石头

洪崖小小年纪，背起一座山

做了苦行僧


夜晚，洪崖洞生长满山灯光

这些立体种植的星星

从楼层窗口探出头

拽住游客的衣襟

咔咔作响的肩膀，一丝风

把揉碎的灯光撒到江面

点亮重庆陈年战事


洪崖洞，一部装满世界影子的童话

一层灯光一个声部

悦动的青春肤色

奔跑的千古风烟

经年的蝉鸣穿梭在宽窄巷子里

山茶花像久违的情人

在尘世的鹊桥

怀揣一场雨

洗濯倾城童话里的狂欢

## 动车过宝鸡

动车马儿般奔跑

赶到宝鸡

宝鸡的公鸡打鸣了


八百里秦川揉揉眼

炊烟楼群玉米棒

涂了口红的女人

和挽起裤管的男人们

都站在丰腴的秋天里

向我招手


满嗓子粗犷的秦腔

吼涨了渭河水

吼涨了校园的读书声

离西安不远了

还有五千年

半坡的先人们

还用小米粥养生


离秋天很近

今天就是农民丰收节

用诗歌和老爸干一杯

# 在傣族园看泼水节

傣族园

神用手指拨动爱情的琴弦

亚当和夏娃撑着花纸伞

走下摆放水和音乐的吊脚楼


水池中的泼水节蛇腰扭动

少哆哩，把母系氏族的血统

一层一层剥开

像哺乳的母亲解开衣服

自然的音乐穿过了寺庙和木楼


在傣族园

一瓢水飘过我和爱人的头顶

浇醒了我们已经消瘦的爱情

我在冰凉中摸到屈原的手

那几个从他手心滑落的粽子

发出鱼产卵的声音

# 在秦安观西安易俗社秦腔大戏过年

女娲抟土筑起舞台

来自长安的艺人

尽是名角高手

那少年竖起板胡

拉满弓的手指一抖

打开秦腔荡气回肠的旋律

小光头吼一嗓子

地道的秦腔秦韵

旋起一股风

吹亮秦安满城灯火

一本秦腔戏

生在西安长在秦川

从半坡到大地湾

一路叹叹唱唱

抑扬顿挫几千年

舞台之上

弦外有音

黄土地盘根错节的故事

盛开为一朵奇葩


戏里戏外

宫里帝王将相

倾轧格斗

世间才子佳人

悲欢离合

生丑净旦兴衰几个封建王朝

瘦了无数美人

惊醒一场梦


三娘教子夜里挑灯

机杼边滑下的点点泪滴

打碎大地湾男人粗粝之心

台下一片稀里哗啦的哭泣

和鱼纹飞动的陶盆一同破碎


一台秦腔戏

如此空腹钟鼓

粗犷之音

唱遍人生喜怒哀乐

染浓红红火火的年味

## 在唐山和秦安老乡聚会

在唐山和一群秦安老乡聚会

这时隔 41 年的约会

是为唐山而来

这些膀阔腰圆满脸黝黑的西北汉子

这些腔韵土得掉牙的秦安话

这些吹过柴火炉的嘴

这些捡过大地湾陶片的手

这些踩过葫芦河泥水的脚丫

这些在时光中奔跑的毛孩

仍保留着母系氏族的模样

一见如故


那年这群大地湾的后生

身穿军装挺进唐山

白天手握镐钎头顶太阳

黑夜在满城废墟里翻捡瓦砾

他们凭大地湾的犟脾气

硬是搀扶唐山站起身子

一颗螺丝在城市的骨架中

竟如此卖力


你们这群"愣头青"

说起秦安为何眉飞色舞地喝酒

为何微笑结成一颗鲜红的秦安蜜桃

说到唐山你们却为何黯然泪下

我突然看到你们刚从噩梦中醒来

## 姑娘去泰国真理寺

姑娘有点疯

风筝般飘到泰国芭堤雅

心绪平静地，接一缕海风

摆拍自己和水杯

海水和沙滩

正是埋葬痛苦的天堂

雨打芭蕉的湿漉被卡在镜头之外


去游览真理寺

这是她首次在寺庙里接近真理

想看看寺里的真理长啥模样

一缕海风吹皱塔顶的袅袅梵音

于是拿起相机

丈量真理和天真的距离

无意却拍出了谎言的漏洞

晚上，她在塔下

点燃一盏酥油灯

把夜幕揭开一层

听真理的种子

在海潮的鼾声里发芽


清晨

一群真理的鱼游走

海滩只留下一个洁白的贝壳

佛祖笑曰：万法皆缘

# 一群大象的迁移

清晨，一群大象列队

从黑夜来，从远古来，

从山坳里走到我的对面

打开空灵的耳朵，收割

我充满泥土的方言，在稻子地

甩动贪婪的鼻子，蚕食

洒满雨露的阳光，稻田

一半被风卷残云，另一半分享给

空气和报春鸟，一串脚印盛满清澈之水

在草坪上发芽

傍晚，一群大象列队

从白天来，从椰子林来，

从人类的预设中来到一座城

穿越高楼、行道树和茫茫喧嚣

敲打着城市的音乐节拍

索性做一回非洲的国王

抑或风姿绰约的网红模特

头顶，阳光给它们无数个特写

影子落在街道斑马线上

一群蚂蚁缓缓将其逼出城

黄昏深处的椰子林开着

便是它们的家

# 天水麻辣烫

天水把蔬菜串上竹签

做成一把鲜花，和街头

古树悬挂的灯笼，

用伏羲结绳记事的智慧，让

麻辣烫满怀激情地生长

在春天接住了一波泼天富贵

任"表情哥"手中的竹签反复翻转

手擀粉宛如苏蕙织出的锦缎

拉出了天水旅游的长度

一碗麻辣烫，搅动

满城烟火

映红了游客的笑脸


李广姜伯约穿越千年时光

讲述故里春天的故事

看武山"捣蒜罐"

品甘谷辣椒秦安花椒

后生们掏心窝子的厚道

点燃四方游客的热情

文县白马少年自古代来

甘南锅庄舞从远方来

踩着榆林横山的鼓点

给天水画了一个大大的圈

# 秦安辣子面

中午　县城老高辣子面馆爆满

农民工排队在窗口取饭

这种短平快的方式

三下五除二

解决午餐问题


农民工喜欢靠墙蹲下

找到他与世界保持平衡的支点

先用筷子抖抖面条的筋骨

然后把一块干馍泡到碗里

再加二两带汤的卤肉

两排铁牙截断面条

比父亲手中的铡刀还锋利


农民工用最犀利的笔法

秒杀一碗辣子面

不用剔牙

之后用挤出的时间和最锐利的眼神

欣赏对面女士细嚼慢咽

碗里飘起一朵甜甜的笑


农民工吃完面点一支烟

对午餐做个最全面的总结

便起身走出面馆

下午的时间已被老板敲定

一碗面要啃下工地最坚硬的活

明天中午还去老高面馆

不知那女士还来不来

# 秦安很很羊肉馆

秦安很很羊肉馆开了很久
老板叫马很很
很很就卖羊肉泡馍
很很煮肉下料很"狠"

一勺原汁肉汤
一把肉放入炒锅
烧开盛进瓷花碗
一片莲花干馍泡进去
再撒一撮香菜
美美哐一碗解馋

很很的碗很大
很很的店很热闹
很很的味道很出头
很很的价格很稳定
很很的名字很很很火
很很的羊肉馆火了一座城

# 地铁

人类挖空祖先的脑洞

开始在地下游走


我是穿梭地道的鱼

主动紧紧抓住吊环

悬在时光里

缓慢地向对岸游去


车厢里挂满五颜六色的衣服

和尚抖落袈裟上的灰尘

打坐

不用挑灯


很多想法被刻在时光的轨道上

长出耳熟能详的茧

出站后，那个照亮灯光的和尚

已不知去向

我的脚步

仍止于世俗

## 探望父母

我已是一股流出的水
家信跟从我的行迹飘进邮筒
我知道村头有一排参天古树
以及铮铮作响的铃声和马蹄
这是我们人生的流向

泊进生命繁盛的港湾
茶炉里炭火尽情绽放
烤壮了父亲的骨骼和精神
烤红了我们全家人的日子
我无心去歌唱楼房和公园
也不忍心看着父母
从玉米地走出我的目光
玉米串是一首永不褪色的诗

# 树的回答

祖父在黄土地上倒下

父亲在黄土地上倒下

倒下一座座衰老的松塔

哥哥在黄土地上站起

弟弟在黄土地上站起

站起一棵棵青春的白桦


在三月的春天里轻轻地

弹奏吉他

这黄土地上最值钱的

是生命的绿色

穿过漫天飞舞的雪花

穿过众多寂寞的心灵

山一样站起来了

站起一种精神

在黄土地一日一日地高大

## 垂钓古意

根须撑破了颅盖

种子在长满苔藓的井沿发芽

一枚铜板打碎风蚀的字画

掉进井底

老人们拉成张张满弓

磨断了辘轳的提绳

终于两手空空怅然而走


年代苍老的时候

皱纹间卧着那段残缺的月亮

和小伙子唱起拉网小调

井水很深

味道很鲜

## 你是风中的一棵草

"7·29"到唐山地震纪念馆

相隔一天又四十一年

双手合十

拍打出满目伤感的文字


那一年的"7·28"

三个响雷凭空落下

砸伤了熟睡中的唐山城

你是深巷风中的一棵草

还有那来到世间的第一声哭泣

同时被无情的瓦砾击碎

你稚嫩的灵魂

没追上秋蝉树梢逃生的翅膀

我诅咒苍天的那双手

为何不帮你揭开黑暗的被子

走进唐山地震纪念馆

用疼痛捧读一场旷世的灾难

低头默哀

花篮眼泪蝉鸣

以及飘动的白色挽联

在为你祈祷一个鲜活的轮回


我抱紧疼痛抚摸黑色幕墙

蝉鸣和风泣血的哀乐

吹落的一片片黄叶

划过水池那段震弯的钢轨

抵达恐怖丛生的老车站

## 孙子爱上黑猫警长

孙子是我儿子的儿子，前世

他偷走我心中的一盏灯

我母亲拨过灯花的手

还停留在我的眼前，已长出厚厚的老茧


孙子出生，那盏灯真回来了

变成一轮太阳，照亮了我的眼睛

就在我双手托起他的时候

他又偷偷爱上黑猫警长

黑猫警长就是无所不胜的神

我只知道黑猫警长长得黑

我在他手下曾死过无数次

还曾有过投降

## 老板酷爱下象棋

老板酷爱下象棋,

他坐在战争的中心

举起棋子

对方的车马相卒

预感有一场血雨腥风

老将行宫顷刻塌陷

落子瞬间

听见刀枪破碎的声音

士卒的最后一滴血

染红天空

黄昏摆出无解的残局

## 给冰花男孩

孩子，大雪封山

冬天给你量身打造的银装

在身体最坚韧的部位

盛开出一朵冰雪花

那冰花凝结的问号

如奥数抢答题

让许多选手无言以对


孩子，你是一场雪的风景

你展开的双手

刺痛了春天的伤口

把我身体的柔弱全部掏空

请问，你寒冷雕刻的茫然

被困在通向未来的哪个路口


孩子，关于你一场雪的照片

我只想保留冰花盛开的脸蛋

给红肿的双手，以及

凛风划开的痛点打上马赛克

一股冰凉袭来

手是你的手

痛还是我的痛

# 婚礼

舞台上

两只彩色气球正在相爱

两枚戒指

在情人爱慕的眼神里邂逅

新娘从戒指的圆孔里

仿佛看到

几杯甜蜜的对饮，以及酒杯里

长出一枚圆圆的月亮

## 盲人按摩师

趴上按摩床

盲人按摩师的手法立马入戏

他柔韧而凶狠的手掌

紧紧抓住我背部生长的疼痛

地毯式前进且得寸进尺

我突然想到父亲流着汗水收割庄稼

母亲哼着歌声催我入眠

演员踩着锣鼓走台过招

是我的痛苦养育了他的手法


盲人按摩师说他民勤的童年长得活蹦乱跳

晚上看电视剧《包青天》

白天打洋画片

节假日沙丘滑沙

课间在橡皮筋里编织舞蹈

春天用沙柳枝短笛吹出的阳关三叠

令铜奔马的脚下骤然生风


有一天，天空突然黑屏

老爸的大黑脸不见了

妈妈的花头巾不见了

姐姐的马尾辫不见了

啃吃沙葱的小绵羊不见了

作业本上歪歪扭扭的汉字也不见了

这世界只留给他形形色色的声音


开始拔罐了

他点燃酒精

把空气逼出玻璃罐

好比生活把他逼成按摩师

他用噼啪作响的节奏

让我的痛苦开出紫色的花

他说小时候无论用笭筐捕鸟

还是跟着父亲拔萝卜

都能拔出鲜红的血


盲人按摩师是个十足的投机者

他引诱我进入美丽的圈套

并拿我的痛苦开天大的玩笑

用我的钱买米买面养家糊口生儿育女

还偶尔用按摩的手法去麻将馆搓牌


店铺打烊后，他打开手机的旁白功能

然后打开一听易拉罐啤酒

再打开一片寂静的夜晚

把昨天一口干掉

# 和一群蚂蚁过斑马线

斑马线是横在路上的跨栏

蚂蚁用触角探测地面的温度

没有时间的概念

我们都是城市的侵略军

拐弯抹角挤进同一小区

我白天上班

它也不停地搬移四季

和城市的食物水乳交融

陌路相逢的过客

为何充满没有硝烟的战争

女人脚蹬的高跟皮鞋

就像重型坦克开过来

顿时灰飞烟灭

## 情人节倾听爱情分娩的声音

在妇幼保健院门口

一位手举彩色风车的老人

一位捧着玫瑰花的小伙

还有那个摇着经筒的藏族阿妈

春天就这样在情人节相遇

于产房外倾听爱情分娩的声音


老人让我买个风车

保证今年时来运转

小伙推荐我买上一枝玫瑰

送给你第九十九个情人

祝你们相爱一生一世

阿妈手摇着转经筒

说转经相当于念经

可以为你的儿女祈福

我立马掏出零钱

用虔诚接住这些虚构的惊喜

然后，把风车给了孙子

玫瑰给了老婆

转经筒就送给了

刚刚走出产房的医生

她脸上盛开一朵情人节的雪莲

## 把茶罐挂在屋檐下祈雨

清晨起床，老爸一伸手

就摸到了烫手的空气

稍往上摸到了山神庙的香炉

再往上摸到了山神庙屋顶那朵云彩

于是索性把茶罐挂在屋檐下等雨

等雨是因为爸妈靠天吃饭

靠天喝茶

靠天生儿育女

他们那张烟熏火燎的脸

长满为雨而生的表情


老爸面朝庙里的神虔诚地磕头

嘴对着廊檐下的柴火炉吹气

并不停地揉眼

脸颊上先流下两行雨

这是他祈雨的一次彩排

山神爷朝老爸一笑

很快有朵云飘来

很快有雨点落下来

雨水很快注满茶罐

再灌满门前的水窖

粮仓的灵感

已在老爸的雨鞋中热身

## 春天在雪地里发芽

在新疆，与一场雪不期而遇

天山背面

白雪在山窝打滚

惊醒大巴扎的幸福鼓

牧场的冬不拉

刀郎的歌声

还有歇了一冬的春天


春天，在新疆的雪地里发芽

满头银发的雾凇

雪峰蛰伏的藏雪莲

蓄积在风声里的沙枣树

挺起瘦小且坚硬的骨头

抵御冬季无情的苦难


雪，是新疆盛开的春天

我用相机把天山拍进去

把挺立的楼群拍进去

把广场的热舞大妈拍进去

只把一群壮汉挡在框外

让这团火与雪盘坐在街头

饮着伊力特

穿越一段炉火夜话

## 清晨我打开一扇窗

清晨，我站在落地窗前
看匆匆从夜间赶来的雪
听树梢上的麻雀讨论食物

打开一扇窗
衣衫单薄的风又挤进来
用锋利的刀子
划伤我绽放在冬天的善良

我把清洁工请进屋
她给冰凉的双手呵气
搓搓脸上冻僵的肌肉
全身的骨节啪啪作响

谢谢你，临走时她对我说
同时深深鞠了一躬

衣兜里咣当滑出一枚硬币

她用在凌晨马路捡到的惊喜

打赏我的真诚

## 速度

不要小看速度的翅膀

她会飞出你的想象和视野

你可以坐在速度里保持平衡

也可以回忆很多过往

但不必在四季里打盹

防止时间之手

会把你的记忆揉成一团碎纸

# 请允许我表扬电脑一回

请允许我表扬电脑一回

多年来

她以钟点工的身份陪伴着我

我每天双手敲击她受伤的脊背

让文字发出干净利落的声音


一年四季，电脑像家里那头牛

始终保持打了鸡血的状态

她用剪刀剪掉我所有的废话


再把几个排比句粘上去

我们像默契的夫妻

每天超负荷生产

任凭她的痛苦和我的头发

在秋天一起脱落

电脑让我自信地活在赞扬声中

老板表扬我的文字比我更有出息

说我把台下最精彩的掌声

留给了他的话筒


我也曾想给老板敬酒

让这个远古走来的高人

表扬一回我的电脑

但怕火力达不到老板酒兴的沸点

怕酒的利刃划破电脑愈合的伤口

怕那些被木马攻击的文字

使老板的笑脸黑屏


不过，我和老板关系很铁

常陪他挖坑斗地主打升级

他的述职报告和场面上的致酒词

都是我和电脑反复斟酌过的词汇

绝对煽情

## 深秋，你向枫叶伸出双手

深秋，你沿季节的皱纹爬上山顶

枫叶满脸的羞涩

染红了无数双眼睛

你敞开秋天的虔诚

向枫叶伸出双手

接纳大地的成熟

夕阳和羊群已跌进山窝

和枫叶在那一页书里邂逅

## 夏夜里的写作

因为喜欢写作

总是把盛夏的夜晚剪裁成窗口

风和灵感一同走进来

璀璨的灯光伸出手

把每一个铅字敲进电脑

灵动的铅字总是最先燃烧

夜市斑马线对面

一群休闲的人们

把羊肉串和啤酒堆积起来

好像垒砌的一座抒情之城

我的写作也开始亢奋

想让一株成熟的麦穗

去亲吻啤酒摊夏夜的炭火

让天空中的父亲先亮起来

## 过年狂欢

一脚踩上回家的路

春节已在村头等我一年

到了本命年的小狗

热情地扑上来

咬住了我童年的背影

门头的灯笼

屋檐下的辣椒串

槐树下噼里啪啦的鞭炮

红红火火的暖阳铺满院子

香烛点亮祖先的慈祥

爸妈两朵幸福的微笑

过年开得肆无忌惮

几杯酒一团火

我的乡愁和月亮同时升起

老爸骨子里的那匹烈马

也开始放纵

一个强大的部落组合

以诗意的狂欢

打破了乡村的宁静


香案撤去，年就悄悄溜了

两朵云飘进妈潮湿的双眼

应该有一场雨落在我的返程

赶快把福字种到心里

让它春天开花

中秋结出大大的石榴

# 初冬，办公室有一缕阳光照进来

我的办公室坐北朝南

初冬，有一缕阳光照进来

这是冬天最灿烂的笑脸

落在我的书本上

也打赏窗台枝叶婆娑的绿萝

一半是秋天的颜色

一半是冬天的味道

忽然想起油菜花田的蝴蝶

翩翩起舞


初冬的阳光呼朋引伴

窗外的麻雀要来了

雪花要来了

打雪仗的孩子要来了

树枝上的落叶抖落风中的尘土

留在墙根下的脚印里

好像添加了一把柴火

让大地有了可人的温度

此刻，我生长了一年的诗歌也颗粒归仓

## 坐在屋檐下推演几个故事

我落座于椅子上

看屋檐下疯长的蛛网

那些曾经飞翔的鱼

和着泳装的云彩，沿着昨夜的跑道滑翔

正在创作一段尘封的时光

父母隐身，去追赶秋天成熟的果子


小燕子衔来的泥草还活着

麦粒石磨坟墓乡音沉淀下来

对着我的灵魂隔空喊话

我怕深秋的一场风来

隔夜的马蹄印和墙头的泥草

又一次剥落成记忆

和一堆发黄的词汇


希望冬天能落一场雪

让麻雀们回家热闹一冬

## 把幸福吐出来

婚礼现场主持人煽情

要让新郎新娘把爱情进行到底


大厅外女服务员突然妊娠反应

她把音乐吐出来

把结婚戒指吐出来

也想把幸福吐出来

还给去年的婚宴舞台


她恨丘比特

操纵了自己的痛苦

让响亮的誓言死去一回

# 圆桌饭局

圆形饭桌

最重要的人还是一下能找到"将"的位置

邻座依次是士相马车

两门炮是将部署的导弹系统

城池的小卒子把憨憨的笑刻在额头


圆桌的界河圆得像一座城池

所有的笑脸只是在池里漂着的鱼

被一双无形的手抓起

悬在空中等待深深的痛

落到桌上


将先发三支令箭

士相先走一步

车马各进二

炮一杯壮行酒下肚

饭桌被打回原形


饭和酒是孪生兄弟

棋子借着酒的火焰

洋溢着千姿百态的性感

或马不失蹄

或车行千里

或炮翻山越岭

这些棋谱只不过是美丽的神话


小卒子在专心喝酒

喝着喝着便看见棋盘转

看见杯在响将在笑

然后扶着一棵芦苇

把自己摆成一盘残局

## 年终总结

腊月二十三小年

送走灶王爷

对面热闹的年货市场打烊

摊主们借着灯光辨别一百元钞票

我坚信自己的文字绝对没有假钞


借着他们年关红火的生意

我索性给自己写封慰问信

父母晒过的太阳喜欢我

贤惠的妻子喜欢我

漂亮的西湖喜欢我

多情的群主喜欢我

美丽的文字喜欢我

充实的日子喜欢我

心中的佛祖喜欢我

淘气的孙子喜欢我

他们坐上我的膝盖

如同饱满的太阳照亮我的幸福

## 飙车瞬间

四路公交车站

"呜——"摩托车八个一拍的男高音

把初秋夜树上的蝉吓跑

路边西瓜摊的老头扇着蒲扇


"嗖——"一股风把整条马路吹凉

小伙子胯下的那匹马在飞

公交车和出租车被吹到路边

老头心脏不好打了个冷战

"又飙了，要挑战柯受良？"


"嘭！"两个一拍

和老头切西瓜的声音同时

远处一团火烧伤老头的眼睛

老头心脏不好又是一个冷战

赛车好快

从这个世界飙到那个世界

仅用了两秒钟

# 这一年，有些事情让我措手不及

珍贵的头发没了

工资卡里的钱没了

可爱的小狗没了

当官的欲望没了

地上的脚印没了

老家腊肉的味道没了

还有斗地主的那两张单牌

用一副炸弹带走了


在年关，得到和失去是一对孪生姐妹


从冰雪覆盖的山顶滑入赛道

赶往春天村头的下一个赛场

## 谎言隐藏在皱纹里

皱纹正在经历一场煎熬

很多俗事挤进来，

好像一串被捆绑的软件

它要把善良和罪孽分拣开来

让天空和大海平静下来

把快乐和忧愁

砌进智者的微笑里，抹平

人间的一切痛苦


其实，很多真相

被锁在皱纹里，碾压成粉

能看清的多是谎言

## 变形的腰板

造物主给你第一个模块课程

在母亲的宫腔摆出 C 的造型

爸爸编筐的藤条，秋光里的谷穗

耍杂技的小女孩

母亲的疼痛拉出绝世的柔韧度


呱呱坠地，接生婆伸过手

接住你今世的第一个倒立

母亲幸福中的痛苦

老师语句里的慈祥，坐正站直点头

基本定型了你挺直的腰板


坐办公室久了，你突然骨质疏松开始驼背

见到老板、美女、同事不停点头哈腰

甚至寺庙跪地看不到如来佛的笑脸

只是秋风里，父母灵堂的那一方草铺

你变形的腰板缺席

医生说你的骨骼缺铁缺钙缺钾

说你的脊椎发生退行性改变

说你的头颅扛不起尊贵的头衔

说台阶的岁月把你的腰板拉成弓

说你的痛苦被阿炳用来拉《二泉映月》

有一天，床边的玩偶告诉你

人生就是一段抖音

再好的舞步只是十秒的狂欢

之后，殡仪馆的火化炉里

演绎你噼里啪啦的街舞

之后大烟囱吐出你终生的爱恨

之后一把灰，拉黑

你的腰板背影

## 雪花落座于冬天的中央

寒风抖起冬天的衣裙

白杨树抖落满身金甲

我抖去冬天的寒冷

裸身等待一场雪


雪花落座于冬天的中央

和满头白发的老妈

一针一线缝着棉被，一面覆盖

绿色的麦苗和死去的马匹

给浸满汗渍的脚印，也给

一丝温暖，另一面

用来晾晒漫山遍野的太阳


手持羊鞭的女人，站在村口

吆喝太阳下山

黑山羊跟在太阳身后

化作雪地的一朵云

被赶进夜色的男人

把剪断的树枝和秦腔

撒落一地

化为一缕月光


雪花落座于冬天的中央

临产的女人与分娩的母牛

正用痛苦抚摸人间冷暖

隔着人心和肚皮

围炉反刍昨天的幸福

并同时喊着儿子的名字——

冬至

# 时光里的影子

　　走着走着，不觉已年近花甲，一路走来，总觉得写作像一个影子跟着我，始终形影不离。写作既是镜子，又是伙伴，更是倾心交谈的朋友，如果要在自己一生的时光中定格一张照片的话，最有观感的就是灯光下冥思苦想爬格子的场景。

　　说来一生就这样普普通通，马马虎虎且平平淡淡，但因为酷爱写作，所以始终不遗余力地干码字的活计，尤其在乡村学校执教的岁月里，或在工作之余，或在夜深人静之时，在稿纸上尽情涂鸦是一件最开心也最惬意的事情。那时的乡村生活是随性的，不需要刻意去追求什么名头，也无功利的困扰，只觉得写作就是唯一能够点燃我生命激情的火种，任手中蘸着墨水的笔在茫茫文学的大海中穿行，尽情描绘自己心目中的田园生活。

　　后来巧遇机会携家带眷进城工作，一方面为家人最基本的生存奔波劳碌，生活压力大，另一方面闲暇时把一些琐琐碎碎的事情写成零零星星的文章，偶尔见诸报端，也会孤芳自赏，得意不已。几十年过去了，从未放弃写作，也遇到了许多文朋诗友，深受启发鼓励。首先要感谢雪潇先生。我们认识之初，由于身居两地，晤面切磋不易，只能书信往来，说文论诗，但那些真诚的探讨，对我的写作影响很大，我们的友谊保持了几十年。后来又有幸与汪渺先生相识，他谈吐之间独特的创作思路和灵感，为我的写作打开了另一扇窗，也平添了新的动力和勇气。更要感谢天水日报社和甘肃教育社的编辑，正是他们长期对我文章的抬爱、接纳和包容，我的文章因此有了交流分享的平台，也让平淡的人生擦出了几朵微弱的火花。他们都是我行稳走远的贵人。

在我的写作生涯中，聚焦最多的是我的故乡。因为这是生我养我的地方，也是放纵我快乐童年的走马场，所有的亲情、乡情、人情和感情都沉淀在这里，根便深深地扎在这片贫瘠且生动的土地上。在我内心深处，父辈们手中的农具酷似一把把满身纹理粗糙的老琴，可以弹奏出悦耳的曲子，还有那漫山遍野的紫花苜蓿，带着泥土味的面粉和鸡蛋，散发墨香的对联，浸满汗渍的粗布衣服，还有那灼灼耀眼的桃花烘托出的诗意，盛满我的爱，也渗透了我的情。难忘那些故乡的事、熟悉的面孔和童年趣事，故乡的山水、故乡的味道和沉浸在山湾的那轮皎洁的月亮。所以多篇回忆文章都紧紧贴着故乡的土地，去倾听岁月里远去的马蹄声，追寻父辈们远去的背影，还有晚霞里袅袅升起的炊烟。

除了对故乡的怀念和热爱，也有批判和呼吁。随着岁月的流转，如今还健在的父辈都已经是八九十岁的老人，他们曾经都是村子里叱咤风云的人物，好像在贫困岁月里摆渡整个村子命运的艄公，用一双手和宽厚的肩膀撑起了生命的高度，经营着村子的人间烟火，那么以后的村子谁来守护？未来的乡村烟火如何延续？可惜，童年的影子远去了，美好的记忆也似乎远去了，还有村子里曾经的牛羊鸡猪的叫声已不复存在。年轻人也像我一样逃离了这个朴实无华的村子，去追赶时髦的风。但无论如何，我和那些常年漂泊在外的游子一样，故乡就是我们每个人温暖的港湾，即使在灯火阑珊的夜晚，我们也可拥抱这原汁原味的人间烟火。有故乡便是幸福。

平生喜欢交友，也喜欢旅游，纵情山水，虽没有登泰山而小天下的大雅风范，但至少也会让人心生快乐，愉悦情绪，调整工作生活的节奏和状态。随性出游，饱览祖国大好河山，观景悦心。曾在去布达拉宫的路上看到那些慈祥的阿妈摇着经筒为儿女祈福，那满脸沧桑、饱经风霜的模样，好像我的妈妈一样，只是妈妈很遗憾与这一段幸福的时光擦肩而过；也观赏过大理苍山的云海，好像父亲每天早上鼓着腮帮子吹火炉冒起的一缕白烟，可惜父亲平生与黄土为伴，从未享受过这份闲情雅致。不管怎样，名山胜川的盛景不断激发我的写作欲望，回来后将所闻所见、所感所悟写成游记，颇觉将这些值得回眸的场景复原，便是对青山绿水的一种回馈、一份存念和一缕情思的真实表达。走过千山万水，隔着四季，隔着思念，在旅途中收获的快乐永远与我相依相伴。

平生从事教育，起初在乡村学校做教师，后来调到县、市教育行政部门工作，从未离开过教育部门，也把从事教育工作当作一份荣誉和自豪。做教育需要良心、爱心、耐心、专心和责任心。我很怀念在乡村学校和同事、学生生活的那段激情岁月，如今，我教的学生分布在全国各地，有的从政，有的从军，有的从医，有的创业，还有很多在中小学和高校从事教育工作的，他们靠勤劳、靠真诚、靠智慧找到了属于自己的岗位，也实现了自己的人生价值，我不禁为他们的成功感到骄傲和自豪。在这本书里，我的笔也行走于我的老师、同事和学生之间，用最质朴、最坦诚的文字表达对他们的爱，传承三代人凝聚起来的教育精神，也由此表达我对教育的热爱、对学生的祝福和对教育职业的敬重。拥有便是缘分，岁月静好便是富有。

日月如梭，光阴荏苒。生来有一种骨子里的倔强，对人生的态度也算积极，总是朝前看、往前奔，没有因为生活的坎坷而气馁，也没因为老实耿直入了小人的圈套而放弃，始终能以平常心看待人生。回忆过往，和许多同学、同事、学生、家长等始终保持一种默契和平衡，彼此的尊重和牵挂，也增加了我对自己为人处世的自信。一次伏案写作时，一根白发掉在书本上仿佛一根银针扎伤我的眼睛，也刺疼了我的心。所以我对人生有赞美、有反思、有感慨，试图用独白治愈内心深处的痛，也释放与生俱来的乐。

爱屋都能及乌，爱写作如何能不爱上诗歌？近年来，我尤其产生了老夫聊发少年狂的写诗冲动。但说实在的，我写现代诗，基本上就是摸着石头过河——尚未破除掉对现代诗的迷思。这次出版这本书，雪潇先生建议我不要把散文和诗歌合在一个书里。我理解他的意思：他是想让我的书在文体上纯粹一些。但是我写的诗歌，数量太少，不可能单独结集出版，我又觉得不舍，于是，这本书就成了现在这般散文和诗歌合集的模样。就让诗歌作为调动我情绪和灵感的几朵火苗，先在我的这个作品集中跃动起来，鼓励我在今后的创作中，迎来一个鲜艳夺目的花季。

总之，由于本人学疏才浅，水平有限，本书仍有纰漏，敬请读者朋友批评指正。

2024 年 3 月于天水